PULSO

Julian Barnes

PULSO

Tradução
Christina Baum

Título original
PULSE

Este livro é uma obra de ficção. Nomes, personagens, lugares e incidentes são produtos da imaginação do autor, foram usados de forma fictícia. Qualquer semelhança com pessoas reais, vivas ou não, negócios, empresas, acontecimentos ou locais é mera coincidência.

Copyright © Julian Barnes, 2011

Julian Barnes assegurou seus direitos de ser identificado como autor desta obra sob o Copyright, Designs and Patents Act 1988.

Direitos para a língua portuguesa reservados
com exclusividade para o Brasil à
EDITORA ROCCO LTDA.
Av. Presidente Wilson, 231 – 8º andar
20030-021 – Rio de Janeiro – RJ
Tel.: (21) 3525-2000 – Fax:(21) 3525-2001
rocco@rocco.com.br
www.rocco.com.br

Printed in Brazil/Impresso no Brasil

preparação de originais
MAIRA PARULA

CIP-Brasil. Catalogação na fonte.
Sindicato Nacional dos Editores de Livros, RJ.

B241p   Barnes, Julian, 1946-
         Pulso/Julian Barnes; tradução de Christina Baum.
         – Rio de Janeiro: Rocco, 2013.

         Tradução de: Pulse
         ISBN 978-85-325-2767-7
         1. Ficção inglesa. I. Baum, Christina. II. Título.

12-1990   CDD – 823
                                           CDU – 821.111-3

Para Pat

I

O vento leste 11

Na casa de Phil e Joanna 1: sessenta por cento 28

Na cama com John Updike 43

Na casa de Phil e Joanna 2: geleia de laranja à inglesa 59

O jardim inglês 72

Na casa de Phil e Joanna 3: olhe, sem as mãos 90

Invasão 104

Na casa de Phil e Joanna 4: um em cinco 118

Linhas do casamento 133

II

O retratista 143

Cumplicidade 156

Harmonia 169

Carcassonne 195

Pulso 206

I

O vento leste

Em novembro, uma fileira de cabanas de praia de madeira, cuja pintura o vento leste descascou, foi totalmente destruída pelo fogo. Quando os bombeiros, que estavam a vinte quilômetros dali, chegaram, não puderam fazer nada. "Vândalos à solta" decidiu o jornal local; apesar de nunca terem achado os culpados. Um arquiteto que vivia na parte mais chique do litoral disse ao noticiário da TV local que as cabanas faziam parte do patrimônio social da cidade e deveriam ser reconstruídas. O conselho municipal anunciou que examinaria todas as opções, mas desde então nada tinha sido feito.

Vernon havia se mudado para a cidade há poucos meses e era indiferente às cabanas de praia. No máximo, achava que seu desaparecimento havia melhorado a vista do The Right Plaice, onde ele às vezes almoçava. Da sua mesa à janela ele agora podia ver uma faixa de concreto até os seixos úmidos, um céu enfastiado e um mar inexpressivo. Assim era a costa leste: meses a fio de tempo um pouco ruim e a maior parte do ano sem tempo nenhum. O que estava bom para ele: ele havia se mudado para não ter tempo nenhum na sua vida.

— Já terminou?

Ele continuou olhando para baixo, sem ver a garçonete. — Vem lá de longe dos Urais — ele disse, ainda contemplando o vasto mar calmo.

— O quê?

— Não há nada entre nós e os Urais. O vento vem de lá. Não há nada que o detenha. Ele atravessa todos os países até aqui. — Frio o suficiente para congelar o pinto, ele poderia ter acrescentado em outras circunstâncias.

* * *

— *Urrais* — ela repetiu.

O sotaque o fez erguer os olhos. Um rosto largo, cabelos mechados, atarracada, e sem os trejeitos de garçonete à espera de uma gorjeta gorda. Deve ser mais um desses imigrantes do Leste Europeu que estão espalhados pelo país atualmente. Nas construções, nos pubs e restaurantes, na colheita de frutas. Eles vieram para cá em vans e ônibus, moram em buracos e ganham uns trocados. Alguns ficam, outros voltam. Para Vernon tanto fazia. Era cada vez mais como ele se sentia ultimamente: ele não se importava nem com isso nem com aquilo.

— Você é de um desses?

— De quê?

— De um desses países? Entre aqui e os Urais?

— *Urrais*. É... talvez.

Que resposta estranha, ele pensou. Ou talvez ela não fosse muito boa em geografia.

— Que tal uma nadada?

— Uma nadada?

— É, de nadar. Nado de costas, de peito, borboleta.

— Não, nadada não.

— Tudo bem. — Ele não estava mesmo falando sério. — A conta, por favor.

Enquanto esperava, ele virou os olhos novamente para a faixa de concreto que ia até os seixos úmidos. Uma cabana de praia havia sido vendida, recentemente, por vinte mil libras. Ou foram trinta? Em algum canto do litoral sul. O preço das casas dispara e o mercado enlouquece: era o que diziam os jornais. Não que isso tenha afetado esta parte do país, ou as propriedades que ele negociava. Aqui o mercado tinha, há muito tempo, estagnado, a linha dos gráficos estava tão horizontal quanto o mar. Os velhos morriam, você vendia os seus apartamentos e casas para pessoas que por sua vez envelheceriam e morreriam. A maioria dos seus negócios era assim. A cidade não estava na moda, nunca esteve: os londrinos preferiam ir para mais longe, pela autoestrada A12, para um lugar mais chique. Para ele estava tudo bem. Antes do divórcio, ele havia passado toda a sua vida em Londres. Agora, tinha um emprego tranquilo, um apartamento alugado e via os filhos em fins de semana alternados. Quando estiverem mais velhos, eles provavelmente ficarão entediados com o lugar e começarão a se comportar como uns esnobezinhos, mas por enquanto gostavam do mar, de atirar pedras na água, de comer batatas fritas.

Quando ela trouxe a conta, ele disse:

— Nós podíamos fugir daqui juntos e viver numa cabana de praia.

— Acho não — respondeu ela, acenando que não, supondo que ele falava sério. Ai, ai, o velho senso de humor inglês, leva um tempo para as pessoas se acostumarem.

Ele teve que resolver uns problemas com os imóveis alugados — mudança de inquilinos, reforma, problemas de umidade — e depois efetuar uma venda no norte do litoral, então por algumas semanas não aparecera no The Right Plaice. Terminou de comer o seu hadoque com cogumelos e leu o jornal. Havia uma cidade em Lincolnshire que, de repente, tornou-se metade polonesa, de tantos imigrantes que tinha. Hoje em dia tem mais católicos na missa de domingo do que anglicanos, é o que se diz, com tantos imigrantes do Leste Europeu. Ele era indiferente. Na verdade, gostava dos poloneses que havia conhecido – pedreiros, rebocadores, eletricistas. Bons trabalhadores, bem treinados, faziam o que lhes era pedido, dignos de confiança. Já era hora de o velho setor de construção civil britânico levar um pé no traseiro, pensou Vernon.

O sol saiu naquele dia, o brilho de sua luz refletindo no mar e incomodando os olhos. Era fim de março e fragmentos de primavera alcançavam esse trecho do litoral.

— Então, e aquela nossa nadada? — ele perguntou quando ela trouxe a conta.

— Oh não, não nadar.
— Acho que você é polonesa.
— Meu nome é Andrea — ela respondeu.
— Não que eu me importe se você seja ou não polonesa.
— Eu não também.

Verdade seja dita, ele nunca fora muito bom de paquera; nunca dizia a coisa certa. E desde o divórcio isso havia piorado, pois ele não fazia de coração. Onde estava o seu coração? É uma pergunta para outro dia. O assunto de hoje: a paquera. Ele conhecia muito bem a expressão nos olhos de uma mulher quando você não acerta. "De onde surgiu esse cara?", era o que os olhos diziam. De qualquer maneira, são necessários dois para paquerar. E talvez ele estivesse velho demais para isso. Trinta e sete anos, pai de dois, Gary (8 anos) e Melanie (5). É assim que apareceria nos jornais se seu corpo fosse jogado pelas ondas na praia numa manhã.

— Sou corretor de imóveis — disse ele. Esta também é uma frase que estraga qualquer cantada.
— O que é isso?
— Eu vendo casas. E apartamentos. Também alugo. Quartos, apartamentos, casas.
— É interessante?
— É um ganha-pão.
— Nós todos precisamos ganhar o pão.

Ele subitamente pensou: não, você também não sabe paquerar. Talvez no seu próprio idioma, mas não no meu, então estamos quites. Ele também pensou: ela parece robusta. Talvez eu precise de uma pessoa robusta. Acho que ela deve ter a minha idade. Não que ele se importasse se tinha ou não. Não ia convidá-la para sair mesmo.

Ele convidou. Não havia muitas opções de "saídas" na cidade. Um cinema, uns pubs, uns dois restaurantes, fora o que ela trabalhava. Além disso, tinha o bingo para os idosos cujos apartamentos ele venderia depois que morressem, e uma boate onde uns góticos desanimados se encontravam. A garotada ia até Colchester na sexta à noite para comprar drogas suficientes para aguentar o fim de semana. Não é de admirar que tenham incendiado as cabanas de praia.

A princípio ele gostou dela pelo que ela não era. Ela não era paqueradora, não era tagarela, não era intrometida. Ela não se importava que ele fosse corretor de imóveis, ou que fosse divorciado com dois filhos. Outras mulheres tinham dado uma olhada e disseram: não. Ele achava que as mulheres se sentem mais atraídas por homens ainda casados, mesmo que fosse uma droga de casamento, do que por aqueles que estão catando os pedaços depois da separação. O que não era surpresa. Mas Andrea não se importava com nada disso. Não fazia muitas perguntas. Na realidade, ela também não respondia as perguntas. A primeira vez que eles se beijaram, ele pensou em perguntar se ela era mesmo polonesa, mas depois esqueceu.

Ele sugeriu que eles fossem para o seu apartamento, mas ela recusou, dizendo que iria da próxima vez. Ficou ansioso por uns dias, se perguntando como seria ir para a cama com alguém diferente depois de tanto tempo. Dirigiu vinte e quatro quilômetros ao longo do litoral para comprar camisinhas onde ninguém o conhecia. Não que ele estivesse com vergonha, ou sem graça; ele só não queria que ninguém soubesse, ou conjecturasse sobre o que não lhes dizia respeito.

— É um apartamento legal.

— Bom, se um corretor não for capaz de achar um apartamento decente, onde é que o mundo vai parar?

Ela levou uma bolsa para passar a noite; tirou as roupas no banheiro e voltou de camisola. Eles deitaram na cama e desligaram as luzes. Ela parecia muito tensa. Ele também estava muito tenso.

— A gente pode só se abraçar.

— O que é abraçar?

Ele demonstrou.

— Então abraçar não é foder?

— Não, abraçar não é foder.

— OK, abraçar.

Depois disso eles relaxaram e logo caíram no sono.

Na vez seguinte, depois de uns beijos, ele se familiarizou novamente com a camisinha lubrificada. Ele sabia que tinha que desenrolar a camisinha, mas se viu tentando enfiá-la como uma meia, puxando a borda desajeitadamente. E fazer isso no escuro também não ajudava. Mas ela não disse nada, nem tossiu para desencorajá-lo, e finalmente ele se virou em sua direção. Ela levantou a camisola e ele a penetrou. Sua mente estava cheia de luxúria e sexo, e meio vazia, como se estivesse perguntando o que ele estava aprontando. Ele não pensou muito nela dessa primeira vez. Era uma questão de colocar a si mesmo em primeiro plano. Mais tarde ele poderia prestar atenção em outra pessoa.

— Foi bom? — ele disse depois de um tempo.

— Sim, bom.

Vernon riu no escuro.

— Você está rindo de mim? Você não gostou?

— Andrea, ninguém está rindo de você. Eu não deixaria ninguém rir de você. — Enquanto ela dormia, ele pensava: nós dois estamos recomeçando. Eu não penso no que aconteceu no seu passado, mas talvez estejamos ambos começando por baixo, mas tudo bem. Está tudo bem.

Na próxima vez ela estava mais relaxada, e o segurou com força entre as suas pernas. Ele não saberia dizer se ela gozou ou não.

— Nossa, como você é forte — ele disse depois.

— É ruim forte?

— Não, não. De jeito nenhum. Forte é bom.

Mas da outra vez ele percebeu que ela não o agarrou com tanta força. Ela também não gostava muito que ele acariciasse os seus seios. Não, não é bem assim. Ela não ligava se ele acariciasse ou deixasse de acariciar. Ou melhor, se ele quisesse, tudo bem, mas por ele, não por ela. De qualquer modo, foi assim que ele entendeu. E quem disse que se deve conversar sobre tudo na primeira semana?

* * *

Ele gostava de saber que nenhum dos dois era bom de paquera: a cantada é uma espécie de fraude, e Andrea era sempre direta com ele. Ela não falava muito, mas o que ela dizia, fazia. Ela se encontrava com ele aonde e quando ele pedia, e estava lá, olhando para ele, tirando uma mecha de cabelo dos olhos, segurando a bolsa com mais firmeza do que necessário naquela cidade.

— Você é tão confiável quanto um peão de obra polonês — ele disse, um dia, para ela.

— Isso é bom?

— É muito bom.

— É expressão inglesa?

— É, a partir de agora.

Ela pediu para ele corrigi-la quando cometesse um erro gramatical. Ele ensinou-a a dizer "eu acho que não" em vez de "eu acho não"; mas, na realidade, ele preferia o jeito como ela falava. Ele sempre entendeu o que ela queria dizer, e essas frases que não estavam totalmente corretas pareciam fazer parte dela. Talvez ele não quisesse que ela falasse como uma inglesa, com medo de ela começar a se comportar como uma inglesa — bem, como uma em particular. E, além disso, não queria bancar o professor.

Era a mesma coisa na cama. As coisas são como são, ele dizia para si. Se ela estava sempre de camisola, talvez fosse um costume católico — mas ela nunca disse que frequentava a igreja. Se ele a pedisse para fazer isso ou aquilo, ela fazia, e parecia gostar; mas ela não pedia para ele fazer nada — não parecia gostar muito que ele a tocasse lá embaixo. Mas isso não o incomodava; ela era livre para ser o que quisesse ser.

Ela nunca o convidou para entrar em sua casa. Quando ele a deixava em casa, ela se afastava rápido pelo caminho de concreto antes que ele pudesse puxar o freio de mão; quando ia buscá-la, ela já estava do lado de fora, esperando. A princípio ele não se importou, mas depois começou a achar estranho, então pediu para ver onde ela morava, só por um minuto, para que ele pudesse imaginar onde ela estava quando não estava com ele. Eles voltaram para casa – semigeminada dos anos 1930, fachada de pedras, estilo multiocupação, janelas com esquadrias de ferro enferrujado – e ela abriu a porta. O olho profissional de Vernon calculou as dimensões, a mobília e o custo do aluguel; o seu olho de amante observou uma pequena penteadeira com fotos em porta-retratos de plástico e uma imagem da Virgem Maria. Havia uma cama de solteiro, uma pia minúscula, um micro-ondas barato, uma TV pequena e roupas em cabides penduradas precariamente numa arara. Ele ficou tocado ao perceber a sua vida exposta dessa maneira numa questão de minutos antes de sair, novamente, da casa. Para esconder essa emoção, Vernon disse:

— Você não deve estar pagando mais do que cinquenta e cinco. Mais as taxas. Eu consigo um lugar maior pelo mesmo preço.

— Bom assim.

Com a chegada da primavera, eles começaram a fazer passeios de carro em Suffolk para ver coisas tipicamente inglesas: casas medievais de madeira sem umidade, telhados de sapé que encarecem o plano de seguro da casa. Eles pararam numa área verde de um vilarejo e sentaram num banco que dava para o lago, mas ela não gostou muito, então eles resolveram olhar a igreja. Ele estava torcendo para ela não pedir para ele explicar a diferença entre anglicanos e católicos — ou a história por trás de tudo isso. Tinha alguma coisa a ver com a vontade de Henrique VIII de casar novamente. Com o pau do rei. Se você prestar bem atenção, tudo se resume a sexo. Mas felizmente ela não perguntou.

Ela começou a segurar o braço de Vernon, e rir com mais facilidade. Ele deu a chave do seu apartamento para ela; ela começou, hesitantemente, a deixar as suas coisas lá. Num domingo, no escuro, ele estendeu a mão para pegar uma camisinha na gaveta da mesa de cabeceira e viu que a caixa de camisinhas estava vazia. Ele praguejou e teve que explicar.

— Tudo bem.

— Não, Andrea, nada tudo bem. Só faltava agora você ficar grávida.

— Acho não. Eu não fica grávida. Estar tudo bem.

Ele confiava nela. Mais tarde, enquanto ela dormia, ele se perguntou o que ela queria realmente dizer. Que ela não podia ter filhos? Ou que ela estava usando algum contraceptivo para se assegurar? E se fosse verdade, o que a Virgem Maria acharia disso? Tomara que ela não esteja usando o método da tabelinha, pensou ele de repente. É um método que, a longo prazo, sempre falha e deixa o papa feliz como um passarinho.

O tempo passou; ela conheceu Gary e Melanie; eles gostaram dela. Ela não ficava mandando neles; eles mandavam nela, e ela obedecia. Eles também perguntavam coisas à Andrea que ele jamais ousaria ou se daria ao trabalho de perguntar.

— Andrea, você é casada?
— A gente pode ver TV o tempo que quiser?
— Você já foi casada?
— Se eu comer três, vou ficar enjoado?
— Por que você não é casada?
— Quantos anos você tem?
— Você torce pra que time?
— Você tem filhos?
— Você e o papai vão se casar?

Ele ouviu a resposta de algumas dessas perguntas — como qualquer mulher cautelosa, ela não disse qual era a sua idade. Uma noite, no escuro, depois de ter levado as crianças de volta para a casa da sua ex, e estava, portanto, triste demais para transar, como sempre ficava nessas ocasiões, ele disse:

— Você acha que poderia me amar?
— Sim, eu penso que eu poderia te amar.
— Você "acha" ou "pensa"?
— Qual é a diferença?

Ele refletiu. — Não tem diferença. Eu me contento com qualquer um dos dois. Eu me contento com ambos. Eu me contento com o que você puder me dar.

* * *

Ele não sabia por que isso começou, o que se passou em seguida. Porque ele estava começando a se apaixonar por ela, ou porque ele realmente não queria? Ou era o que queria, mas estava com medo? Ou era que, no fundo, ele tinha o desejo de estragar tudo? Era o que a sua mulher — ex-mulher — lhe disse uma manhã durante o café da manhã. "Veja, Vernon, eu não te odeio, realmente não. Eu só não consigo viver com você porque você sempre estraga tudo." Uma declaração parecia surgir do nada. Tudo bem que ele roncava um pouco, largava as roupas onde não devia e assistia a uma cota normal de esporte na TV. Mas ele chegava em casa na hora, amava os filhos, não corria atrás de outras mulheres. Para algumas pessoas, isso era o mesmo que estragar tudo.

— Posso te fazer uma pergunta?

— Com certeza.

— Não, "com certeza" é vício de linguagem. Aqui se diz "sim".

Ela olhou para ele como se quisesse dizer: por que justo agora você quer me corrigir?

— Quando eu disse que não tinha mais camisinha e você disse tudo bem, você quis dizer que tudo bem naquela ocasião ou tudo bem sempre?

— Tudo bem sempre.

— Nossa! Você sabe quanto custa um pacote com doze?

Não era a coisa certa para dizer, até ele podia perceber. Meu Deus, talvez ela tenha tido um aborto horrível, ou tinha sido estuprada ou algo parecido.

— Então você não pode ter filho?

— Não. Você me odeia?

— Andrea, pelo amor de Deus. — Ele segurou a mão dela. — Eu já tenho dois filhos. A questão é: tudo bem para você?

Ela abaixou os olhos.

— Não. Não tudo bem para mim. Me deixa muito triste.

— Bem, nós poderíamos... sei lá, consultar um médico. Consultar um especialista. — Ele imaginava que os especialistas aqui eram mais bem preparados.

— Não, nada de especialista. NADA DE ESPECIALISTA.
— Tudo bem, esquece. — Ele pensou: e adoção? Mas será que eu poderia sustentar mais um com os meus gastos?
Ele parou de comprar camisinhas. Ele começou, com o maior tato possível, a fazer perguntas. Mas tato era como jeito para paquerar: você tem ou não tem. Não, não era bem assim. É mais fácil agir com tato quando você não se importa se está ciente das coisas ou não; é mais difícil quando você se importa.
— Por que você está me fazendo essas perguntas?
— Eu estou?
— Acho que sim.
— Desculpe.
Mas o que ele realmente lamentava é que ela havia percebido. Lamentava também o fato de ele não parar. Ele não conseguia parar de perguntar. Quando começaram a namorar, ele estava feliz de não saber nada sobre ela; tudo era diferente, novo. Pouco a pouco, ela passou a conhecê-lo, enquanto ele não sabia nada dela. Por que não continuar assim? *Por que você sempre estraga tudo?*, sua esposa, sua ex-esposa, sussurrou. Não, ele não podia aceitar isso. Quando você ama, você quer saber. As coisas boas, as ruins, as indiferentes. Não que você esteja buscando as coisas ruins. É isso o que significa se apaixonar, ele se dizia. Ou achar que está se apaixonando. De qualquer forma, Andrea era uma pessoa legal, ele tinha certeza disso. Então, que mal faria saber mais sobre uma pessoa legal sem que ela soubesse?

Todo mundo o conhecia no The Right Plaice: a sra. Ridgewell, gerente, Jill, a outra garçonete, o velho Herbert, que era o dono do restaurante, mas que só aparecia quando estava a fim de fazer uma boquinha de graça. Vernon escolheu o momento em que eles começavam a servir o almoço e passou pelo balcão em direção ao banheiro. A sala — quase do tamanho de um closet — onde os funcionários deixavam os casacos e bolsas ficava bem em frente ao banheiro dos homens. Vernon entrou, achou a bolsa de Andrea, pegou as suas chaves e voltou esfregando as mãos como se quisesse dizer: aquele secador de mãos barulhento não dá conta do serviço, não é mesmo? Ele piscou para Andrea, entrou numa loja de ferragem, reclamou dos clientes que só têm um jogo de chaves, deu uma voltinha, pegou o novo jogo de chaves, voltou para o restaurante, preparou uma fala sobre como o tempo frio perturbava a sua bexiga, que não precisou usar, colocou as chaves de volta e pediu um cappuccino.

Na primeira vez que ele foi à casa dela, era uma manhã chuvosa daquelas que ninguém presta atenção em ninguém na rua. Um cara de capa de chuva segue um caminho de concreto até a entrada da casa com painéis de vidro fosco. Lá dentro, ele abre outra porta, senta na cama, se levanta de repente, alisa a depressão no colchão, se vira, percebe que na realidade o micro-ondas não é uma porcaria, coloca a mão embaixo do travesseiro, apalpa uma de suas camisolas, dá uma olhada nas roupas penduradas na arara, acaricia um de seus vestidos que ela ainda não usou, evita olhar as fotos na pequena penteadeira, vai embora, tranca a porta. Ninguém fez nada de errado, não é verdade?

Na segunda vez, ele examinou a Virgem Maria e meia dúzia de fotos. Não tocou em nada, só se agachou e olhou as fotos nos porta-retratos de plástico. Essa deve ser a mamãe, ele pensou, contemplando o permanente e os óculos enormes. E ali está a Andreazinha, lourinha e um pouco rechonchuda. E aquele ali é o irmão ou um namorado? E ali é o aniversário de alguém e tem tantos rostos que não dá para saber quem é importante e quem não é. Ele olhou novamente para a Andrea de 6 ou 7 anos — só um pouco mais velha do que Melanie — e levou consigo a imagem na cabeça.

Na terceira vez, ele abriu cuidadosamente a gaveta de cima; ela emperrou e a mãe da Andrea tombou. Havia mais roupas de baixo, a maioria lhe era familiar. Então ele abriu a última gaveta, porque é lá onde, normalmente, os segredos estão escondidos, e só achou suéteres e umas duas echarpes. Mas na gaveta do meio, embaixo de umas blusas, havia três objetos que ele pôs na cama na mesma ordem, e à mesma distância, como ele havia encontrado. À direita uma medalha, no meio uma foto num porta-retratos de metal, à esquerda um passaporte. A foto mostrava quatro meninas numa piscina, cada uma com o braço no ombro da outra, um divisor de raias com boias de isopor flutuantes separando uma dupla da outra. Elas estavam todas sorrindo para a lente da câmera fotográfica, e suas toucas brancas de borracha estavam todas franzidas. Ele logo reparou em Andrea, a segunda da esquerda. A medalha exibia um nadador mergulhando na piscina, com umas palavras em alemão no verso e a data, 1986. Que idade ela devia ter — 18, 20? O passaporte confirmava: data de nascimento 1967, então tinha 40 anos. Natural de Halle, então ela era alemã.

 Só tinha isso. Nenhum diário, cartas ou vibrador. Não tinha segredos. Ele estava apaixonado — não, ele estava pensando estar apaixonado — por uma mulher que havia ganhado uma medalha de natação. Que mal poderia haver em saber isso? Ela não nadava mais. E então ele se lembrou como ela ficara nervosa na praia quando Gary e Melanie tentaram levá-la até a beira do mar e começaram a jogar água nela. Talvez ela não quisesse se lembrar. Ou talvez fosse bem diferente nadar numa piscina olímpica do que mergulhar no mar. Assim como bailarinos que não querem dançar o mesmo tipo de dança que todo mundo faz.

 Naquela noite, quando eles se encontraram, ele estava intencionalmente alegre, até um pouco bobo, mas ela parecia perceber, então ele parou. Depois de um tempo, ele voltou ao normal. Quase normal, digamos. Quando ele começou a sair com garotas, ele achou que havia momentos em que de repente pensava: eu não entendo nada. Com Karen, por exemplo: eles se davam bem, não havia pressão, eles se divertiam, até que ela perguntou: "Que direção a nossa relação está tomando, afinal?" Como se houvesse apenas duas opções: ir para o altar ou embarcar numa canoa furada. Outras vezes, com outras mulheres, você diz algo, algo bem comum, e pronto, está encalacrado até o pescoço.

 Eles estavam na cama, Andrea com a camisola levantada até a cintura num rolo gordo que ele estava acostumado a sentir contra a sua barriga, ele estava mexendo, quando ela levantou as pernas e o apertou com força, como um quebra-nozes, ele pensou.

— Hum, que pernas fortes de nadadora — ele sussurrou.

Ela não respondeu, mas ele sabia que ela ouviu. Ele continuou, mas sentia que ela estava a quilômetros de distância dali. Depois ficaram deitados de barriga para cima, e ele disse umas coisas para ela, mas ela não reagiu. Bom, amanhã tem trabalho, pensou Vernon. Ele caiu no sono.

Quando ele passou, na noite seguinte, no restaurante para buscar Andrea, a sra. Ridgewell disse que ela havia telefonado dizendo que estava doente. Ele ligou para o seu celular, mas ela não respondeu, então enviou um torpedo.

Depois ele foi até a casa de Andrea e tocou a campainha. Esperou umas duas horas, telefonou novamente, tocou a campainha e entrou.

O quarto estava bem arrumado, e bem vazio. Não havia mais roupas na arara, não havia mais fotos na penteadeira. Sem saber por quê, ele abriu o micro-ondas e olhou dentro; só havia o prato redondo. Na cama, havia dois envelopes, um para o proprietário da casa, com as chaves e o que parecia dinheiro, o outro para a sra. Ridgewell. Nada para ele.

A sra. Ridgewell perguntou se haviam brigado. Não, ele disse, nós nunca brigamos.

— Ela era uma boa menina — disse a gerente. — Muito trabalhadora.

— Como um peão de obra polonês.

— Espero que você não tenha dito isso para ela. Não é muito gentil. E acho que ela não era polonesa.

— Não, ela não era. — Ele contemplou o mar. — Urrais — ele repetiu para si.

— Como?

Você vai à estação de trem e mostra a foto da mulher desaparecida ao funcionário do guichê, que se lembra do seu rosto e lhe diz para onde ela comprou o bilhete de trem. É assim que se faz nos filmes. Mas a estação mais próxima ficava a dezenove quilômetros dali, e não havia nenhum guichê para vender bilhetes, só uma máquina onde você enfiava o dinheiro ou o cartão de crédito. E ele não tinha sequer uma foto dela. Eles nunca fizeram o que fazem os outros casais, sentados apertadinhos numa cabine de fotos instantâneas, a moça sentada no colo do namorado, rindo e fora de foco. De qualquer maneira, eles estavam velhos demais para uma coisa dessas.

Em casa, ele procurou no Google "Andrea Morgen" e obteve 497.000 resultados. Então filtrou a pergunta e reduziu o número para 393. Ele queria procurar por "Andrea Morgan"? Não, ele não queria procurar mais ninguém. A maioria dos resultados era em alemão, ele percorreu a tela sem entender nada. Ele nunca tinha estudado línguas na escola, nunca teve necessidade. Então teve uma ideia. Consultou um dicionário online e achou a palavra "nadadora" em alemão. Era uma palavra diferente para o homem e para mulher. Ele digitou "Andrea Morgan", "1967", "Halle", e "Schwimmerin".

Oito resultados, e todos em alemão. Dois pareciam artigos de jornal, e um outro parecia um relatório oficial. E havia uma foto dela. Era a mesma que ele tinha encontrado na gaveta: lá estava ela, a segunda da esquerda, com os braços nos ombros de suas colegas de equipe, com a touca de natação branca bem franzida. Ele hesitou, então clicou "traduzir esta página". Mais tarde, ele achou links para outras páginas, desta vez em inglês.

Como é que ele poderia saber?, ele se perguntou. Ele mal conseguia entender o lado científico e não se interessava pelo lado político da questão. Mas ele podia entender, e estava interessado em coisas que depois gostaria de nunca ter lido, coisas que, mesmo quando contemplava o mar da mesa à janela no The Right Plaice, começavam a mudar a lembrança que ele tinha dela.

Halle pertencia à antiga Alemanha Oriental. Tinha um programa de recrutamento do Estado. As meninas eram escolhidas quando tinham apenas 11 anos. Vernon tentou imaginar que tipo de vida aquela menininha loura e rechonchuda teve. Seus pais assinaram um formulário de consentimento e um formulário de confidencialidade. Andrea se inscreveu na escola de esportes para crianças e adolescentes, depois no Esporte Clube Dynamo de Berlim Oriental. Ela frequentava as aulas como parte do currículo escolar, mas a atividade principal era a natação. Era uma grande honra fazer parte do Dynamo: foi por isso que ela teve que sair de casa. Tiraram sangue do lóbulo da sua orelha para testar sua condição física. Ela tomava pílulas cor-de-rosa e pílulas azuis — vitaminas, era o que diziam. Depois começaram as injeções — mais vitaminas. Porém, na realidade eram esteroides anabolizantes e testosterona. Era proibido recusar. O lema durante o treinamento era "Tome as pílulas ou morra". Os treinadores vigiavam se elas de fato engoliam as pílulas.

Ela não morreu. Porém, aconteceram outras coisas. Os músculos se desenvolveram, mas os tendões não, então eles rompiam. Elas sofriam de bruscas erupções de acne, a voz ficou grave, houve um aumento de pelos no rosto e no corpo; às vezes os pelos púbicos subiam até o umbigo. Havia os sintomas de crescimento retardado e problemas de fertilidade. Vernon pesquisou palavras como "virilização" e "hipertrofia de clitóris", e se arrependeu. Ele não precisou pesquisar sobre doenças cardíacas, doenças de fígado, crianças deformadas, crianças cegas.

Eles dopavam as meninas porque funcionava. As nadadoras da Alemanha Oriental ganharam medalhas em vários países, especialmente as mulheres. Não que Andrea tivesse alcançado esse nível. Quando o Muro de Berlim caiu e o escândalo veio à tona, quando os envenenadores — treinadores, médicos, burocratas — foram julgados, o nome dela nem sequer foi mencionado. Apesar das pílulas, ela não chegou a fazer parte da equipe nacional. As outras, aquelas que denunciaram publicamente o que tinha sido feito com seus corpos e suas mentes, pelo menos possuíam medalhas de ouro e uns anos de fama para compensar. Andrea não ganhou nada além de uma medalha em uma prova de revezamento num campeonato esquecido em um país que não existia mais.

Vernon contemplou a faixa de concreto e a praia de seixos, o mar cinza e o céu cinza ao longe. A paisagem parecia fingir que tinha sido sempre assim desde que as pessoas começaram a se sentar na janela desse bar. Só que um dia havia uma fileira de cabanas de praia ali que bloqueavam a vista. Então alguém tocou fogo nelas.

Na casa de Phil e Joanna 1: sessenta por cento

Foi na semana em que Hillary Clinton abriu mão da candidatura à presidência. A mesa estava atulhada de garrafas e copos, e, apesar de a fome ter sido saciada, um pequeno vício social forçava as mãos a roubar mais uma uva, esfarelar um naco do queijo, ou pegar um bombom da caixa. Nós já tínhamos discutido sobre as chances de Obama contra McCain e se nas últimas semanas Hillary demonstrara coragem ou mera autoilusão. Especulamos, também, se havia alguma diferença entre o Partido Trabalhista e o Conservador, se as ruas de Londres eram adequadas para circulação dos ônibus articulados, sobre a probabilidade de um ataque da Al-Qaeda durante a Olimpíada de 2012 e o efeito do aquecimento global na viticultura inglesa. Joanna, que se mantivera em silêncio durante estes dois últimos tópicos, suspirou e disse:

— Estou com uma vontade de fumar um cigarro.

Todos pareciam dar uma ligeira expirada.

— É sempre em ocasiões como essas, não é?

— A comida. Aliás, o cordeiro...

— Obrigada. Leva seis horas. É a melhor forma de preparar. E o anis estrelado.

— E esse vinho...

— Não vamos esquecer a companhia.

— Quando eu estava tentando parar de fumar, o que mais me irritava era a reprovação. Você perguntava se alguém se importava e todo mundo dizia que não, mas dava para perceber que as pessoas se afastavam e não inspiravam. E elas ou ficavam com pena de você, o que era condescendente, ou ficavam com uma espécie de ódio.

— E você nunca encontrava um cinzeiro na casa, e eles ficavam procurando, durante horas, por um pires velho que tinha perdido a xícara.

— E a próxima etapa era ir para fora da casa e ficar morrendo de frio.

— E se você apagasse um cigarro num pote de plantas, eles te olhavam como se você pudesse causar câncer no gerânio.

— Eu colocava as minhas guimbas na bolsa e as levava para casa. Num saco plástico.

— Como cocô de cachorro. A propósito, quando é que tudo isso começou? Mais ou menos na mesma época? As pessoas andando na rua com sacos plásticos nas mãos, esperando o cachorro fazer o seu cocô.

— Imagino que deve ser morno, não é? Sentir o calor do cocô do cachorro através do plástico.

— Dick, *por favor*.

— Bom, eu nunca vi ninguém esperando o cocô esfriar, você já?

— Mudando de assunto, esses bombons. Por que as ilustrações nunca correspondem aos bombons que estão dentro da caixa?

— Ou é o contrário?

— O contrário dá no mesmo. Elas não correspondem nunca.

— As ilustrações são apenas uma aproximação. Como o cardápio de um restaurante comunista. O que existiria num mundo ideal. São mais uma metáfora.

— Os bombons?

— Não, as ilustrações.

— Eu adorava fumar um charuto. Não precisava ser um inteiro. Metade já era o suficiente.

— Eles causam tipos diferentes de câncer, não é?

— O quê?

— Cigarros, cachimbos, charutos. Não é o cachimbo que causa câncer na boca?

— O que os charutos causam?

— Ah, o tipo mais chique.

— O que é um câncer chique? Isso não é um contrassenso?
— O câncer no rabo deve figurar entre os mais baixos da lista.
— Dick, *por favor*.
— O que foi que eu disse?
— Câncer no coração... é possível?
— Só como uma metáfora, acho eu.
— Jorge VI, foi de pulmão?
— Ou garganta?
— Seja como for, isso prova que ele estava próximo dos comuns mortais, não é mesmo? Como estar no Palácio de Buckingham durante o bombardeio e depois visitar o East End para apertar a mão dos plebeus pobres no meio dos escombros.
— Então ter um tipo de câncer comum é estar de acordo com tudo isso, é o que você quer dizer?
— Sei lá o que eu quero dizer.
— Eu não acho que ele teria apertado a mão dos plebeus. Não sendo o rei.
— Eis uma questão séria. Obama, McCain, Clinton: qual desses três foi o último a parar de fumar?
— Bill ou Hillary?
— Hillary, é claro.
— Porque nós todos lembramos como o Bill usava o seu charuto.
— É, mas será que ele fumava o charuto depois?
— Ou mantinha guardado num umidificador especial, como ela fez com o vestido?
— Ele poderia tê-lo leiloado para pagar as dívidas da campanha da Hillary.
— McCain deve ter fumado quando era prisioneiro de guerra.
— Obama deve ter fumado um ou dois baseados.
— Aposto que a Hillary nunca tragou.
— Diga-me como fumas e eu te direi quem és.
— Na realidade, como seu representante americano aqui presente, Obama era um fumante inveterado. E começou a mascar

Nicorette quando resolveu se candidatar à presidência. Mas ouvi dizer que ele teve uma recaída.
— Esse é o meu garoto.
— Algum de vocês se importaria se eles fizessem algo errado assim? E fossem fotografados?
— Dependeria da qualidade e natureza da contrição.
— Como o Hugh Grant depois de ter sido pego no flagra recebendo um boquete no carro.
— Pelo menos *ela* tragou.
— *Dick,* pare. Tirem essa garrafa da frente dele.
— "A qualidade e natureza da contrição." Gostei.
— Não que o Bush tenha se desculpado por ter cheirado muito pó.
— Ele não fazia mal a ninguém.
— É claro que sim.
— Você quer dizer como um fumante passivo? Eu não acho que tenha um inalador passivo de cocaína, tem?
— Não, a não ser que você espirre.
— Então não causa efeitos nocivos em terceiros?
— Exceto pelo fato de ter que ouvir conversas enfadonhas e autocentradas.
— *Na realidade...*
— Como?
— Se o Bush foi, como dizem, um bebum ou um drogado no passado, isso ajudaria a explicar a sua presidência.
— Você quer dizer que seu cérebro ficou lesado?
— Não, o absolutismo de um drogado reformado.
— Você está inspirado hoje.
— Bom, é o meu ganha-pão.
— Então o que você está querendo dizer é que *faz* diferença o que se fuma.
— Os charutos me deixavam num estado de doce euforia.
— O cigarro, às vezes, me causa tal alteração, que sinto as pernas formigarem.

— Ah, eu me lembro.
— Conheci uma pessoa que botava o despertador para acordar no meio da noite e fumar um.
— Quem, meu bem?
— Foi antes de te conhecer.
— Espero que sim.
— Vocês viram aquele artigo no jornal sobre Macmillan?
— A instituição de caridade contra o câncer?
— Não, o primeiro-ministro. Quando ele era o ministro das Finanças em 1955 ou 56, por aí. Ele recebeu um relatório dizendo que havia uma correlação entre o câncer e o fumo. Que merda, ele pensou, de onde é que vamos conseguir dinheiro se banirmos os cigarros? Três vírgula seis a mais em taxas de imposto de renda, ou algo que o valha. Então ele analisou as cifras. Quer dizer, a taxa de mortalidade. A expectativa de vida para um fumante: 73 anos. A expectativa de vida para um não fumante: 74 anos.
— É verdade?
— É o que estava no relatório. Então Macmillam escreveu no relatório: "O Ministério da Fazenda acredita que os juros da receita se sobrepõem a esse fato."
— O que eu não tolero é a hipocrisia.
— O Macmillan fumava?
— Cachimbo e cigarro.
— Um ano. Um ano de diferença. É impressionante.
— Talvez nós devêssemos voltar a fumar. Só em volta desta mesa. Um desafio secreto a esse mundo politicamente correto.
— Por que as pessoas não fumam até morrer? Se só perdemos um ano de vida.
— Sem esquecer a dor e o sofrimento terríveis antes de morrer aos 73 anos de idade.
— Reagan fez propaganda do Chesterfied, não foi? Ou foi do Lucky Strike?
— O que isso tem a ver com a questão que estamos discutindo?

— Deve ter *algo* a ver.
— Você continua insistindo.
— Mas é verdade. É por isso que eu insisto. Os governos dizem às pessoas que fumar faz mal enquanto eles recebem o dinheiro dos impostos. Os fabricantes de cigarro sabem que faz mal e, com medo de serem processados, passaram a vender cigarros para os países do Terceiro Mundo.
— Países em Desenvolvimento, não do Terceiro Mundo. Não se diz mais isso.
— Países em Desenvolvimento de Câncer.
— Sem falar na história do Humphrey Bogart. Vocês se lembram de quando eles quiseram colocar num selo uma foto dele fumando e depois resolveram maquiar a foto, sumindo com o cigarro? As pessoas, ao colarem o selo num envelope e verem o Bogey fumando, podiam pensar de repente: Ah, *essa* é uma boa ideia.
— Eles, sem dúvida, encontrarão um jeito de cortar os cigarros dos filmes. Que nem a colorização dos filmes preto e branco.
— Quando eu era criança na África do Sul, a censura cortava todas as cenas que mostrassem qualquer contato entre negros e brancos. *A ilha nos trópicos* teve um corte de vinte minutos.
— Bem, em geral os filmes são longos demais.
— Eu não sabia que você tinha sido criado na África do Sul.
— E outra coisa era que todo mundo fumava no cinema. Vocês se lembram? A gente via a tela através de uma nuvem de fumaça.
— Tinha cinzeiros nos braços das poltronas.
— É verdade.
— Mas a propósito do Bogey... às vezes, quando estou vendo um filme antigo e tem uma cena numa boate com um casal bebendo e fumando e trocando palavras inteligentes, eu penso: porra, que charme. Depois penso: será que eu poderia fumar um cigarro e tomar uma bebida *agora mesmo*?
— *Era* charmoso.
— Exceto pelo câncer.
— Exceto pelo câncer.

— E a hipocrisia.
— Bem, é só não tragar.
— Hipocrisia passiva?
— Acontece. O tempo todo.
— Falando nisso, por que "colorizar" em vez de "colorir"?
— Alguém quer café?
— Só se você tiver um cigarro.
— Isso fazia parte, não é? O cigarro com café.
— Acho que eu não tenho nenhum cigarro aqui em casa. Jim deixou um maço de Gauloises quando ficou aqui em casa, mas eles são tão fortes que nós jogamos fora.
— E aquele amigo seu que deixou um maço de Silk Cut, mas eles são muito fracos.
— Nós fomos ao Brasil no ano passado e as advertências contra o tabagismo são apocalípticas. As fotos coloridas nos maços de cigarros são assustadoras, bebês deformados, pulmões desmanchando e coisas assim. E as advertências... não têm nada a ver com a advertência bem comportada "O Governo de Sua Majestade...". Ou "O Ministro da Saúde determinou que...". No Brasil, eles dizem que partes de seu corpo vão cair. Tem um cara que foi numa loja e comprou um maço de... esqueci a marca. E quando ele estava saindo da loja, olhou para a advertência no maço, voltou para a loja, devolveu o maço e disse: "Este maço causa impotência. Você pode me vender um que só dê câncer?"
— Pois é.
— Bom, eu achei engraçado.
— Você já deve ter contado essa história antes, querido.
— Os panacas podiam ao menos rir. Afinal eles estão bebendo do meu vinho.
— É mais o jeito que você contou a história, Phil. Você precisa enxugar a sua narrativa.
— Imbecis.
— Eu acho que nós ainda temos um pouco de maconha que alguém deixou.

— É mesmo?
— Temos sim, na porta da geladeira.
— Onde na porta da geladeira?
— Na prateleira com o queijo parmesão e a massa de tomate.
— Quem deixou?
— Não lembro. Deve estar lá há séculos. Provavelmente já perdeu a onda.
— A onda se perde?
— Tudo perde a onda.
— Os candidatos à presidência?
— Eles mais do que qualquer um.
— Eu ofereci um pouco à Doreena.
— Quem é Doreena?
— A nossa faxineira.
— Você está curtindo com a nossa cara?
— Você ofereceu à Doreena?
— Claro. É contra as leis trabalhistas ou algo assim? De qualquer modo, ela não aceitou. Ela disse que não fumava mais maconha.
— Meu Deus, onde vamos parar se a faxineira recusa uma oferta de droga gratuita?
— Obviamente, nós sabemos que os cigarros causam mais dependência do que qualquer outra coisa. Álcool, drogas leves, drogas pesadas. Mais dependência do que heroína.
— É verdade?
— Bom, eu li no jornal. Os cigarros são os piores.
— Então, é verdade.
— Eles causam mais dependência do que o poder?
— Essa é a questão.
— Todo mundo sabe, e não através dos jornais, que todo fumante mente.
— Então, eu sou um ex-mentiroso?
— É. E eu também.
— Você pode ser mais preciso?

— Nós mentimos aos nossos pais quando começamos a fumar. Mentimos sobre quantos fumamos, tanto para mais quanto menos. É. Eu fumo quatro maços por dia, do tipo o meu pau é o maior. Ou, ah, eu só fumo de vez em quando. Isso quer dizer, no mínimo, três por dia. Depois mentimos quando tentamos parar. E mentimos ao médico quando descobrimos que estamos com câncer. Ah, eu nunca fumei *tanto assim*.

— Que exagero.

— Mas é verdade. Eu e a Sue mentíamos um para outro.

— *David*.

— Eu estou me referindo apenas aos cigarros, meu bem. "Eu só fumei unzinho na hora do almoço." E "Não, os outros é que estavam fumando, por isso você está sentindo o cheiro". Nós dois mentíamos.

— Então vamos votar no não fumante. Vamos votar na Hillary.

— Já era. De qualquer maneira, eu acho que os fumantes só mentem em relação ao fumo. Assim como os bêbados só mentem em relação à bebida.

— Não é verdade. Eu conheci uns bêbados. Os verdadeiros bebuns mentem por *qualquer coisa*. Para poderem beber. Eu também já menti sobre outras coisas para poder fumar. Sabe, "Eu vou lá fora para respirar um pouco de ar fresco", ou "Não, as crianças estão me esperando".

— Tudo bem. Então você está querendo dizer que os fumantes e alcoólatras são, em geral, mentirosos.

— Vote na Hillary.

— Você quer dizer que todos os mentirosos se afundam em mentiras?

— É filosófico demais para esta hora da noite.

— E tem mais, eles também estão se enganando. O nosso amigo Jerry era um fumante inveterado, ele era daquela geração. Quando tinha uns 60 anos, ele foi fazer um exame de rotina e descobriu que tinha câncer na próstata. Optou por uma cirurgia radical. Eles retiraram os seus testículos.

— Ele ficou sem testículos?
— É.
— Então ele só ficou com o pau?
— Bem, eles lhe deram umas próteses testiculares.
— E elas são feitas de quê?
— Eu não sei, de plástico, eu acho. De qualquer modo, elas têm o mesmo peso. Então não dá para perceber.
— Não dá para *perceber*?
— Elas se mexem de um lado para o outro como os de verdade?
— Não estamos desviando do assunto?
— Você sabe qual é a gíria para testículos em francês? *Les valseuses*. As valsistas. Porque elas se mexem de um lado para o outro.
— É mesmo?
— Por que saco é feminino em francês?
— Nós estamos, realmente, desviando do assunto.
— *Testicules* não é. Mas *valseuses* é.
— Saco é feminino. Confie nos franceses.
— Não é de admirar que eles não tenham apoiado a guerra do Iraque.
— Não que alguém nesta mesa tenha apoiado.
— Para mim a questão era mais ou menos sessenta por cento.
— Como que você pode ser sessenta por cento numa questão como o Iraque? É como ser sessenta por cento sobre a teoria de que a Terra é plana.
— Eu também sou sessenta por cento nessa questão.
— De qualquer maneira, eu só mencionei o Jerry porque ele disse que se sentiu aliviado quando soube que tinha câncer na próstata. Ele disse que se tivesse câncer no pulmão, teria que parar de fumar.
— Então ele continuou?
— Sim.
— E aí?
— Bom, ele ficou bem por uns anos. Uns bons anos. Depois o câncer voltou.

— E aí ele parou?
— Não. Ele disse que não fazia sentido parar naquele estágio, ele preferia usufruir o prazer. Eu me lembro da última vez que nós o visitamos no hospital. Ele estava sentado na cama assistindo a uma partida de críquete e na sua frente tinha um cinzeiro enorme cheio de guimbas de cigarro.
— O hospital o deixava *fumar*?
— Ele estava num quarto particular. Num hospital particular. E já fazia uns anos. Ele pagava, era o quarto dele. Era assim que funcionava.
— Porque você está nos contando sobre esse cara?
— Não me lembro mais. Vocês me confundiram.
— Porque ele estava mentindo para si mesmo.
— É isso mesmo, mentir para si próprio.
— Eu acho que é o contrário, ele sabia exatamente o que estava fazendo. Ele, talvez, tenha decidido que aquilo valia a pena.
— É isso o que eu quis dizer por "mentir para si mesmo".
— Donde se conclui que ser fumante faz parte do treinamento necessário para ser presidente.
— Eu realmente penso que Obama vai conseguir. Assim vos fala o vosso "representante americano".
— Eu concordo. Bem, com relação a isso eu sou sessenta por cento.
— Você é um liberal, é sempre sessenta por cento em tudo.
— Não sei se concordo.
— A propósito, você se enganou sobre o Reagan.
— Ele não fez o comercial do Chesterfield.
— Não, ele não morreu de câncer no pulmão.
— Eu não disse que ele morreu de câncer no pulmão.
— Não foi o que você disse?
— Não. Ele morreu de Alzheimer.
— Estatisticamente, os fumantes têm menos chances de ter Alzheimer do que os não fumantes.
— É porque eles já estão mortos quando a doença normalmente se manifesta.

— Nova advertência do Ministério da Saúde no Brasil: "Fumar previne Alzheimer."

— Na semana passada folheamos um *New York Times* no avião. Tinha uma matéria sobre uma pesquisa que relacionava a expectativa de vida com o custo para o governo, ou melhor, para o país, dos diferentes tipos de morte. E a estatística que deram ao Macmillan... quando é que foi?

— Em 1955, 56, eu acho.

— Bom, elas estavam todas erradas. E já estavam sem dúvida naquela época. Os fumantes tendem a morrer por volta dos 75 anos. Os obesos por volta dos 80. E as pessoas saudáveis, não fumantes, não obesas, normalmente morrem em média por volta dos 84.

— Eles precisam de um estudo para nos dizer isso?

— Não, eles precisam de um estudo para nos dizer o custo do serviço de saúde para o país. E esse foi o ponto interessante. Os fumantes eram os que custavam menos. Depois os obesos. E todas aquelas pessoas saudáveis, não obesas, não fumantes representavam um grande custo para o país.

— É incrível. Essa foi a coisa mais importante que se disse durante toda a noite.

— Com exceção de como estava gostoso o cordeiro.

— Nós devíamos agradecer aos fumantes por custar tão barato à nação em vez de estigmatizá-los, cobrando impostos absurdos, forçando-os a ficar em pé na esquina debaixo da chuva, em vez de agradecê-los por custarem tão barato para o país.

— O que eu não suporto é a hipocrisia.

— De qualquer maneira, os fumantes são mais simpáticos do que os não fumantes.

— Exceto pelo fato de expor os não fumantes ao risco de câncer.

— Eu acho que não existe um fundamento médico para essa teoria de fumante passivo.

— Também acho. Mas eu não sou médico. Assim como vocês também não são.

— Acho que na realidade é mais uma metáfora. Do tipo, não invada o meu espaço.

— Uma metáfora para a política externa americana. Nós voltamos ao assunto do Iraque?

— O que eu *queria* dizer é que, bem, quando todo mundo fumava, os não fumantes eram mais simpáticos. Atualmente é o contrário.

— A minoria perseguida é sempre a mais simpática? É isso o que a Joanna quer dizer?

— O que eu quero dizer é que existe uma camaradagem. Se você se aproxima de alguém na calçada, em frente a um pub ou a um restaurante e pergunta se pode comprar um cigarro do outro fumante, eles sempre te dão um.

— Eu achava que você não fumava mais.

— Não, mas se eu fumasse, eles me dariam.

— Eu percebi uma mudança tardia para o condicional.

— Eu te disse, todo fumante mente.

— É um assunto para se discutir quando todos tiverem ido embora.

— Do que o Dick está rindo?

— Das próteses testiculares. É a ideia em si. Ou talvez a frase. Tem várias aplicações. A política externa francesa, Hillary Clinton.

— *Dick.*

— Perdão, eu sou apenas um cara antiquado.

— Você é apenas uma criança antiquada.

— Ai. Mas, mamãe, eu posso fumar quando crescer?

— Toda aquela baboseira de que políticos precisam de colhões. É... o caralho.

— *Touché.*

— Sabe, eu me surpreendo de o seu amigo não ter ido novamente ao médico, ou cirurgião, e perguntado: "Será que não dá para eu ter um tipo diferente de câncer, em vez desses que me obrigam a cortar o saco?"

— Não foi bem assim... ele tinha a escolha de diferentes opções. Ele escolheu a mais radical.
— Isso, nós podemos dizer... não tem nada de sessenta por cento nesse caso.
— Como é que se pode ser sessenta por cento quando só se tem dois testículos?
— Sessenta por cento é uma metáfora.
— É mesmo?
— Tudo é uma metáfora a essa hora da noite.
— Aproveitando o ensejo, você poderia, literalmente, chamar um táxi para nós?
— Vocês se lembram das manhãs depois de ter fumado muito? Uma ressaca de cigarros?
— A maioria das manhãs. A garganta. O nariz seco. O peito.
— Havia uma clara diferença entre a ressaca de cigarro e a de bebida que a gente normalmente tinha ao mesmo tempo.
— A bebida relaxa, o cigarro deixa tenso.
— Quê?
— Fumar constringe as veias sanguíneas. É por isso que a gente nunca conseguia começar o dia sem um bom cigarro.
— Por que era assim?
— Na minha opinião de leigo, esse era o seu problema.
— Então voltamos ao início da conversa?
— Que foi...
— O saco de plástico invertido e...
— Dick, agora nós realmente vamos embora.
Mas nós não fomos. Ficamos, conversamos um pouco mais e decidimos que Obama iria ganhar do McCain, que o Partido Conservador estava apenas temporariamente indistinguível do Partido Trabalhista, que a Al-Qaeda atacaria durante a Olimpíada de 2012, que em poucos anos os londrinos começariam a sentir saudades dos ônibus articulados, que em algumas décadas as vinhas seriam plantadas ao longo do Muro de Adriano como era no período romano, e que, muito provavelmente, para o resto

da vida no planeta, algumas pessoas em algum lugar estariam fumando. Que sortudos safados.

Na cama com John Updike

— Eu acho que correu tudo muito bem — disse Jane, dando palmadinhas na bolsa enquanto a porta do trem fechava com um mecanismo pneumático. O vagão estava quase vazio, o ar quente e rançoso.

Alice sabia que esse comentário era para ser interpretado como alguém que buscava reafirmação.

— *Você* estava, certamente, em plena forma.

— Ah, para variar, o meu quarto era bom. O que sempre ajuda.

— As pessoas gostaram da sua anedota sobre o Graham Greene.

— Elas normalmente gostam — respondeu Jane com um ligeiro ar de satisfação.

— Eu sempre quis lhe perguntar, esta história é verdade?

— Eu não me preocupo mais com isso. Ela serve para encher linguiça.

Quando é que elas se conheceram? Nenhuma das duas realmente lembrava. Deve ter sido há quase quarenta anos, durante a época das festas permutáveis: o mesmo vinho branco, o mesmo nível sonoro histérico, as mesmas ladainhas dos editores. Talvez tenha sido numa recepção do Pen Club, ou quando as duas foram indicadas para o mesmo prêmio literário. Ou talvez durante aquele verão ébrio e longo em que Alice estava tendo um caso com o agente literário de Jane, por motivos que ela nem se lembrava mais ou, nem mesmo na época, podia justificar.

— De certa forma, é um alívio não ser famosa.

— Você acha? — Jane olhou perplexa, e um pouco consternada, como se achasse que elas eram famosas.

— Bem, deve haver leitores que vêm sempre nos ver ao longo desses anos esperando ouvir novas anedotas. Há anos que contamos as mesmas histórias.

— Na realidade, nós temos pessoas que vêm nos ver com uma certa assiduidade. Só são menos do que... se nós fôssemos famosas. De qualquer maneira, eu acho que eles gostam de ouvir as mesmas anedotas. Quando nós estamos no palco, não é literatura, é um programa humorístico. Você tem que ter as suas frases feitas na ponta da língua.

— Que nem a sua anedota do Graham Greene.

— Eu acho que essa anedota é mais do que um... clichê, Alice.

— Não precisa dar ferroadas, meu bem. Não lhe cai bem.

— Alice não podia deixar de observar o brilho de suor no rosto da amiga. Tudo isso por causa do esforço de se deslocar do táxi à plataforma, depois da plataforma ao trem. E por que diabos as mulheres mais corpulentas acham que os vestidos com estampas florais são a resposta para os seus problemas? Alice, por sua vez, achava que a bravata raramente combinava com as roupas — pelo menos depois de uma certa idade.

Quando elas se tornaram amigas, ambas eram recém-casadas e recém-publicadas. Cada uma delas tinha tomado conta dos filhos da outra, foram solidárias durante os seus respectivos divórcios e recomendava os livros da outra como presente de Natal. Cada uma, no fundo, gostava menos do que dizia da obra da outra, mas também elas gostavam menos das obras dos outros do que diziam, então não tinha nada a ver com hipocrisia. Jane ficava sem graça quando Alice falava dela como uma artista em vez de escritora, e achava que os livros de Alice se esforçavam para parecer mais intelectuais do que na realidade eram. Alice achava que a obra de Jane era amorfa e, às vezes, descaradamente autobiográfica. Elas conseguiram um pouco mais de sucesso do que haviam previsto, mas menos do que achavam que mereciam. Mike Nichols se interessou pelo *Triple Sec* de Alice, mas acabou desistindo; um produtor de TV comprou os direitos e fez uma adaptação grosseiramente sexual. Não que Alice tenha afirmado isso; ela disse, com um leve sorriso, que a adaptação era "uma versão econômica da contenção do livro", uma frase que alguns acharam desconcertante. Jane, por sua vez, tinha sido a segunda favorita para faturar o Booker Prize com *The Primrose Path*, gastou uma fortuna no vestido, ensaiou o discurso com Alice e depois perdeu para um elegante antípoda.

— Só por curiosidade, quem te contou?
— O quê?
— A história do Graham Greene.
— Ah, aquele cara que publicava os nossos livros.
— Jim.
— Esse mesmo.
— Jane, como é que você pôde esquecer o nome do Jim?
— Bom, acontece. — O trem passou a todo vapor por uma estação de uma cidadezinha, tão rápido que não deu para ler a tabuleta. Por que Alice era tão severa? Ela não era exatamente uma santa. — Por falar nisso, você chegou a transar com ele?

Alice franziu, ligeiramente, a testa.

— Bem, para ser sincera, eu não me lembro. E você?
— Também não me lembro. Mas suponho que, se você transou, eu também devo ter transado.
— Você acha que isso é coisa de piranha?
— Não sei. Se você é, então *eu* também sou. — Jane riu, para camuflar a sua incerteza.
— Você acha bom ou ruim o fato de nós não lembrarmos?

Jane se sentiu como se estivesse novamente no palco, encarando uma pergunta que ela não estava preparada para responder. Então, reagiu como sempre reagia, e jogou a pergunta de volta à Alice: a líder da equipe, a representante de classe, a autoridade moral.

— O que *você* acha?
— Acho bom.
— Por quê?

— Ah, eu acho que é melhor ter uma atitude zen para esse tipo de coisa.

A serenidade de Alice a tornava um pouco enigmática para os pobres mortais. — Você quer dizer que o fato de não se lembrar se transou com ele é uma atitude budista?

— Pode ser.

— Eu achava que budismo tem a ver com reencarnações em diferentes formas de vida.

— Bem, isso explicaria por que nós transamos com tantos porcos.

Elas se entreolharam amigavelmente. Elas formavam uma boa dupla. Quando começaram a receber convites para participar de festivais literários, elas logo perceberam que seria divertido fazer uma dobradinha. Juntas elas participaram dos festivais de Hay e Edimburgo, Charleston e King's Lynn, Dartington e Dublin; e até de Adelaide e Toronto. Elas viajavam juntas, economizando assim a despesa que os editores teriam com cicerones. No palco, uma concluía a frase da outra, e também cobriam as gafes, eram de uma ironia ferina com os entrevistadores que as tratavam de forma paternalista e encorajavam suas filas de autógrafos a comprarem os livros da outra. Sob os auspícios do British Council, elas viajaram juntas mais de uma vez para o exterior até que Jane, não lá muito sóbria, fez uns comentários não muito diplomáticos em Munique.

— O que foi a pior coisa que alguém já lhe fez?

— Nós ainda estamos falando de cama?

— Hum-hum.

— Jane, que pergunta!

— Bem, pelo andar da carruagem, mais cedo ou mais tarde eles irão nos fazer essa pergunta.

— Eu nunca fui estuprada, se é isso o que quer saber. Pelo menos — Alice acrescentou pensativamente — nada que os tribunais chamariam de "estupro".

— Então?

Como Alice não respondeu, Jane disse: — Eu vou olhar a paisagem enquanto você pensa. — Ela contemplou, com uma vaga benevolência, as árvores, os campos, as cercas vivas, os animais. Ela sempre fora uma pessoa urbana e o seu interesse pelo campo era bastante pragmático, um bando de carneiros significava somente um cordeiro assado.

— Não é nada... evidente. Mas eu diria que foi o Simon.

— Simon o escritor, Simon o editor, ou outro Simon qualquer?

— Simon o escritor. Foi depois do meu divórcio. Ele me telefonou e sugeriu dar uma passada lá em casa. Disse que levaria uma garrafa de vinho. E levou. Quando ficou bem claro que ele não iria conseguir o que esperava, ele pôs a rolha de volta e foi embora, carregando o resto da garrafa.

— E o que era?

— Como assim?

— Bem, era champanhe?

Alice refletiu por um instante. — Não pode ter sido champanhe porque não dá para colocar a rolha de volta na garrafa. Você quer dizer se era francês ou italiano ou branco ou tinto?

Jane percebeu pelo tom da voz que Alice estava irritada. — Eu não sei o que você quer realmente dizer. Isso é ruim.

— O que é ruim? Não se lembrar o que quer dizer?

— Não, colocar a rolha de volta na garrafa. É muito ruim. — Ela fez uma pausa de ex-atriz. — Imagino que seja simbólico.

Alice deu uma risadinha, e Jane sabia que aquele momento tinha sido apenas um pequeno constrangimento. Animada, ela fez uma voz de sitcom: — Teve de rir para não chorar, não é?

— Eu acho que sim — respondeu Alice. — É isso ou apelar para a religião.

Jane poderia deixar o momento passar. Mas a alusão de Alice ao budismo havia lhe dado coragem, e, além disso, para que servem os amigos? Mesmo assim, ela se virou para a janela para confessar. — Na realidade, se você quer saber, eu tenho uma religião. Um pouco, pelo menos.

— Mesmo? Desde quando? Quero dizer, por quê?

— Há um ou dois anos. Isso dá, de certa forma, um sentido às coisas. Faz como que tudo pareça menos... tristemente absurdo. — Jane afagou a bolsa, como se precisasse de consolo.

Alice se surpreendeu. Do seu ponto de vista, *tudo* era tristemente absurdo, mas você tinha que aceitar e bola pra frente. E para que servia mudar de opinião a essa altura do campeonato? Ela refletiu se deveria responder seriamente ou superficialmente, e decidiu pelo último.

— Desde que o seu deus nos permita beber, fumar e fornicar.

— Ah, ele é a favor de tudo isso.

— E a blasfêmia? Eu acho sempre que essa é a prova final para qualquer deus.

— Ele é indiferente. Ele está acima de tudo isso.

— Então eu aprovo.

— É isso o que ele faz. Aprova.

— Isso muda as coisas. Quero dizer, para um deus. A maioria deles desaprova.

— Acho que eu não iria querer um deus reprovador. Já basta a vida. Misericórdia, perdão e compreensão, é disso que precisamos. Além da noção de um plano geral.

— Foi ele que achou você ou o contrário? Se é que essa pergunta faz sentido.

— Faz sim — respondeu Jane. — Eu acho que foi uma escolha mútua.

— Parece... confortante.

— Sim, a maioria das pessoas não acha que um deus deva ser confortante.

— Como é mesmo aquela frase? "Deus me perdoará, esse é o seu dever", não é?

— É isso mesmo. Acho que nós complicamos demais Deus ao longo dos séculos.

O carrinho de bebidas passou por elas e Jane pediu um chá. Depois tirou da bolsa uma fatia de limão de um recipiente de plástico e uma miniatura de conhaque que pegou no frigobar do hotel.

Ela gostava de brincar de um joguinho secreto com os seus editores. Quanto melhor o quarto, menor a pilhagem. Ontem à noite havia dormido bem, então se contentou em pegar apenas o conhaque e o uísque. Mas uma vez, em Cheltenham, depois de um público escasso e um colchão duro, ela ficou tão enfurecida que limpou o frigobar: as bebidas alcoólicas, o amendoim, o chocolate, o abridor de garrafa e até a bandeja de gelo.

O carrinho de bebidas partiu sacolejando. Alice sentiu saudades da época em que havia vagões-restaurantes de verdade, com serviço à francesa e garçons de paletós brancos servindo legumes com um garfo enganchado na colher enquanto a paisagem solavancava lá fora. A vida, ela refletiu, consistia numa perda gradual de prazer. Ela e Jane já haviam abdicado do sexo mais ou menos na mesma época. Ela não se interessava mais pela bebida; Jane não ligava mais para comida — ou, pelo menos, pela qualidade da comida. Alice fazia jardinagem; Jane fazia palavras cruzadas e, de vez em quando, preenchia as palavras erradas para ganhar tempo.

Jane apreciava o fato de Alice nunca reprová-la por tomar um drinque mais cedo do que o normal. Ela sentiu um súbito carinho por aquela amiga sempre pronta e certinha, que nunca deixava que elas perdessem o trem.

— Simpático o rapaz que nos entrevistou — disse Alice. — Bastante respeitoso.

— Ele foi respeitoso com você. Mas comigo ele fez aquela coisa.

— O quê?

— Você não percebeu? — Jane soltou um suspiro de autopiedade. — Quando ele mencionou todos aqueles livros que o meu último livro lembrava. E eu não podia, simplesmente, dizer que não tinha lido alguns deles ou eles achariam que eu era uma ignorante. Então tive que concordar e todo mundo supôs que foi dali que eu tirei as minhas ideias.

Alice achou um excesso de paranoia. — Eles não acharam isso, Jane. No máximo acharam o sujeito pernóstico. E o público adorou quando ele mencionou *Moby Dick* e você se virou e perguntou: "É aquele da baleia?"

— É verdade.

— Jane, quer dizer que você nunca leu *Moby Dick*?

— Deu a impressão de que eu nunca li?

— Não, de jeito nenhum.

— Que bom. Bem, eu não estava realmente mentindo. Eu vi o filme, com Gregory Peck. Você gostou?

— Do filme?

— Não, do livro, sua boba.

— Já que você está perguntando, eu também não li.

— Alice, você é tão amiga, sabe.

— Você leu os livros daqueles jovens de que todo mundo está falando?

— Qual deles?

— Aqueles de que todo mundo está falando.

— Não. Eu acho que eles já têm leitores demais, você não acha?

As vendas dos próprios livros delas se mantinham à margem, por pouco. Uns dois mil exemplares de capa dura, cerca de vinte mil em brochura. Elas ainda gozavam de uma certa fama. Alice escrevia uma coluna semanal sobre incertezas e infortúnios da vida, embora Jane achasse que melhoraria muito se Alice incluísse mais referências sobre a sua própria vida e menos sobre Epicteto. Jane ainda era solicitada por produtores de rádio quando eles precisavam de alguém para preencher a programação com Regras de Etiqueta / Mulher/Não profissional/Humor; apesar de um produtor ter acrescentado "MPM" aos seus dados pessoais, querendo dizer "Melhor pela Manhã".

Jane não queria perder o bom humor. — E essas escritoras jovens de que todo mundo fala?

— Acho que devo fingir um pouco mais que li os livros delas do que no caso dos meninos.

— Eu também. Isso é ruim?

— Não, é uma questão de irmandade.

Jane parou quando uma brusca rajada de vento do trem que vinha na direção oposta sacudiu o vagão. Por que diabos eles colocam os trilhos tão juntos? E instantaneamente o seu pensamento foi invadido por imagens sucessivas de noticiário tiradas de um helicóptero: vagões de trens despedaçados — eles usavam esse verbo para soar mais violento — no fundo das barragens, sirenes, paramédicos com macas e, no plano de fundo, um vagão montado em cima do outro num acasalamento metálico. Sua mente passou, rapidamente, para as imagens de desastres aéreos, morticínios, câncer, o estrangulamento de velhinhas que moram sozinhas e a provável ausência de imortalidade. O Deus Aprovador era impotente diante de tais imagens. Ela despejou a última garrafinha de conhaque no chá. Ela precisava que Alice a distraísse.

— Em que você está pensando? — ela perguntou, tímida como uma leitora novata na fila de autógrafos.

— Na realidade, eu estava me perguntando se você já teve ciúme de mim.

— Por que estava pensando nisso?

— Não sei. É um desses pensamentos que passam pela cabeça.

— Ainda bem. Porque não é nem um pouco gentil da sua parte.

— Verdade?

— Bom, se eu admitir que já senti ciúme de você, então eu sou uma amiga da onça. E se eu disser que não, eu sou uma convencida por não achar que possa existir algo na sua vida ou nos seus livros que seja digno de ciúme.

— Jane, perdoe-me. Reformulando então: eu sou uma vaca. Mil perdões.

— Tudo bem. Mas já que você perguntou...

— Você tem certeza de que eu vou querer ouvir isso agora? — Era estranho como, às vezes, ela subestimava Jane.

— ... eu não sei se "ciúme" é a palavra adequada. Mas eu morria de inveja dessa história com o Mike Nichols, até que um dia passou. E eu fiquei furiosa quando você transou com o meu marido, mas eu senti raiva, não ciúme, eu acho.

— Acho que foi falta de tato da minha parte. Mas naquela época ele já era o seu ex-marido. E naquele tempo todo mundo transava com todo mundo, não é? — Por detrás desse mundanismo, Alice sentiu uma irritação premente. A mesma ladainha outra vez? Não bastava elas terem discutido intensamente o assunto na época? E posteriormente. E Jane havia escrito aquele maldito romance sobre esse assunto, alegando que "David" pensava em voltar para "Jill" quando "Angela" interveio. O que o romance omitiu é que haviam se passado dois anos, não dois meses, e então "David", além de estar transando com "Angela", estava transando com metade de Londres.

— Foi indelicado da sua parte *me* contar.

— É verdade. Eu esperava que você fosse me forçar a parar. Eu precisava de alguém que me fizesse parar. Eu estava muito mal naquela época, não é? — E elas conversaram também sobre isso. Por que algumas pessoas se esquecem do que elas deveriam lembrar, e se lembram do que era melhor esquecer?

— Você tem certeza de que foi essa a razão?

Alice respirou fundo. Ela não iria permitir que Jane continuasse se desculpando pelo resto da vida. — Eu não me lembro de qual foi a razão na época. Estou só conjecturando. Pós-fato — ela acrescentou, para reforçar a autoridade de suas palavras e encerrar o assunto. Mas Jane não se dava facilmente por vencida.

— Eu me pergunto se o Derek agiu assim porque *ele* queria que *eu* ficasse com ciúme.

Agora Alice ficou, realmente, zangada. — Bem, obrigada pelo adendo. Eu achava que ele tinha agido assim porque não pôde resistir aos encantos que eu tinha para oferecer naquela época.

Jane se lembrava dos enormes decotes que Alice usava. Hoje em dia ela vestia terninhos bem cortados com suéter de cashmere e uma echarpe de seda presa na gola rulê. Naquela época, era como se alguém estivesse segurando uma cesta de frutas na sua direção. Claro, os homens eram criaturas simples. Derek era mais simples do que a maioria, ou talvez fosse tudo uma questão de sutiã avantajado.

Sem mudar totalmente de assunto, ela acabou perguntando:

— A propósito, você pretende escrever as suas memórias? Alice fez que não. — É muito deprimente.

— Lembrar de tudo o que passou?

— Não, o problema não é ter que lembrar, ou inventar. O problema é publicar, tornar tudo público. Eu mal consigo aceitar o fato de que um número distintamente finito de pessoas gostaria de ler os meus romances. Mas imagina escrever a nossa própria autobiografia, tentar resumir tudo o que nós sabemos, vimos, sentimos, aprendemos e sofremos nesses cinquenta e tantos anos...

— *Cinquenta!*

— Eu só conto a partir dos 16, você não sabia? Antes disso eu não tinha consciência, e era ainda muito menos responsável pelo que eu era.

Talvez fosse esse o segredo da admirável e infatigável compostura de Alice. De tempos em tempos, ela demarcava um limite e não se responsabilizava por tudo o que havia acontecido antes disso. Assim como foi com Derek.

— Continue.

— ... só para descobrir que um punhadinho de leitores estão interessados em saber. Talvez até menos.

— Você poderia colocar mais sexo no livro. As pessoas gostam da ideia de velhas...

— Tagarelas? — Alice levantou a sobrancelha. — Maluquetes?

— ... maluquetes como nós, fazendo confissões sexuais. Os velhos que ficam lembrando de suas conquistas eram vistos como vaidosos. As velhas são consideradas corajosas.

— Seja como for, é importante que você tenha dormido com alguém famoso. — Derek jamais poderia ser acusado de ser famoso. Nem Simon, o romancista, muito menos nosso editor. — Isso ou ter feito algo deveras repugnante.

Jane achou que a amiga estava sendo insincera. — O John Updike não é famoso?

— Ele só me deu uma piscadela.

— *Alice!* Eu vi com os meus próprios olhos você sentada no colo dele.

Alice deu um sorriso contido. Ela se lembrava, claramente, de tudo: o apartamento de alguém naquele bairro chique de Londres, o Little Venice, as caras de sempre, um LP dos Byrds na vitrola, um leve cheiro de maconha, o famoso escritor que estava de passagem, e sua própria audácia.

— Eu me sentei, como você disse, no colo dele. E ele me deu uma piscadela. Fim da história.

— Mas você me disse...

— Não.

— Mas você deu a entender que...

— Bem, foi uma questão de orgulho.

— Você quer dizer...?

— O que eu *quero* dizer é que ele tinha que acordar cedo no dia seguinte. Tinha que ir para Paris, Copenhague, sei lá para onde. Uma turnê para promover o livro. Sabe como é.

— A desculpa da dor de cabeça.

— Exatamente.

— Bom — disse Jane, tentando esconder uma repentina onda de alegria. — Eu acho que os escritores se beneficiam mais com as coisas que dão errado do que com as que dão certo. É a única profissão em que o fracasso pode ser transformado em algo positivo.

— Eu não acho que "fracasso" seja a melhor palavra para descrever o meu encontro com John Updike.

— Claro que não, meu bem.

— E se você me permite dizer: você está parecendo um daqueles livros de autoajuda. — Ou como quando você fala no seu programa de rádio explicando animadamente às mulheres como se deve viver.

— É mesmo?

— O fato *é* que, mesmo que o fracasso pessoal *possa* ser realmente transformado em arte, você acaba onde estava anteriormente, no ponto de partida.

— Qual?

— Não ter transado com o John Updike.
— Bem, se isso pode servir de consolo, eu tenho inveja de ele ter te dado uma piscadela.
— Você é uma verdadeira amiga — Alice respondeu, mas o seu tom a traía.
Elas ficaram em silêncio. O trem passou por uma estação grande.
— Era Swindon? — Jane perguntou, para parecer que elas não tinham brigado.
— Provavelmente.
— Você acha que nós temos muito leitores em Swindon? Ah, por favor, Alice, não fique irritada comigo. Ou melhor, não vamos ficar irritadas uma com a outra.
— O que você acha?
Jane não tinha a menor ideia. Ela estava quase entrando em pânico. Ela se amparou no primeiro fato que lhe veio à cabeça.
— Swindon é a maior cidade da Inglaterra sem universidade.
— Como é que você sabe disso? — Alice perguntou, tentando parecer invejosa.
— Ah, é o tipo da coisa que eu sei. Talvez eu tenha lido em *Moby Dick*.
As duas riram, contentes, com sentimento de cumplicidade. Então, veio o silêncio. Logo em seguida, o trem passou por Reading e uma reconheceu o mérito da outra por não apontarem para Gaol ou falarem sobre Oscar Wilde. Jane foi ao banheiro, ou talvez tenha ido consultar o frigobar na sua bolsa. Alice divagou se era melhor levar a vida seriamente ou superficialmente. Ou isso seria falsa antítese, apenas uma maneira de se sentir superior? Jane, assim lhe parecia, levava a vida superficialmente, até que algo desse errado e ela tivesse que recorrer a soluções mais sérias como Deus. Melhor levar a vida a sério e buscar soluções superficiais. A ironia, por exemplo, ou o suicídio. Por que as pessoas se seguravam com tanta força à vida, esta dádiva que nos foi oferecida sem consulta prévia? Toda vida era um fracasso, segundo Alice, e o chavão de Jane sobre transformar o fracasso em arte era uma doce quimera. Todos

que entendem de arte sabem que ela nunca correspondeu ao sonho de seu criador. A arte nunca atinge o objetivo, e o artista, longe de salvar algo do desastre da existência, estava condenado a um duplo fracasso.

Quando Jane voltou do banheiro, Alice estava ocupada dobrando as seções do jornal que ela guardava para ler enquanto comia o seu ovo cozido das noites de domingo. É estranho perceber que, ao envelhecer, a vaidade se torna menos um vício e quase o oposto: uma necessidade moral. Suas mães vestiam espartilhos e cintas, mas suas mães já haviam morrido há séculos, e os seus espartilhos e cintas se foram com elas. Jane sempre estava acima do peso — era uma das coisas de que Derek reclamava. E seu hábito de criticar a ex-mulher antes ou logo depois de ele transar com Alice foi uma das razões para ela terminar com ele. Não tinha sido por uma questão de solidariedade feminina, era mais uma desaprovação pela falta de classe num homem. Com o tempo, Jane ficou ainda mais gorda, com tanta bebida e o gosto por petiscos como pãezinhos na hora do chá. Pãezinhos! Realmente havia algumas coisas que as mulheres deviam superar com o tempo. Mesmo que esses pequenos vícios pudessem parecer charmosos aos olhos do público quando confessados, timidamente, no microfone. E quanto a *Moby Dick*, estava perfeitamente claro para todos que Jane nunca tinha lido uma palavra sequer. Mesmo assim, valia a pena se apresentar com a Jane: fazia ela, Alice, parecer mais lúcida, mais sóbria, mais cultivada, e mais magra. Quanto tempo levaria até que Jane publicasse um romance sobre uma escritora gorda e alcoólatra que encontrava um deus que a aceitava? Vaca, Alice disse para si mesma. Você bem que merecia um flagelo de uma dessas religiões antigas e punitivas. Ateísmo estoico é moralmente neutro demais para você.

Com sentimento de culpa, Jane abraçou Alice um pouco mais do que o normal enquanto elas se aproximavam do final da fila de táxi na estação de Paddington.

— Você vai à festa de Autor do Ano na Hatchards?

— Eu fui o Autor do Ano no ano passado. Este ano eu sou um Autor Esquecido.

— Nada de pieguice, Jane. Mas já que você não vai, eu também não vou — declarou com firmeza Alice, sabendo que ela talvez mudasse de ideia mais tarde.

— E qual é o nosso próximo evento?

— O festival de Edimburgo?

— Pode ser. O seu táxi chegou.

— Tchau, parceira. Você é o máximo.

— Você também.

Elas se beijaram novamente.

Mais tarde, enquanto comia o seu ovo cozido, Alice constatou que seu pensamento fugia das páginas culturais e se concentravam em Derek. Sim, ele era um imbecil, mas tinha um apetite tão grande por ela que não valia a pena questionar. E naquela época, Jane não parecia se importar; ela passou a se ressentir só mais tarde. Alice se perguntou se tinha algo a ver com Jane, ou se era a natureza do tempo; mas ela não chegou a uma conclusão, e voltou para seu jornal.

Jane, enquanto isso, em outra parte de Londres, estava vendo TV e beliscando a torrada com queijo sem se importar onde as migalhas caíam. Sua mão de vez em quando deslizava na taça de vinho. Uma política europeia no noticiário da TV parecia com Alice, e ela pensou na longa amizade das duas, e como, quando elas apareciam juntas no palco, Alice sempre fazia o papel da "sócia sênior", e ela sempre aquiescia. Será que era porque ela tinha uma natureza subserviente, ou porque achava que essa dinâmica fazia com que Jane parecesse mais simpática? Ao contrário de Alice, ela não se importava de parecer mais fraca. Talvez tivesse chegado o momento de admitir as lacunas na sua leitura. Ela poderia começar em Edimburgo. Ela aguardaria essa viagem com ansiedade. Imaginava se essas excursões continuariam por muitos anos ainda até que... o quê? A tela da televisão foi substituída por uma imagem dela caindo morta numa estação de trem quase deserta num lugar qualquer. O que as pessoas fariam se isso acontecesse? Parariam o trem — em Swindon, por exemplo — e tirariam o corpo do trem, ou recostariam o corpo no assento como se ela estivesse dormindo ou bêbada e continuariam até Londres? Deveria haver um protocolo impresso em algum lugar. Mas como eles poderiam determinar o local do falecimento se o trem estava em movimento? E o que Alice faria quando o seu corpo fosse retirado do trem? Ela acompanharia fielmente a sua amiga falecida, ou acharia um argumento magnânimo para permanecer no trem? Subitamente lhe pareceu de extrema importância ter a segurança de que Alice não a abandonaria. Ela olhou para o telefone e se perguntou o que Alice estaria fazendo naquele momento. Mas então ela imaginou aquele momento de silêncio reprovador antes de Alice responder a sua pergunta, um silêncio que sugeriria, de certa forma, que sua amiga era carente, dramática e gorda. Jane suspirou, pegou o controle remoto e mudou de canal.

Na casa de Phil e Joanna 2: geleia de laranja à inglesa

Era um daqueles meados de fevereiro que faz lembrar aos ingleses por que tantos compatriotas resolveram emigrar. A neve caía intermitentemente desde outubro, o céu estava cor de alumínio sombrio e os noticiários de TV anunciavam inundações súbitas, criancinhas sendo levadas pela água e aposentados remando para se salvar. Nós conversávamos sobre a depressão de inverno, a crise econômica, o aumento do desemprego e a possível intensificação da tensão social.

— O que estou querendo dizer é que não surpreende que as empresas estrangeiras neste país importem mão de obra estrangeira enquanto há milhares de pessoas procurando emprego.

— E o que eu estou dizendo é que há mais ingleses trabalhando na Europa do que europeus trabalhando aqui.

— Você viu aquele trabalhador italiano que mostrou o dedo aos fotógrafos?

— Sim, eu sou a favor de importar mão de obra estrangeira se a coisa for assim.

— Phil, para de implicar com ela.

— Sem querer dar uma de primeiro-ministro ou um desses jornais que nós não lemos, eu penso que no momento atual deveria ser uma questão de empregos britânicos para trabalhadores britânicos.

— E vinho europeu para as esposas britânicas.

— Isso é um *non sequitur*, é irrelevante...

— Não, isso é um *sequitur* pós-prandial. Dá no mesmo.

— Como seu residente estrangeiro...

— Silêncio, por favor, para o porta-voz da nossa antiga colônia.

— ... eu me lembro quando vocês discutiam sobre a adoção de uma moeda única. E pensei com os meus botões: qual é o problema?

Eu acabo de fazer uma viagem de carro até o interior da Itália e voltei usando uma moeda única e ela se chama Mastercard.

— Se nós adotássemos o euro, a libra perderia o valor.

— Mesmo assim, se nós adotássemos o euro...

— É uma piada.

— Vocês todos têm o mesmo passaporte. Por que não ir direto ao ponto e admitir que vocês são todos europeus?

— Porque, então, nós não poderíamos contar piadas de estrangeiros.

— O que, afinal de contas, é a grande tradição dos britânicos.

— Veja bem, não importa para onde se vai na Europa, as lojas são mais ou menos as mesmas. Às vezes perguntamos onde estamos. As fronteiras internas quase não existem mais. Os cartões de banco substituem o dinheiro, a internet substitui o resto. E cada vez mais as pessoas falam inglês, o que facilita ainda mais as coisas. Por que então não admitir a realidade?

— Mas essa é outra característica britânica de que não abrimos mão. Se recusar a aceitar a realidade.

— Como a hipocrisia?

— Não dê corda para ela. Da última vez, você cansou a minha beleza com esse tema, meu bem.

— É mesmo?

— Cansar a beleza é uma bela metáfora.

— Por falar nisso, qual é a diferença entre metáfora e símile?

— Geleia de laranja.

— Qual *de vocês dois* está dirigindo?

— Você fez a sua?

— Eu sempre fico atento para ver se a laranja-de-sevilha está na estação e acabo deixando de comprar.

— Uma das últimas frutas ou legumes que ainda são submissos ao ciclo das estações. Eu gostaria que o mundo retomasse esse costume.

— Acho que não. Você só ia achar nabos e rutabagas durante todo o inverno.

— Quando eu era menino, havia um aparador enorme na cozinha com umas gavetas fundas embaixo e, uma vez por ano, elas estavam repentinamente repletas de geleia de laranja. Era como um milagre. Eu nunca via a minha mãe fazer a geleia. Eu voltava da escola e a casa tinha esse aroma, e eu ia até o aparador e estava cheio de compotas. Todas com rótulos. Ainda quentes. E tinham que durar o ano inteiro.

— Pobre Phil. Preparem as lágrimas e os violinos. Era nessa época que você também forrava os sapatos com jornal enquanto se arrastava para o seu emprego de férias na fábrica.

— Vai se foder, Dick.

— Claude disse que esta é a última semana das laranjas-de-sevilha.

— Eu sabia. Novamente vou perder a oportunidade.

— Tem um jogo de palavras em Shakespeare com "Seville" e "civil". Não me lembro qual é.

— Você pode congelá-las, sabe.

— Se você visse como está o nosso freezer. Eu quero que ele se torne um depósito de culpa ainda maior.

— Parece até um daqueles malditos banqueiros, depósitos de culpa.

— Eles não parecem sentir muita culpa.

— Eu estava tentando fazer um trocadilho, meu bem.

— Quem é Claude?

— É o nosso verdureiro. Ele é francês. Na realidade, franco-tunisiano.

— Bom, esse é outro ponto. Entre os comerciantes tradicionais, quantos ainda são ingleses? Pelo menos, nessa região. Um quarto, um terço?

— Falando nisso, eu contei para vocês do kit de exame de fezes caseiro que o governo gentilmente me enviou, agora que eu sou oficialmente um velho idiota?

— Dick, por favor.

— Prometo não ofender, mas a tentação é grande.

— Você fica tão desbocado quando bebe.
— Então, eu vou me comportar. Como um lorde. Vamos deixar a imaginação correr. Eles enviam o kit, com um envelope plastificado para você poder enviar de volta o — como eu devo dizer?
— a evidência necessária. Dois espécimes coletados, diariamente, por três dias seguidos. E você tem que datar cada amostra.
— E como você... captura a amostra? Você tem que pescá-la?
— Não, ao contrário. Ela não pode ser contaminada com a água.
— Então...
— Eu prometi me restringir à linguagem de Miss Jane Austen. Naquela época, eles decerto tinham toalhas de papel e pauzinhos de papelão, e provavelmente uma brincadeira de criança chamada pega-pega.
— *Dick*.
— Isso me faz lembrar de quando fui ver o proctologista, e ele me ensinou uma forma de verificar a evolução do problema, sei lá qual foi, e esqueci de propósito: eu tinha que ficar de cócoras em cima de um espelho deitado no chão. De certa forma, achei que era melhor arriscar pegar qualquer que fosse a doença que eu pudesse pegar.
— Sem dúvida, vocês devem estar se perguntando por que eu abordei esse assunto.
— Porque você fica desbocado quando bebe.
— É um mal suficiente, mas não necessário. Não, vocês sabem, eu fiz o primeiro exame na quinta passada, e iria fazer o próximo no dia seguinte quando me dei conta: sexta-feira 13 seguida pelo dia dos namorados. Um dia nada propício. Então, em vez disso, eu fiz o exame no sábado.
— Mas era...
— Exatamente. Dia dos namorados. Ame a mim, ame o meu cólon.
— Sexta-feira 13 seguida pelo dia dos namorados. Com que frequência vocês acham que isso acontece?

— Eu passo a vez.
— Passo.
— Quando eu era moleque, um rapaz, acho que nunca enviei, nem recebi, um cartão de dia dos namorados. Não era o que... as pessoas que eu conhecia faziam. Os únicos que eu recebi foram depois de casado.
— Joanna, isso não te preocupa?
— Não. Ele quer dizer que sou eu que envio os cartões.
— Ah, que bonitinho. Verdade, *que bonitiiiiinho*.
— Eu já ouvi falar da famosa reticência emocional inglesa, mas isso é um pouco demais. De não enviar cartões do dia dos namorados antes de se casar.
— Li em algum lugar que existe uma correlação entre laranjas-de-sevilha e câncer no intestino.
— Verdade?
— Não, mas é o tipo da coisa que se diz quando está tarde.
— Você fica ainda mais engraçado quando não se esforça tanto.
— Eu me lembro de uma das primeiras vezes em que fui a um banheiro público e li os grafites. Tinha um que dizia: "Quando puxar, não morda a bola". Eu levei uns cinco anos para entender.
— "Bola" querendo dizer "saco"?
— Não, a bola da maçaneta da porta.
— Mudando completamente de assunto, uma vez eu estava na privada de um banheiro público, muito à vontade, quando percebi que tinha algo escrito na parede ao lado, bem embaixo. Então, eu me inclinei todo até poder ler e dizia: "Você está cagando num ângulo de 45 graus."
— Eu só queria dizer que a razão pela qual eu falei da geleia de laranja...
— Tirando a ligação com o câncer no intestino.
— ... é porque é um fenômeno tão britânico. Larry estava falando de como nós atualmente somos todos parecidos. Então, em vez de citar a família real ou qualquer coisa parecida, eu digo geleia de laranja.

— Mas nós temos geleia de laranja nos Estados Unidos.
— Vocês *têm* em potinhos pequenos no café da manhã dos hotéis. Mas vocês não fazem geleia *caseira*, vocês não *entendem*.
— Os franceses também têm. *Confiture d'orange*.
— Não é a mesma coisa. É só uma geleia de laranja, não é a *marmelade* que temos aqui na Inglaterra.
— Não, em primeiro lugar a origem é francesa, vem de "*Marie malade*". A rainha da Escócia tinha conexões francesas.
— FCUK. Eles já estavam aqui?
— E Mary, rainha da Escócia, ou *Bloody Mary*, ou seja lá quem for, estava doente. E então eles prepararam a geleia para ela. Então *Marie malade* — *marmalade*. Entendeu?
— Eu acho que nós já tínhamos entendido.
— De qualquer maneira, eu vou lhes dizer por que nós britânicos seremos sempre britânicos.
— Vocês não detestam o jeito que todo mundo fala "o UK" ou só "UK" hoje em dia? Sem mencionar o "UK plc" e tudo o mais.
— Foi o Tony Blair que começou.
— Eu achava que você sempre botava a culpa na madame Thatcher.
— Não, eu mudei. Agora é o Blair o culpado de tudo.
— "UK plc" é honesto. Nós somos uma nação mercantilista, e sempre fomos. A Thatcher só nos reconectou com a verdadeira Inglaterra que será para sempre a Inglaterra que venera o dinheiro, que visa aos interesses próprios, xenofóbica e que odeia a cultura. Esse é o nosso modelo padrão.
— Como eu estava dizendo, vocês sabem o que nós comemoramos no dia 14 de fevereiro, além do dia dos namorados?
— O Dia Nacional do Exame de Fezes?
— Cala a boca, Dick.
— Não. É também o Dia Nacional da Impotência.
— Eu adorro o seu senzo de iumur brridânico.
— E eu adoro o seu sotaque croata.

— Mas é verdade. E se alguém me perguntar sobre as características nacionais, a ironia, nesse caso, é o que eu digo para eles: 14 de fevereiro.

— As laranjas-de-sangue.

— Me deixa adivinhar. O nome é uma homenagem à *Bloody Mary*.

— Vocês notaram que de uns anos pra cá as laranjas-de-sangue começaram a ser chamadas de laranjas-rubis nos supermercados? Para evitar que alguém pensasse que as laranjas realmente continham sangue.

— Em vez de conter rubis.

— Isso mesmo.

— De qualquer maneira, elas aparecem nas lojas por agora, então coincidirá com a temporada das laranjas-de-sevilha, e eu me pergunto se isso acontece com a mesma frequência de uma sexta-feira 13 preceder o dia dos namorados.

— Joanna, essa é uma das razões por que eu te amo. Você é capaz de impor uma certa coerência narrativa a pessoas como nós a essa hora da noite. O que pode ser mais lisonjeador do que uma anfitriã que faz com que seus convidados tenham a impressão de não estarem se desviando do assunto?

— Coloque isso no próximo cartão do dia dos namorados, Phil.

— E todo mundo concorda que a salada de laranjas-de-sangue ou rubi é digna de ser oferecida a uma rainha?

— E o ensopado de lombo de cordeiro é digno de ser oferecido a um rei.

— O último pedido de Carlos I.

— Ele estava vestindo duas camisas.

— Carlos I?

— No dia em que foi decapitado. Estava muito frio, e ele não queria começar a tremer e que o povo achasse que ele estava com medo.

— Isso é *tão* britânico.

— E todas aquelas pessoas que se vestem em roupas de época e reconstituem as batalhas da Guerra Civil. Isso também é tão britânico.

— Bem, nós também fazemos a mesma coisa nos Estados Unidos. Também em vários outros países, imagino.

— Sim, mas nós fomos os *primeiros*. Nós inventamos.

— Que nem o seu críquete, o seu futebol e os seus chás Devonshire.

— Vamos, por enquanto, nos restringir à geleia de laranja.

— Dá um ótimo glacê para um pato assado.

— Aposto que, quando qualquer um de nós faz esse prato, o faz de forma diferente e quer uma consistência diferente.

— Rala.

— Grudenta.

— A Sue ferve tanto que, se você não tomar cuidado, a geleia cai da torrada. Não gruda de jeito nenhum.

— Bem, se a consistência estiver muito rala, ela vai escorrer da torrada.

— Você tem que colocar os caroços num saco de musselina para obter mais como-é-o-nome?

— Pectina.

— Isso mesmo.

— Em fatias finas.

— Fatias grossas.

— Eu corto a minha com o Magimix.

— Trapaceira.

— A minha amiga Hazel faz geleia na panela de pressão.

— Mas era isso o que eu ia dizer. É como fazer ovo cozido. Ou era ovo frito? Eles fizeram uma pesquisa e descobriram que cada pessoa faz ovo de uma forma diferente, e todo mundo acha que o seu jeito é o certo.

— Será que isso nos leva a algum lugar, oh senhora guardiã da narrativa coletiva?

— O que o Larry está dizendo é que... nós todos somos iguais. Mas ao mesmo tempo, não. Nem mesmo nas coisas mais triviais.

— A teoria da britanicidade da geleia de laranja.
— E é por isso que eu acho que vocês não deveriam ter medo de serem europeus. Todos vocês.
— Não sei se Larry estava no país quando o nosso distinto ministro das Finanças, que logo depois se tornou o nosso ex-primeiro ministro, o Sr. Brown, estipulou uma série de condições antes de afundar a nossa boa e leal libra esterlina na lama suja e estrangeira do euro.
— Eles queriam "convergir"... com os testes de convergência.
— A propósito, alguém se lembra deles? Pelo menos um deles?
— Claro que não. Eles não foram feitos para serem compreensíveis. Eles foram feitos para serem incompreensíveis e, portanto, esquecidos.
— Por quê?
— Porque a decisão de aderir ao euro foi sempre política, não econômica.
— É um argumento bastante lúcido, e talvez esteja certo.
— Mas será que alguém acha que os franceses são menos franceses, ou os italianos menos italianos porque aderiram ao euro?
— Os franceses serão sempre franceses.
— É a mesma coisa que eles dizem de vocês.
— Que nós sempre seremos franceses?
— De qualquer modo, você não precisa de laranjas-de-sevilha para fazer a nossa *marmalade*.
— Que bom que nós retomamos o assunto inicial.
— Dick já fez geleia com todos os tipos de frutas cítricas.
— Lá se vai a minha reputação.
— Teve um ano em que ele fez com uma mistura de... o que foi mesmo? Laranja-de-sevilha, laranja doce, *grapefruit* rosa, *grapefruit* amarela, limão e limão siciliano. "Geleia de seis frutas", foi o que eu pus no rótulo.
— Essa geleia não seria aprovada pelos regulamentos da União Europeia.
— Vamos ver se eu me lembro... chá de menta, chá de menta, nada, café descafeinado, chá de menta.

— Eu não vou tomar nada hoje à noite.
— Lá se vai a minha esperança de rolar algo mais tarde.
— David, meu bem...
— Sim, Sue, meu bem?
— Tudo bem, já que você abordou o assunto. Só para fazer uma pergunta nada britânica, algum de vocês, recentemente, saiu do jantar do Phil e Joanna e foi para casa e...
— "Deu uma velha afogada no ganso" é o que você está tentando dizer.
— O que você quis dizer com velha?
— Ah, qualquer coisa que envolva penetração.
— Não é horrível essa palavra?
— Eu ouvi uma história sobre lady Diana Cooper. Ou era Nancy Mitford? Era uma ou a outra, de qualquer jeito aristocratas. E elas estavam, ela estava, num navio transatlântico e uma noite uma delas transou com um dos camareiros. Na manhã seguinte ele esbarrou nela na proa, ou sei lá onde no navio, e ele disse oi de uma forma íntima.
— Como era de se esperar.
— Como era de se esperar. E ela respondeu: "Penetração não é apresentação."
— Ah, a nossa classe dominante não é demais? Sempre haverá uma Inglaterra.
— São histórias como essa que me dão vontade de subir na mesa e cantar *"The Red Flag"*.
— Vermelha não, rubi.
— Você não respondeu a minha pergunta.
— Como é que eu posso responder se eu não me lembro?
— Você deveria se envergonhar.
— Não é, na realidade, o álcool, ou a falta de cafeína, e não é sequer cansaço. O que acontece é que, quando chegamos em casa, nós estamos MGPT.
— Uma sigla que você vai nos explicar o significado.
— Muito Gordo para Trepar.

— Ah, os segredos de cama...
— Vocês se lembram do Jerry?
— O cara dos testículos de plástico?
— Eu achava que você se lembraria desse detalhe. Bom, Jerry estava no exterior por uns meses, e Kate, a sua esposa, estava preocupada com a sua barriga que estava mais para gorda. E ela queria estar em forma quando Jerry voltasse, então ela foi ver um cirurgião plástico e indagou sobre uma lipoaspiração. O cara disse que sim, que ele poderia deixá-la, novamente, com a barriga sem nenhuma gordura visceral.
— Gordura visceral?
— Estou parafraseando o jargão médico. O único inconveniente, ele disse, é que ela não poderia, como ele disse com tato, colocar nenhum peso no abdômen por algumas semanas.
— Há! Há! Só penetração posterior.
— Vocês não acham que essa é uma verdadeira história de amor?
— Ou uma história de insegurança feminina.
— Levantem a mão todos os que quiserem conhecer a verdadeira origem da palavra *marmalade*.
— Percebi que você demorou um bom tempo no banheiro.
— Não tem nada a ver com *Marie malade*. É uma palavra grega que quer dizer um tipo de maçã recheada com marmelo.
— Todas as grandes etimologias são falsas.
— Você quer dizer, então, que tem outro exemplo?
— Pois bem, a palavra "esnobe".
— Veio do inglês "snob", usada em Cambridge, Oxford, universidades de elite, do latim *sine nobilitate*, sem nobreza, em oposição a *nob*... uma palavra, mais tarde, aplicada a lady Diana Cooper e a Nancy Mitford.
— Eu acho que não. "Origem obscura."
— Talvez seja "uma gíria local".
— Deveras insatisfatório.
— Desculpe por ser um estraga-prazeres...

— Você acha que essa é uma outra característica nacional?
— Ser estraga-prazeres?
— Não, inventar derivações etimológicas e siglas.
— Talvez UK signifique outra coisa.
— Uro Konvergência.
— Não é tão tarde assim, não é?
— Talvez não queira dizer nada.
— É uma alegoria.
— Ou uma metáfora.
— Será que alguém poderia, *por favor*, me explicar a diferença entre uma símile e uma metáfora?
— A símile é... mais similar. A metáfora é mais... metafórica.
— Obrigado.
— É uma questão de convergência, como o primeiro-ministro afirmou. No momento, o euro e a libra estão a quilômetros de distância, então a relação deles é metafórica. Talvez mesmo metafísica. Então eles se aproximam, como símiles, e há uma convergência.
— E nós, finalmente, seremos europeus.
— E viveremos felizes para sempre.
— Ensinando a todos sobre geleia de laranja.
— Aliás, por que vocês não aderiram ao euro?
— Nós fomos apresentados, mas optamos pela não penetração.
— Naquela época, nós éramos muito gordos para trepar.
— Muito gordos para *sermos* enrabados. Por eurocratas ávidos e magros.
— Eu acho que nós deveríamos aderir ao euro no dia dos namorados.
— Por que não na sexta-feira 13?
— Não, tem que ser no dia 14. A celebração do amor e da impotência. *Esse* é o dia em que nós deveríamos nos tornar membros efetivos da Comunidade Europeia.
— Larry, você tem ideia de quanto este país mudou desde que eu me conheço por gente? Quando eu era criança, nós não nos víamos como parte de uma nação. Havia certas presunções, é claro,

mas era um indício, uma prova de nossa identidade que nós não pensávamos muito sobre o quê ou quem éramos. O que éramos era "normal", ou era "a norma"? Bem, talvez seja por causa da longa duração do poder imperial, ou do que você, há pouco, rotulou como a nossa "reticência emocional". Nós não éramos acanhados. Agora somos. Não, nós somos muito piores do que acanhados, piores do que aqueles que só olham para o próprio umbigo. Quem foi que me disse que o proctologista mandou-o ficar de cócoras em cima do espelho? Agora nós só olhamos para o nosso cu.

— Chá de menta, outro chá de menta aqui, este café é descafeinado. Eu já chamei dois táxis. Por que esse silêncio? Perdi alguma coisa?

— Só uma símile.

Depois disso, nós conversamos sobre as férias, e quem iria para onde, e como os dias estavam mais longos, num ritmo de um minuto por dia, um fato que ninguém contestou, e então alguém disse que se olharmos para dentro de um floco de neve, esperando que o floco seja todo branco dentro, veremos um desenho bordado e bem verde. E que diferentes variedades de flocos de neve têm desenhos internos diferentes, uns quase geométricos, e outros bastante extravagantes, mas o verde é sempre o mesmo, e tão vibrante que dá a impressão de que a primavera está pronta para dar a graça de sua presença. Mas antes que alguém pudesse comentar ou contestar isso, ouviu-se da rua um coro de buzinas impacientes.

O jardim inglês

Depois de oito anos de casamento, eles começaram a se dar presentes úteis, que confirmavam mais o projeto de vida comum do casal do que seus sentimentos. Enquanto desembrulhavam cabides, potes, removedor de caroço de azeitona ou um apontador elétrico, eles diziam: "Era exatamente o que eu precisava", e estavam sendo sinceros. Mesmo os presentes de roupas íntimas eram mais funcionais do que eróticos. Num aniversário de casamento, ele deu para ela um cartão que dizia "Limpei todos os seus sapatos" — e ele limpou, borrifou os sapatos de camurça para proteger da chuva, pincelou com tinta branca um antigo par de tênis que ela ainda usava, deixou as botas com um brilho militar, e engraxou, escovou, lustrou com um pedaço de trapo, um pedaço de pano, o cotovelo, com devoção, com amor.

Ken sugeriu abrir mão dos presentes este ano, já que o seu aniversário caía seis semanas apenas depois de eles mudarem de casa, mas ela recusou a oferta. Então, no sábado na hora do almoço, ele apalpou, cuidadosamente, os dois embrulhos a sua frente, tentando imaginar o que continham. No início, ele fazia esse ritual em voz alta, mas se ele acertasse, ela ficava visivelmente decepcionada, e se errasse, ela também se decepcionava, de uma maneira diferente. Então, agora, ele só perguntava para si mesmo. O primeiro embrulho, macio: deve ser uma roupa.

— Luvas de jardinagem! Era exatamente o que eu precisava. — Ele experimentou as luvas, admirando a flexibilidade e robustez, elogiou as tiras de couro que reforçavam a lona listrada em pontos estratégicos. Era a primeira vez que eles tinham um jardim, e aquele era o seu primeiro par de luvas.

O outro presente era uma caixa retangular; quando ele estava prestes a dar uma sacudida, ela o advertiu de que era frágil. Ele descolou, cuidadosamente, a fita adesiva, porque eles sempre guardavam o papel de embrulho para serem reutilizados. Ele descobriu uma bolsa de plástico verde. Franziu as sobrancelhas e, ao abrir a bolsa, viu uma fileira de tubos de ensaio de vidro tampados com rolhas, um conjunto de vidros de plástico cheios de líquidos coloridos, uma concha de plástico e um conjunto sortido de tirinhas misteriosas. Se ele resolvesse adivinhar qualquer bobagem, diria que era uma versão avançada do kit de teste de gravidez caseiro que eles usaram uma vez há muito tempo, quando ainda tinham esperança. Agora ele sabia que não deveria fazer essa comparação. Em vez disso, leu o título do manual.

— Um kit de teste do solo! Era exatamente o que eu precisava.

— Parece que realmente funciona.

Era um bom presente, que apelava para — o que exatamente? — talvez uma pequena área de masculinidade que a erosão da diferença entre os sexos na sociedade moderna ainda não havia eliminado. O homem – cientista, caçador-coletor, escoteiro: um pouco de cada. Entre o seu círculo de amigos, ambos os sexos faziam as compras, cozinhavam, cumpriam as tarefas de casa, cuidavam das crianças, dirigiam, ganhavam dinheiro. Sem contar com a tarefa de se vestir, não havia quase nada que um cônjuge fizesse que o outro não seria também capaz de fazer. E tão disposto, ou indisposto, a fazer. Mas um kit de teste do solo, isso sim era um negócio de meninos. A sabichona da Martha tinha novamente acertado.

O manual explicava que o kit permitia determinar o teor de potássio, fósforo, potassa e pH, e o que mais houvesse. E depois, provavelmente, você comprava sacos de produtos diferentes para melhorar o solo. Ele sorriu para Martha.

— Eu imagino que o kit ajude também a determinar o que cresce melhor aqui ou ali.

Como ela só sorriu de volta, ele achou que ela achava que ele estava se referindo à questão contenciosa de sua horta. A sua horta teórica. Aquela para qual ela disse que não havia espaço e, de qualquer forma, não era necessária, já que havia o mercado de produtores locais, nas manhãs de sábado, no pátio da escola ali perto. Sem falar no teor de chumbo de hortaliças cultivadas tão próximas de uma das principais artérias da periferia de Londres. Ele lembrou que, hoje em dia, a maioria dos carros usava gasolina sem chumbo.

— Tá bom então, diesel — ela respondeu.

Ele — ainda — não entendia por que não podia ter um quadradinho de terra para horta perto do muro dos fundos, onde já havia um pé de amoras-pretas. Ele poderia, quem sabe, plantar batatas e cenouras. Ou couve-de-bruxelas, que, ele havia lido em algum lugar, fica mais doce logo depois da primeira geada. Ou fava. Ou qualquer coisa. Mesmo salada. Ele podia plantar alface e ervas. Poderia ter uma pilha de adubo e poderia reciclar mais do que já reciclavam.

Mas Martha era contra. Logo depois que haviam feito uma oferta para comprar a casa, ela começou a recortar e guardar artigos de gurus da horticultura. Muitos eram sobre COMO TIRAR O MAIOR PARTIDO DE UM ESPAÇO PROBLEMÁTICO; e não tinha como negar que o que os donos de casas geminadas como a deles acabavam tendo — uma faixa de terra estreita e comprida entre muros de tijolos amarelo-acinzentados — era de fato um ESPAÇO PROBLEMÁTICO. Os autores mais elegantes de livros de jardinagem normalmente sugeriam que para TIRAR O MAIOR PARTIDO, devia-se dividir o espaço em uma série de áreas pequenas e íntimas com diferentes culturas e diferentes funções, talvez ligadas por um caminho sinuoso. Fotos de ANTES e DEPOIS mostravam a transformação. Um cantinho planejado para pegar sol seria substituído por uma pequena roseira, um elemento decorativo aquático, um lugar onde as plantas pudessem crescer e fazer jus à cor de suas folhas, um quadrado de cerca viva com um relógio de sol, e assim por diante. De vez em quando, temas japoneses eram invocados. Ken, que como a maioria dos moradores da rua se considerava tolerante e aberto a questões de raça, disse à Martha que apesar de os japoneses terem várias qualidades admiráveis, criar um jardim japonês era tão sem sentido quanto ela vestir um quimono. No fundo, ele achava uma ideia completamente pretensiosa e afrescalhada. Um terraço para sentar ao ar livre, de preferência com canto para churrasqueira, um gramado, cercas, uma horta — isso sim era um jardim.

— Você acha que eu não ficaria bem de quimono? — ela perguntou, retomando a discussão.

De qualquer modo, ela o tranquilizou, ele interpretava tudo literalmente. Eles não iriam ter cerejeiras floridas, carpas e gongos; era mais uma forma sensata de interpretar um princípio geral. Afinal, ele gostava do jeito que ela preparava filé de salmão com molho de soja, não é?

— Aposto como os japoneses plantam as suas hortaliças — ele respondeu, zombando ranzinzamente.

Ele se surpreendeu com o interesse de Martha por jardinagem. Quando se conheceram, ela possuía uma cantoneira com ervas aromáticas na janela; mais tarde, quando decidiram morar juntos, eles tinham acesso a um terraço coletivo. Lá eles mantinham vasos de terracota com cebolinha, menta, tomilho e alecrim, alguns deles, eles suspeitavam, foram roubados pelos vizinhos; tinham também um loureiro que os pais intrometidos de Martha lhes deram como um augúrio de boa sorte matrimonial. Ele havia sido replantado umas duas vezes, e agora permanecia imóvel, do lado de fora, perto da porta da frente numa tina de madeira grossa.

O casamento é uma democracia a dois, ele dizia. Ele supunha que as decisões sobre o jardim seriam tomadas da mesma forma que decidiam coisas relativas à casa, por um processo de consulta fundamentado, mas entusiasmado, no qual as necessidades eram enunciadas, as preferências mútuas eram levadas em conta, as finanças calculadas. Sendo assim, não havia praticamente nada na casa de que ele realmente não gostasse, e muitas coisas que ele aprovava. Agora, ele percebia, sem dizer nada a Martha, que ficava irritado com os catálogos de móveis de jardim que chegavam, as revistas de horticultura empilhadas na mesa de cabeceira de Martha, e o hábito de pedir para ele calar a boca quando o programa *Gardeners' Question Time* passava no rádio. Ele escutava às escondidas as questões sobre fungos e doenças de plantas, sobre doenças que atacam as glicínias, e conselhos sobre o que plantar ao pé de uma árvore antiga, numa inclinação orientada para o norte. O novo interesse de Martha não o irritava, só o achava excessivo.

O pH, ele aprendeu, é um índice que expressa o grau de acidez ou alcalinidade de uma solução, que anteriormente se referia ao logaritmo decimal que indicava a reciprocidade da concentração dos íons de hidrogênio, mas atualmente estão relacionadas através de uma fórmula a uma solução padrão de hidrogênio ftalato de potássio, que tem um valor de 4 a 15 graus centígrados. Que se dane, pensou Ken. Não seria muito mais simples só pegar um saco de fertilizante e um saco de adubo e colocá-los na terra? Mas Ken estava ciente desse traço de personalidade, uma tendência de se contentar com o aproximado, o que uma ex-namorada enfurecida chamava de "a porra de uma preguiça inacreditável" — uma descrição que ele sempre lembraria com carinho.

E então ele leu quase todas as instruções do seu kit de teste do solo, identificou vários pontos estratégicos no jardim e, orgulhoso, vestiu as luvas novas antes de cavar pequenas amostras de terra e colocá-las nos tubos de ensaio. Enquanto pingava o líquido, enfiava a rolha e sacudia o conteúdo, ele de tempos em tempos dava uma olhadela na janela da cozinha para ver se Martha estava admirando o seu profissionalismo. Pelo menos a sua tentativa de profissionalismo. Ele aguardou os minutos necessários para cada teste, pegou um caderninho e anotou os resultados, então passou para o local seguinte. Uma ou duas vezes ele refez o teste, quando o primeiro resultado parecia duvidoso ou pouco claro.

Martha percebeu que ele estava muito bem-humorado naquela noite. Ele mexeu a *fricassée* de lebre, decidiu deixar mais uns vinte minutos no fogo, serviu vinho branco para os dois e se sentou no braço da poltrona de Martha. Enquanto dava uma olhada indulgente num artigo sobre os diferentes tipos de cascalho, ele

brincou com o cabelo na nuca de Martha e disse, com um sorriso animado:
— Infelizmente eu tenho uma notícia ruim.

Ela ergueu os olhos, sem saber que local esse comentário ocuparia numa escala de leve implicância a objeção crítica total.

— Eu testei o solo. Em algumas partes tive que testar mais de uma vez até me certificar de que o resultado estava correto. Mas o agrimensor está pronto para apresentar o seu relatório.

— Então?

— De acordo com o meu teste, minha senhora, não há solo no seu solo.

— Não estou entendendo.

— É impossível abordar as deficiências de um *terroir*, porque não há solo no seu solo.

— Você já disse isso. Existe, então, o quê?

— Ah, basicamente pedras. Poeira, raízes, argila, erva daninha, cocô de cachorro, cocô de gato, merda de passarinho, esse tipo de coisa.

Ele gostou da maneira com que disse "seu solo".

Numa outra manhã de sábado, três meses depois, com o sol de dezembro tão baixo que seria muita sorte se o jardim recebesse um pouco de calor ou luz, Ken entrou em casa e tirou as luvas.

— O que você fez com o pé de amoras-pretas?

— Que pé de amoras-pretas?

O comentário o deixou ainda mais tenso. O jardim não era tão grande assim.

— O pé que estava perto do muro dos fundos.

— Ah, aquele arbusto espinhento.

— Aquele "arbusto espinhento" era um pé de amoras-pretas com amoras-pretas. Eu, pessoalmente, trouxe duas amoras pra você e coloquei-as na sua boca.

— Eu estou planejando colocar uma planta perto desse muro. Talvez uma trepadeira-da-rússia, mas é muita covardia. Talvez uma Clematis.

— Você arrancou o meu pé de amoras-pretas?

— O *seu* pé de amoras-pretas? — Ela sempre ficava fria quando sabia, e sabia que ele sabia, que ela fizera algo sem consultá-lo. O casamento é uma democracia a dois, exceto quando havia um empate, nesse caso virava uma autocracia. — Era um arbusto espinhento horrível.

— Eu tinha planos para ele. Eu ia melhorar o seu fator de pH, podá-lo, esse tipo de coisa. De qualquer forma, você sabia que era um pé de amoras-pretas. Amoras silvestres — ele acrescentou autoritariamente. — Que produz amoras silvestres.

— Tudo bem, era um arbusto de amoras-pretas.

— Um arbusto de amoras-pretas! — A conversa estava ficando ridícula. — Um arbusto de amoras-pretas produz geleia de amoras-pretas.

— Será que você pode verificar o que eu preciso colocar no solo para plantar uma Clematis perto de um muro que dá para o norte?

Pois não, ele pensou, eu poderia muito bem te deixar. Mas até lá, esquece, muda de assunto.

— Vai ser um inverno duro. As casas de apostas estão oferecendo somente 6-4 contra um Natal com neve.

— Então, temos que comprar um plástico para proteger as plantas mais vulneráveis. Talvez também umas estacas.

— Eu vou dar uma passada na loja de jardinagem. — Agora, de repente, ele não estava mais com raiva. Se ela curtia mais o jardim, então que ficasse com ele.

— Eu espero que neve bastante — ele disse que nem uma criança.

— É isso o que você quer?

— Sim. Um bom jardineiro reza para ter um inverno rigoroso. O frio mata todas as pragas e insetos.

Ela fez que sim, consentindo o comentário. Os dois tinham percepções bem distintas sobre jardinagem. Ken tinha crescido no campo e durante a adolescência o seu sonho era ir para Londres, frequentar a universidade, trabalhar, viver. Para ele, a natureza significava hostilidade ou tédio. Uma vez tentou ler um livro no jardim e a combinação de sol inconstante, vento, abelhas, formigas, moscas, joaninhas, canto dos passarinhos e a implicância de sua mãe tornou o estudo ao ar livre um pesadelo. Ele se lembrava de ter sido subornado para fornecer, relutantemente, a sua força de trabalho manual. Lembrava dos canteiros de hortaliças e frutas cuja semeadura seu pai exagerava. Sua mãe enchia, zelosamente, o freezer com uma superabundância de feijões e ervilhas, morangos e groselhas; e depois, a cada ano, com um sentimento de culpa, ela se aproveitava da ausência do seu pai para jogar fora todos os sacos que tinham mais de dois anos. A sua versão doméstica de rodízio de colheita, ele supunha.

Martha cresceu na cidade e achava que a natureza era essencialmente benévola. Ela se maravilhava com o milagre da germinação e vivia insistindo para que eles fossem passear no campo. Ela havia desenvolvido um fervor autodidático nos últimos meses. Ele se considerava um amador instintivo; ela, uma tecnocrata.

— Estudando jardinagem? — ele perguntou suavemente, enquanto se deitava na cama. Ela estava lendo *Wall Plants and Climbers,* de Ursula Buchan.

— Qual o problema de estudar jardinagem, Ken?

— Se não for à minha custa — ele respondeu, apagando a luz de cabeceira.

Não era uma discussão, não mais; era apenas a admissão de pontos de vista diferentes. Martha, por exemplo, achava que seguir ao pé da letra as receitas culinárias era uma questão de sensatez. "Não se pode fazer uma omelete sem quebrar a lombada do livro de receitas?", como ele disse uma vez, ponderadamente. Ele, ao contrário, preferia dar uma olhada na receita para pegar ideias e depois improvisar. Ela gostava de guias de viagem e usava mapas mesmo quando estava andando pela cidade; ele preferia usar a sua bússola interior, o acaso, a alegria de se perder criativamente. O que resultava em brigas intermináveis no carro.

Ela também comentara com ele que, com relação ao sexo, os papéis se invertiam. Ele confessou que havia dedicado um longo período preliminar ao estudo, enquanto ela, como ele uma vez disse, aprendeu fazendo. Ele respondeu que esperava que esse comentário não fosse interpretado de forma literal. Não que houvesse nada de errado com a vida sexual dos dois, pelo menos para ele. Talvez eles tivessem o que era necessário para uma boa parceria: um estudioso e uma instintiva.

Enquanto refletia sobre isso, ele sentiu o que lhe parecia ser uma ereção monumental, que o pegou de surpresa. Ele se virou para o lado de Martha, e pousou a mão esquerda no seu quadril de forma que poderia ser interpretado como um sinal ou não, dependendo do clima.

Ao perceber que ele ainda estava acordado, Martha murmurou:

— Eu estava pensando num *Trachelospermum jasminoides,* mas suspeito que o solo seja muito ácido.

— Tudo bem — ele murmurou de volta.

Nevou em meados de dezembro, a princípio uma neve enganosamente leve e fofa que virava água assim que batia na calçada, formando em seguida uma massa sólida de cinco centímetros. Quando Ken chegou em casa do trabalho, uma camada branca e grossa cobria as folhas lisas do loureiro, uma visão incongruente. Na manhã seguinte, ele saiu pela porta da frente com a sua câmera fotográfica.

— *Filhos da puta!* — ele gritou na porta de casa. Martha desceu, de roupão, até o hall de entrada. — Olha só, que filhos da puta — ele repetia.

Do lado de fora só havia uma tina de carvalho cheia, até a metade, de terra.

— Eu já tinha ouvido falar de roubo de árvores de Natal...

— Os vizinhos nos avisaram — ela respondeu.

— Eles avisaram?

— Sim. O vizinho do 47 disse que deveríamos acorrentar a árvore ao muro. Você disse que a ideia de acorrentar árvores era tão horrível quanto acorrentar ursos ou escravos.

— Eu disse isso?

— Sim.
— Me parece meio pomposo.
Com o braço atoalhado, ela abraçou Ken e eles foram para dentro de casa.
— Vamos chamar a polícia?
— Eu acho que eles já devem tê-la replantado em algum lugar remoto de Essex — ele respondeu.
— Isso não dá azar, não é?
— Não, não dá azar — ele disse com firmeza. — Nós não acreditamos em má sorte. Foi apenas um delinquente que ao avistar a árvore com as folhas cobertas de neve foi tomado por um raro momento de êxtase estético.
— Você está bem animado.
— Deve ser o Natal. A propósito, sabe o elemento decorativo de motivo aquático que você está pensando em colocar entre a roseira e a folhagem?
— Sim. — Ela não esboçou nenhuma reação a essa terminologia caricatural.
— E os mosquitos?
— É só manter a circulação da água. Assim eles não aparecem.
— Como?
— Com uma bomba elétrica. Nós puxamos um fio da cozinha.
— Nesse caso, eu só tenho mais uma objeção. Será que nós, por favor, poderíamos não chamar isso de *elemento decorativo aquático*? Cachoeira, cascata, laguinho, riachinho, qualquer coisa menos *elemento decorativo aquático*.
— Ruskin dizia que ele trabalhava melhor ao som da água corrente.
— Ele não ficava com vontade de urinar o tempo todo?
— E por que ele ficaria?
— Porque é assim com os homens. Você vai ter que instalar um elemento decorativo de toalete ao lado.
— Você está *realmente* bem-humorado.
Talvez fosse a neve, que sempre o deixava alegre. Mas também

era porque ele havia solicitado um lote de terra, entre a estação de purificação de água e da estrada de ferro. Alguém tinha dito a ele que a lista de espera não era muito longa.

Dois dias mais tarde, quando estava saindo para o trabalho, ele fechou a porta da frente e pisou numa pilha de terra.

Filhos da puta! Desta vez ele falou bem alto para toda a rua.

Eles tinham voltado e levado a tina de carvalho, deixando somente o resto de terra.

A primavera foi marcada por uma série de visitas à loja de jardinagem local nos sábados pela manhã. Ken deixava Martha na entrada principal, ia estacionar o carro e demorava mais do que o necessário abaixando o banco de trás para dar espaço para as últimas recomendações do livro de sua esposa: adubo, marga, turfa, pedaços de madeira ou cascalhos. Depois ele, às vezes, ficava ainda mais um pouco no carro, pois não poderia mesmo ajudá-la a escolher. Ele pagava e carregava até o carro, com a maior boa vontade, o conteúdo do carrinho de plástico amarelo que normalmente acompanhava Martha até o caixa. Na realidade, esse era o acordo ideal: ele a levava de carro até a loja, ficava sentado no carro, encontrava com ela no caixa e pagava, depois dirigia para casa e pagava novamente com o risco de uma hérnia por tirar as coisas do carro e depois arrastá-las da casa até o jardim.

Isso, sem dúvida, tinha a ver com a sua infância, com as lembranças nocivas de ser arrastado pelas lojas de jardinagem enquanto seus pais escolhiam as plantas para o canteiro. Não que a essa altura do campeonato Ken achasse que deveria culpar os pais: se eles tivessem sido *gourmets* e fanáticos por vinho, ele provavelmente acabaria se tornando vegetariano abstêmio, mas mesmo assim se responsabilizaria por suas escolhas. Apesar disso, a ideia de criar um centro de jardinagem — um *rus in urbe*, com suas tinas, canteiros e treliças, pacotes de sementes, brotinhos e arbustos, rolos de barbante e fios de arame embrulhados em plástico verde, veneno contra lesmas, equipamento espanta-raposas e sistema de irrigação e velas para jardim, e todas aquelas alamedas verdejantes cheias de esperança e promessa, ao longo das quais desfilavam pessoas simpáticas com sandálias e pele descascando acenando umas às outras as suas garrafas de plástico vermelhas de fertilizante de tomate — o tirava do sério.

E isso sempre o fazia lembrar do fim de sua adolescência, uma época em que o medo e a desconfiança do mundo estavam a ponto de se transformar em um amor hesitante por ele, quando a vida se inclinaria irrevogavelmente em uma direção ou em outra, quando — assim lhe parecia agora — havia uma última chance de ver tudo com clareza antes de assumir a grande responsabilidade de ser ele mesmo entre os outros, pois dali em diante as coisas prosseguiram rápido demais para serem devidamente examinadas. Mas já naquela época, ele havia apurado a sua percepção da hipocrisia e da fraude da vida adulta. A cidadezinha de Northamptonshire não tinha nenhum Rasputin ou Himmler, portanto as grandes falhas morais da humanidade tinham que ser mapeadas com base em amostras pouco representativas entre os amigos de seus pais. Mas isso tornava as suas descobertas ainda mais valiosas. E ele ficara satisfeito em detectar o vício por trás de uma atividade aparentemente inofensiva, sem dizer benéfica, como a jardinagem. Inveja, ganância, ressentimento, a relutante contenção de elogios e os falsos e abundantes sentimentos de raiva, luxúria, cobiça e outros pecados capitais de que ele não se lembrava muito bem. Assassinato? Bem, por que não? Na certa algum holandês deve ter exterminado outro holandês por ter metido a mão num precioso caule subterrâneo ou tubérculo ou seja lá qual for o nome — ah sim, bulbo — durante a grande febre, mais conhecida como tulipomania.

Mas numa escala de maldade mais normal e decentemente inglesa, ele havia notado como mesmo os amigos mais antigos de seus pais tinham uma atitude arrogante e mesquinha quando passeavam pelo jardim, com vários comentários do tipo: "Como é que você fez para florir tão cedo?" e "Como é que você descobriu isso?" e "Você tem sorte com o seu solo". Ele se lembrava de uma velha gorda e chata de culotes de tweed que, cedo pela manhã, passou quarenta minutos examinando o terreno de um hectare de seus pais e voltou em seguida para fazer um presunçoso comentário: "Pelo visto, vocês tiveram geada um pouco antes de nós." Por outro lado, ele havia lido artigos sobre cidadãos virtuosos que visitavam os grandes jardins da Inglaterra com tesouras de podar escondidas e bolsos falsos para guardar o saque. Não é de se admirar que agora haja câmeras de segurança e guardas uniformizados nas áreas mais silvestres e pastoris do campo inglês. O sequestro de plantas era comum, e talvez a rapidez com que ele se recuperou do roubo do seu loureiro não tenha nada a ver com a neve ou a estação, mas porque confirmava uma das principais descobertas morais de sua adolescência.

Na noite anterior eles ficaram sentados no recém-comprado banco de teca com uma garrafa de vinho rosé. Pela primeira vez não se ouvia nenhuma música na casa do vizinho, nenhum alarme de carro, nenhum estrondo de avião; só se ouvia o ruído de uns benditos pássaros que perturbavam o silêncio. Ken não se interessava por pássaros, mas sabia que houvera grandes mudanças em algumas espécies: havia menos pardais e estorninhos do que antigamente — não que ele sentisse falta; o mesmo acontecera com as andorinhas e outros passarinhos; com os pegas foi o contrário. Ele não sabia o que isso significava, ou o que havia causado. Poluição, remédio contra lesmas, aquecimento global? Talvez seja obra da velha e astuta evolução. O número de papagaios também havia aumentado — ou eram os periquitos — nos parques londrinos. Um casal escapou, se multiplicou e conseguiu sobreviver aos invernos ingleses menos rigorosos. Hoje em dia eles ficam berrando nas copas dos pântanos; ele viu até um pendurado no comedouro de pássaros do vizinho.

— Por que diabos esses pássaros são tão barulhentos? — ele perguntou pensativo, fingindo reclamar.

— São os melros.

— Essa é uma resposta à minha pergunta?

— Sim.

— Você poderia explicar como se explica a um pobre menino do interior? Por que eles *têm* de ser tão irritantemente barulhentos?

— Para marcar território.
— Não dá para eles marcarem território sem fazer barulho?
— Não se for um melro.
— Hum.

Mesmo assim, ele conjecturou se os seres humanos também marcavam territórios, e usavam ferramentas e máquinas para fazer barulho. Ele havia recolocado argamassa entre os tijolos na parte do muro que estava desmoronando e posto treliças para aumentar o muro que dava para o vizinho. Fixou divisórias rústicas em madeira trançada em várias partes do jardim. Ele até contratou alguém para fazer um caminho sinuoso e instalar um fio elétrico até o local onde, ao se apertar o interruptor, um jato de água jorrava sobre as pedras grandes e ovais importadas de uma praia distante da Escócia.

Naquela primavera, ele também melhorou o solo nos trechos que precisavam. Cavou onde Martha pediu para ele cavar. Começou o que parecia ser uma longa campanha contra os sabugueiros. Ele se perguntava se ainda amava a mulher como antes, ou se estava apenas cumprindo o papel de marido pelo qual terceiros eram convidados a deduzir o quanto ele a amava. Ele foi informado de que era o terceiro na lista de espera por um lote. Imitava a voz dos especialistas em jardinagem do rádio até que Martha lhe disse que não tinha mais a menor graça.

Seu sonho foi interrompido por um ruído de fechar perto do seu ouvido. Ele abriu os olhos. Martha tinha empurrado o carrinho de plástico amarelo, abarrotado, até o estacionamento.

— Eu tentei ligar até para o seu celular...
— Desculpe, meu bem. Eu não trouxe o celular. Eu estava distraído. Você já pagou?

Martha só fez que sim. Ela não estava realmente zangada. De certa forma, esperava que ele se desligasse assim que eles chegassem à loja de jardinagem. Ken saltou do carro e colocou as compras na mala. Ainda bem que não havia nada hernioso dessa vez, ele pensou.

* * *

Martha achava churrasco uma coisa um pouco vulgar. Ela não usou essa palavra, mas nem precisava. Ken adorava o cheiro da carne grelhando na brasa. Ela não gostava nem do acontecimento nem do equipamento. Ele havia sugerido que eles comprassem uma daquelas churrasqueiras pequenas — como é que se chama mesmo? Ah, sim, hibachi, afinal não era uma invenção japonesa, e portanto apropriada para esse lotezinho do bom Deus? Martha achou a piada ligeiramente engraçada, mais uma piada japonesa, mas ele não a convenceu. Por fim, ela permitiu a aquisição de um objeto elegante e pequeno em terracota, na forma de um barril em miniatura. Era um tipo de forno étnico que estava em oferta no *The Guardian*. Ken havia prometido nunca usar o carvão para churrasco no forninho.

Agora que o verão havia chegado, eles retribuíam a hospitalidade que haviam recebido quando a casa estava um caos. O céu ainda estava claro às oito da noite quando Marion e Alex e Nico e Anne chegaram, mas o calor do dia, que nunca era mesmo muito forte, já começava a desaparecer. As duas mulheres convidadas logo se arrependeram de não terem colocado uma meia-calça e de terem exagerado no visual verão, chamando Martha de anfitriã de meia-tigela pelo fato de estar, sabiamente, bem agasalhada contra o frio da noite. Mas já que todos haviam sido convidados para comer ao ar livre, era isso o que iriam fazer. Contaram piadas sobre o vinho quente e o espírito de solidariedade, e Alex fez uma mímica com as mãos, fingindo estar esquentando-as, e quase derrubou o forno de terracota.

Enquanto Ken se ocupava das coxas de galinha, espetando a carne para ver se o sumo estava transparente, Martha fazia uma excursão pela casa e jardim para mostrar aos convidados. Como eles nunca ficavam a muitos metros de distância, Ken ouviu todos os elogios à engenhosidade de Martha. Por curto espaço de tempo, ele se sentiu, novamente, como um adolescente carente que tentava avaliar a sinceridade ou hipocrisia de cada um dos interlocutores. Então a sua treliça recebeu um elogio que ele interpretou como sendo do fundo do coração. Logo depois, ouviu Martha explicando que nos fundos do jardim havia só "arbustos espinhosos" assim que eles se mudaram.

A luz começava a se esvaecer quando eles se debruçaram sobre a entrada de peras com gorgonzola e nozes. Alex, que claramente não havia prestado atenção em nada durante a excursão doméstica, perguntou:

— Vocês deixaram uma torneira aberta?

Ken olhou para Martha, mas resolveu não tirar proveito da situação.

— Deve ser a torneira do vizinho — ele disse. — A casa deles é uma esculhambação.

Martha fez um ar de agradecida, então Ken achou que não haveria problema em contar a história do kit de teste do solo. Ele se prolongou bastante, elaborando a descrição do seu papel de químico maluco e retardando, o máximo possível, o arremate.

— ... e então eu entrei em casa e disse à Martha: "Má notícia. Infelizmente, não há solo no seu solo."

Houve risadas gratificantes. E Martha se juntou aos outros; ela sabia que doravante essa seria uma das histórias do repertório dele.

Ken, sentindo-se confiante, resolveu acender as velas de jardim, torres de cera de quase um metro de altura que resplandeciam e remetiam vagamente aos triunfos romanos. Aproveitou a oportunidade para desligar o que sempre chamaria de elemento decorativo aquático, sem que Martha ouvisse.

Tinha esfriado. Ken serviu mais vinho tinto e Martha sugeriu que eles fossem para dentro de casa, e todos educadamente declinaram.

— Onde está o aquecimento global quando nós precisamos? — perguntou, animadamente, Alex.

Então eles conversaram sobre os aquecedores de ambiente externo — que aqueciam bem mais, mas eram tão antiecológicos que comprar um era por si só antissocial — e as pegadas de carbono, e a sustentabilidade das reservas mundiais de peixe, e os mercados dos agricultores, e os carros elétricos *versus* biodiesel, e energia eólica e aquecimento solar. Ken ouviu um mosquito zumbindo perto da sua orelha; ele ignorou, e nem se mexeu quando sentiu a picada. Resistiu estoicamente, feliz de provar que ele tinha razão.

— Eu consegui um lote de terra — ele anunciou. O estratagema do marido covarde, que conta a novidade na frente dos amigos. Mas Martha não pareceu nem surpresa nem decepcionada; ela somente ergueu a taça como os outros para brindar o novo e louvável passatempo de Ken. Eles perguntaram sobre o custo e local, a condição do solo e o que ele iria plantar.

— Amoras-pretas — disse Martha antes que ele pudesse responder. Ela sorria para ele, carinhosamente.

— Como é que você adivinhou?

— Foi quando eu estava fazendo encomendas pelo catálogo Marshalls. — Ela havia pedido para ele verificar se a sua conta estava certa. Não que não soubesse somar, mas havia muitos números que terminavam com 99, e, de qualquer jeito, era o tipo de tarefa que Ken cumpria em sua vida de casado. Assim como preencher cheques, que foi o que ele fez depois de acrescentar mais uns itens à encomenda. Depois ele o devolveu a Martha, pois ela era a Guardiã de Selos do casal. — E eu notei que você tinha encomendado dois arbustos de amoras-pretas. Uma variedade chamada Loch Tay, se eu me lembro bem.

— Você é um terror para nomes — ele disse, fitando-a. — Um terror e uma gênia.

Houve um breve silêncio, como se algo íntimo tivesse sido erroneamente revelado.

— Sabe o que nós poderíamos plantar no lote... — Martha começou.

— *Nós* quem, cara-pálida? — ele replicou antes que ela pudesse continuar. Era uma das suas piadas íntimas, mas visivelmente estranha para aqueles amigos, que não sabiam se se tratava de vestígios de uma briga. Para ser sincero, nem ele sabia. Hoje em dia já não sabia mais.

Como o silêncio se prolongou, Marion disse: — Eu não quero ser chata, mas os mosquitos estão acabando comigo. — Ela estava com a mão no tornozelo.

— Os nossos amigos não gostam do nosso jardim! — gritou Ken, com um tom de voz que assegurava a todos a impossibilidade de uma briga. Mas havia algo de histérico na sua voz, um sinal para os convidados começarem a se entreolhar, recusar o sortimento de chás e cafés, e preparar os últimos elogios.

Mais tarde, do banheiro, ele perguntou:
— Nós temos alguma pomada para mordida de mosquito?
— Você foi picado?
Ele apontou para um lado do pescoço.
— Nossa, Ken, tem umas cinco picadas. Você não sentiu?
— Sim, mas eu não daria o braço a torcer. Eu não queria que ninguém criticasse o seu jardim.
— Pobrezinho. Que mártir! Eles te morderam porque você deve ter sangue doce. Eles não mexem comigo.

Na cama, cansados demais para ler ou fazer sexo, eles ficaram à toa relembrando a noite, cada um encorajando o outro a concluir que a noite tinha sido um sucesso.
— Que droga! — ele disse. — Acho que deixei um pedaço de frango naquele forno lá fora. Acho melhor descer e trazê-lo para dentro.
— Deixa pra lá — ela disse.

Eles dormiram até tarde no domingo de manhã e, quando ele abriu um pouco a cortina para ver como estava o tempo, observou que o forno de terracota estava virado de lado e a tampa em dois pedaços.
— Malditas raposas — ele disse em voz baixa, sem saber se Martha estava acordada ou não. — Malditos gatos. Ou malditos esquilos. Maldita natureza, enfim.

Ele ficou parado na janela, sem saber se voltava para cama, ou descia e começava, lentamente, um outro dia.

Na casa de Phil e Joanna 3: olhe, sem as mãos

Finalmente, estava quente o suficiente para comermos ao ar livre, em volta de uma mesa que começava a envergar. As velas, em pequenas lanternas marroquinas de metal, foram acesas no início da noite e agora eram úteis. Nós havíamos conversado sobre os primeiros cem dias de Obama, de sua decisão de acabar com a tortura como instrumento de Estado, da cumplicidade britânica com relação às extradições, dos bônus dos banqueiros, e quanto tempo levaria até as próximas eleições gerais. Tentamos comparar a epidemia de gripe suína com a gripe aviária, mas nenhum de nós nem se aproximava de ser um epidemiologista. Então, houve silêncio.

— Eu estava pensando... da última vez que nós nos reunimos...
— Em volta dessa mesa de jantar...
— Preparada pela nossa... rápido, preciso de clichês...
— Nossa querida anfitriã.
— Um verdadeiro banquete de Trimálquio.
— E Mistress Quickly.
— Não é o suficiente. Então... Phil e Joanna, vamos chamá-los assim, o epítome da hospitalidade.
— A língua, a propósito...
— Era *língua*? Você disse que era carne de boi.
— Bem, era. Língua *é* carne bovina. Língua de boi, língua de bezerro.
— Mas... eu *não* gosto de língua. Ela passou pela boca de uma vaca morta.
— E da última vez que estivemos aqui, vocês falaram dos cartões de dia dos namorados que enviaram um para outro, os dois... pombinhos apaixonados. E sobre aquela amiga de vocês que queria grampear o estômago para quando o marido voltasse para casa.

— Na verdade era lipoaspiração.
— E alguém perguntou se era amor ou vaidade?
— Insegurança feminina foi a opção, eu acho.
— Só para eu me inteirar: foi antes de o cara se submeter à tal testoctomia ou sei lá como se chama?
— Ah, muito antes. E, de qualquer forma, ela acabou não fazendo.
— Não?
— Eu achei que lhe tinha dito isso.
— Mas nós falamos sobre, qual foi mesmo a expressão que o Dick usou?, penetração posterior.
— Bem, ela não tinha feito. Tenho certeza que eu disse.
— E, pra voltar à minha questão, alguém perguntou se algum de nós se preparou pra fazer amor ao chegar em casa, depois de sair daqui.
— Uma pergunta que ficou totalmente sem resposta.
— É para isso que está nos induzindo, David, com esta introdução socrática?
— Não. Talvez sim. Não exatamente.
— Prossiga, Macduff.
— Isso parece mais uma cena em que tem um bando de caras em volta da mesa e alguém diz que o tamanho do saco de um homem tem a ver com... Dick, por que você está escondendo as suas mãos?
— Porque eu sei qual é o final da frase. E porque, sinceramente, eu não quero deixar ninguém envergonhado e impor a dedução da magnificência do meu, como você disse, saco.
— Sue, uma pergunta. Na última aula, a turma aprendeu a diferença entre símile e metáfora. Agora, qual é o melhor termo gramatical para descrever a comparação entre o tamanho das mãos de um homem e o tamanho do seu saco?
— Existe um termo gramatical que se chama jactância?
— Tem um termo que compara o menor com o maior. A parte com o todo. Litótes? Hendíades? Anacoluto?
— Pra mim, todos eles parecem nomes de balneários gregos.

— Como eu estava tentando dizer, nós não falamos sobre o amor.
— ...
— ...
— ...
— ...
— ...
— ...
— Bom, era isso que eu queria dizer.
— Um amigo meu uma vez me disse que ele achava que era impossível ser feliz por mais de duas semanas seguidas.
— Quem era esse filho da puta infeliz?
— Um amigo meu.
— Muito estranho.
— Por quê?
— Bem, "um amigo meu"... alguém se lembra do Matthew? Sim, não? Ele era um grande *coureur de femmes*.
— Tradução, por favor.
— Ah, ele traçava todas pela Inglaterra. Tinha uma energia excepcional. E um interesse... constante. De qualquer forma, houve um momento em que... como devo dizer... bem, as mulheres começaram a usar suas mãos, seus dedos, nelas mesmas enquanto transavam.
— A que época, exatamente, você está se referindo?
— Entre o final do período da proibição de Lady Chatterley e o primeiro LP dos Beatles?
— Não, já que você perguntou. Mais tarde. Mais para os anos 1970...
— E Matthew percebeu essa mudança... sociodigital mais cedo do que a maioria, já que ele era mais diligente na pesquisa de campo e decidiu abordar esse assunto com uma mulher que conhecia, não era uma namorada ou uma ex, mas uma pessoa com quem ele podia se abrir. Uma confidente. E então, enquanto eles tomavam uma bebida, ele disse casualmente: "Um amigo meu me disse, outro dia, que ele havia notado que as mulheres estavam usando mais as suas mãos enquanto transavam." Então a mulher

retrucou: "Bem, o seu amigo deve ter um pinto bem pequeno. Ou ele não é bom de cama."

— Coitado, se deu mal, hein?

— Ele morreu. Ainda jovem. Tumor cerebral.

— Um amigo meu...

— Você quer dizer "um amigo meu" ou "*um amigo meu*"?

— O Will. Vocês se lembram dele? Morreu de câncer. Ele bebia muito, fumava muito e adorava um rabo de saia. E eu me lembro que quando eles descobriram o câncer já havia tomado o fígado, pulmões e uretra.

— O termo gramatical para isso é: justiça poética.

— Mas é estranho, não é?

— Você quer dizer que Matthew morreu de tumor cerebral porque ele transou demais? Como é que é isso?

— Talvez ele tivesse sexo na cabeça.

— O pior lugar para ter sexo, como disse um sábio.

— Amor.

— Saúde. *Gesundheit.*

— Eu li em algum lugar que, na França, quando um cara está com a braguilha aberta, a forma educada para uma pessoa chamar a atenção é dizer "*Vive l'Empereur!*" Não que eu já tenha ouvido alguém dizer isso. Ou que tenha realmente entendido.

— Talvez a cabeça da sua piroca pareça com o crânio de Napoleão.

— Fale por você.

— Ou aquele chapéu que ele sempre usa nas charges.

— Eu odeio essa palavra "piroca". Odeio ainda mais a expressão. "Ele deu uma pirocada." Credo!

— Amor.

— ...

— ...

— ...

— Bem, estou satisfeito que vocês me deram atenção. É o que nós não falamos. O Amor.

— Ei, vai com calma, meu velho. Não vá assustar os cavalos e tudo o mais.

— Larry vai concordar comigo. Afinal, ele é o nosso residente estrangeiro.

— A primeira vez que eu vim para cá, um das coisas que percebi é como vocês estão sempre contando piadas e a frequência com que usam a palavra que rima com "eta".

— Vocês não usam essa palavra na América?

— Nós, certamente, evitamos usá-la na presença das mulheres.

— Que estranho. E realmente irônico, se você me permite dizer.

— Mas, Larry, você está corroborando com o que quero dizer. Nós contamos piadas em vez de sermos sérios, e falamos de sexo em vez de falarmos de amor.

— Acho que contar piadas é uma boa maneira de ser sério. Normalmente é o melhor jeito.

— Só um inglês pensaria assim, ou diria isso.

— Você quer que eu me desculpe por ser inglês, ou algo assim?

— Não seja tão defensivo.

— Você está, por acaso, me chamando de idiota?

— Os homens falam de sexo, as mulheres falam de amor.

— Uma ova.

— Bem, por que nenhuma das mulheres aqui abriu a boca nos últimos não sei quantos minutos?

— Eu me pergunto se o tamanho das mãos de uma mulher está relacionado com o quanto ela as usa na cama com o seu marido.

— Que merda, Dick, cala a boca.

— Meninos. Shh. Os vizinhos. As vozes ressoam mais a essa hora da noite.

— Tudo bem. Eu acho que nunca houve uma época, não desde que eu me entendo por gente, em que homens e mulheres se sentaram ao redor de uma mesa para falar de amor. É verdade que nós falamos muito mais de sexo... ou, melhor ainda, nós ouvimos muito mais vocês falando de sexo. Eu também acho, bem, é quase um clichê hoje em dia, que, se as mulheres soubessem como os homens falam delas pelas costas, elas não achariam nada enobrecedor. E se os homens soubessem como as mulheres falam deles pelas costas...

— Seria brochante.

— As mulheres podem fingir, os homens não. É a lei da selva.

— A lei da selva é o estupro, não fingir um orgasmo.

— O ser humano é a única criatura que pode refletir sobre a sua existência, conceber a sua própria morte e fingir um orgasmo.

— Verdade? Você gostaria de partilhar o segredo?

— A mulher nem sempre sabe quando o homem gozou. Por uma sensação interna, quero dizer.

— Eis outro momento mãos-sob-a-mesa.

— Bem, o homem não pode fingir uma ereção.

— O pinto nunca mente.

— O sol, também, sempre se levanta.

— O que isso tem a ver?

— Você tem certeza de que quer falar sobre isso?

— O nervosismo da primeira noite. Não é que você não queira, só que o pau te decepciona. Ele mente.

— Amor.

— Uma velha amiga nossa, ela é nova-iorquina e trabalhou como advogada por muitos anos, decidiu voltar a estudar e se inscreveu numa escola de cinema. Ela já era cinquentona. E se viu cercada por uma garotada trinta anos mais nova do que ela. E ela escutava eles conversando, e às vezes eles se abriam com ela sobre as suas vidas, e você sabe o que ela concluiu? Que eles não pensavam duas vezes antes de ir para cama com alguém, mas realmente tinham muito medo de se envolver afetivamente com alguém, ou que alguém se envolvesse com eles.

— E você está querendo dizer que...

— Eles tinham medo de amar. Medo da... dependência, ou que alguém dependesse deles. Ou ambos.

— Medo de sofrer.

— Era mais medo de qualquer coisa que pudesse interferir com suas carreiras. Estamos falando de Nova York, sabe...

— Pode ser. Mas acho que Sue tem razão. Medo de sofrer.

— Na última vez que nos vimos, ou penúltima, alguém perguntou se existia câncer no coração. É claro que existe. E ele se chama amor.

— Será que estou ouvindo o som dos tambores e o grito de macacos ao longe?

— Meus pêsames a sua esposa.

— Por favor. Deixe de ironias. Pare de pensar na pessoa com quem você está casada ou que está sentada ao seu lado. Pense no que o amor representa na sua vida, e na vida dos outros.

— E...?

— Sofrimento.

— Não há felicidade sem sofrimento, como dizem.

— Eu já conheci o sofrimento sem felicidade. Na maioria dos casos, na realidade. "O sofrimento enobrece": eu sempre achei que fosse uma mentira moralista. O sofrimento reduz o indivíduo. Sofrer é degradante.

— Bem, eu já me machuquei, já sofri, porque da última vez que estive aqui, contei a vocês, discretamente, do meu kit de exame de câncer no rabo...

— Que você disse que fez no dia dos namorados.

— E nenhum viado ou filho da puta aqui presente teve a gentileza de perguntar se eu recebi o resultado.

— Dick, você recebeu o resultado?

— Sim, uma carta cujo cargo abaixo da assinatura ilegível era, se vocês podem acreditar, "Diretor do Centro".

— Não vamos enveredar por esse caminho.

— E ele me escreveu para dizer que o resultado do meu exame deu normal.

— Ufa.

— Que ótimo, Dick.

— E então, num novo parágrafo, a carta dizia e eu citarei de memória, mas de que outra forma eu poderia citar? Que, eu *cito*, nenhum exame de controle é cem por cento exato, então um resultado normal não garante que você não tenha, ou nunca terá, câncer no intestino.

— Bem, eles não podem *garantir*, não é mesmo?
— Eles têm medo de serem processados.
— Hoje em dia tudo se reduz ao medo de ser processado.
— Daí, por exemplo, o acordo pré-nupcial. Larry, você diria que o acordo pré-nupcial é uma prova de amor ou de insegurança?
— Eu não sei, nunca assinei um. Não tem nada a ver com o que se sente, é só um protocolo social. Como fingir que você acredita em todas as palavras da cerimônia de casamento.
— *Eu* acreditei. Em cada uma delas.
— "Prometo amar-te, honrar-te etc. e tal." Ah, como isso me faz voltar no tempo. Meu Deus. Joanna está me olhando com uma cara triste.
— O tema é câncer no coração, não no rabo.
— Você continua afirmando que amar é sofrer, não é mesmo, Joanna?
— Não. Eu só estou pensando numas pessoas, uns caras, sim, são todos homens, na realidade, que nunca sofreram por amor. Que são, na realidade, incapazes de sofrer por amor. Que podem instalar um sistema de evasão e controle que lhes dão a segurança de que nunca sofrerão.
— E isso é tão insensato assim? Soa um pouco como o equivalente, emocionalmente, a um acordo pré-nupcial.
— Pode ser que seja sensato, mas só corrobora o meu ponto de vista. Alguns homens dão conta de tudo: sexo, casamento, paternidade, companheirismo, e não sofrem mesmo. Frustração, vergonha, tédio, raiva... é só isso. Para eles, a noção de sofrimento é quando a mulher não retribui o jantar com sexo.
— Quem disse que os homens são mais cínicos do que as mulheres?
— Eu não estou sendo cínica. Nós todos conhecemos pessoas que se comportam assim.
— Você quer dizer que não é possível amar sem sofrer?
— Claro que não. Eu só quis dizer que, bem, é como o ciúme. O amor não pode existir sem a possibilidade de ciúme. Se você tiver

sorte, nunca sentirá ciúme, mas se a capacidade de sentir ciúme não existe, então não existe amor. E é a mesma coisa com o sofrimento.

— Então, Dick não estava se desviando tanto assim do assunto?

— ...?

— Bem, ele não tem câncer no rabo, exceto que existe a possibilidade de ele desenvolver a doença, agora ou mais tarde.

— Obrigada por me dar razão. Eu sabia do que estava falando.

— Você e o diretor do centro.

— Você está se referindo ao Pete, não é?

— Quem é Pete? O diretor do centro?

— Não, Pete é o cara-que-não-sofre.

— Peter é um daqueles contadores... de mulheres. Ele podia dizer o dia em que chegou à primeira dezena, ou ao número cinquenta.

— Bem, nós todos contamos.

— Mesmo?

— Sim, eu me lembro bem quando cheguei a dois.

— Eu tive um bom número de amores eternos, se você entende o que quero dizer.

— Muito bem. Isso é o que chamo de sofrimento.

— Não, isso é o que Pete chamaria de sofrimento. É só orgulho ferido. Isso e a ansiedade; é o mais perto que ele já chegou do sofrimento.

— Um cara sensato. Quem pode criticá-lo? Ele já foi casado?

— Duas vezes. E já caiu fora dos dois.

— E...?

— Vergonha, um pouco de autopiedade, enfado. Mas nada mais forte.

— Então, na sua opinião ele nunca se apaixonou?

— Isso mesmo.

— Mas ele não diria isso. Ele diria que já se apaixonou. Mais de uma vez.

— Sim, ele provavelmente diria uma dúzia de vezes.

— O que eu não suporto é a hipocrisia.

— E vou me encher de ouvir as pessoas comentando sobre isso, hein?
— Bem, talvez isso seja o suficiente.
— Como assim?
— Acreditar que você já esteve apaixonado, ou que está apaixonado. Não é o suficiente?
— Não, se não for verdade.
— Espera aí. Será que não está rolando um tipo de hierarquia aqui? Nós só nos apaixonamos porque sofremos.
— Não foi isso o que eu disse.
— Será que não?
— Você acha que as mulheres amam mais do que os homens?
— Mais no sentido de com mais frequência ou mais intensidade?
— Só um homem faria uma pergunta dessa.
— Bem, é isso o que eu sou: um pobre homem ferrado.
— Não depois de jantar na casa de Phil e Joanna, não é. Como nós observamos.
— Nós observamos?
— Ah, meu Deus, espero que você não nos mande todos para casa e tente trepar para provar...
— Eu também detesto "trepar".
— Isso me faz lembrar um desses programas de auditório da TV americanos, sabe, daqueles que tentam solucionar os problemas emocionais e sexuais e te colocam em frente a uma plateia, e depois a plateia vai para casa feliz da vida por não estar na sua pele.
— Essa é uma acusação demasiado britânica.
— Bem, eu continuo sendo britânico. Enfim, uma vez apareceu uma mulher reclamando que o seu casamento ou relacionamento não estava indo bem, e é claro começaram a falar sobre sexo e um dos supostos *experts*, um conselheiro de TV cheio de lábio, perguntou à moça: "Você tem grandes orgasmos?"
— Pom! Direto ao ponto G.
— E ela olhou para o tal conselheiro e disse, com um charme modesto: "Bem, eles me parecem grandes."

— Bravo! E nós também dizemos o mesmo.

— O que você está querendo dizer?

— Eu acho que nós não deveríamos, necessariamente, nos sentir superiores ao Pete.

— Nós nos sentimos superiores? Eu não. E se ele já passou dos cinquenta, eu tiro o meu chapéu.

— Você acha que o Pete só pensa em transar com as mulheres porque ele não sabe como se relacionar afetivamente com elas?

— Não, eu acho que ele tem um limite de tédio baixo.

— Quando se está apaixonado, não existe um limite de tédio.

— Eu acho que você pode estar apaixonado e entediado.

— Será que estou com receio de mais um momento mãos-sob-a-mesa?

— Não seja tão defensivo.

— Bom, eu sou. Eu vim aqui para me empanturrar da sua comida deliciosa e do vinho excelente, não para me torturar com...

— Pague o jantar com sua cantoria.

— E receba um café da manhã.

— O que estou tentando dizer, em defesa desse tal de Pete que nunca conheci, é que talvez ele tenha amado, ou tenha se apaixonado, tanto quanto a sua constituição permite, e por que nos sentiríamos superiores a ele só por isso?

— Tem umas pessoas que nunca se apaixonariam se elas nunca tivessem ouvido falar de amor.

— Por favor, me poupe, por uma noite, dessa sabedoria de amante francês.

— Será que agora nós já podemos tirar as mãos de debaixo da mesa?

— Afinal, qual é a questão?

— Deixe-me resumir. Para aqueles que não estão acompanhando. A presente assembleia concorda que os ingleses usam a palavra que rima com "eta" com uma frequência demasiada, que os homens falam de sexo porque não sabem falar de amor, que as mulheres e os franceses entendem mais de amor do que os ingleses, que amar é

sofrer, e que qualquer homem que tenha tido mais mulheres do que eu, além de ser um puta sortudo, não entende realmente as mulheres.
— Muito bem, Dick. Eu apoio a moção.
— Você apoia a moção do Dick? Você deve ser o "diretor do centro".
— Oh... calem a boca, meninos. Eu acho que esse é um resumo bem masculino.
— Você gostaria de nos dar um resumo feminino?
— Provavelmente não.
— Você está sugerindo que resumir é um traço masculino desprezível?
— Não, especificamente. Embora o meu resumo mencione como os homens se tornam passivo-agressivos quando se trata de assuntos que os façam se sentir menos seguros de si.
— "Passivo-agressivo". Eu detesto essa palavra, ou expressão, ou seja lá o que for. Eu imagino que ela seja empregada noventa e cinco por cento pelas mulheres. Eu nem sequer sei o que significa. Ou melhor, o que deveria significar.
— O que mesmo nós estávamos falando antes do "passivo-agressivo"?
— Que tal "bons modos"?
— "Passivo-agressivo" indica um estado psicológico.
— "Bons modos também." E, além disso, um estado bem saudável.
— Falando sério, alguém realmente acha que, se nós, a essa altura, nos retirássemos, as senhoras aqui conversariam sobre amor e nós sobre sexo?
— Quando eu era menino, antes de saber qualquer coisa sobre as meninas, eu sonhava com a mesma impaciência.
— Você quer dizer, com meninos *e* meninas?
— Droga. Não, amor e sexo.
— Olha a voz. Não tão alto.
— Vocês acham que existe algo que se compara a isso, em termos de emoções humanas? A força do desejo de amar e ter sexo quando não se tem nenhum dos dois?

— Eu me lembro muito bem. A vida parecia... impossível. *Isso* sim era sofrimento.

— E no entanto, não foi tão mau assim. Nós todos já amamos e transamos, e às vezes até ao mesmo tempo.

— E agora nós vamos pôr os casacos e vamos para casa experimentar um dos dois e da próxima vez vamos mostrar as nossas mãos.

— Ou escondê-las.

— Os meninos serão sempre meninos, não é mesmo?

— E isso se qualifica como passivo-agressivo?

— Podemos dizer ativo-agressivo, se você preferir.

— Deixa pra lá, meu bem.

— Essa é uma daquelas noites, sabe, em que eu não quero ser o primeiro a sair.

— Vamos todos sair juntos, assim Phil e Joanna podem falar de nós enquanto eles arrumam a casa.

— Na realidade, nós não fazemos isso.

— Não?

— Não, nós temos um ritual: Phil tira a mesa, eu coloco a louça na máquina de lavar. Nós colocamos uma música. Eu lavo a louça que não vai à máquina, Phil seca. Nós não falamos de vocês.

— Que anfitriões encantadores. Uns verdadeiros Trimálquio e Mistress Quickly.

— O que Jo quis dizer é que nós falamos tanto que gastamos o repertório. Nós falamos de vocês no dia seguinte, no café da manhã. E no almoço. E, nesse caso, provavelmente, também, no jantar.

— Phil, seu velho safado.

— Eu espero que ninguém esteja dirigindo.

—Também espero. Não confio em ninguém. Só em mim mesmo.

— Você não vai dirigir, vai?

— Eu não sou tão idiota. Nós vamos andar ou pegar um táxi.

— Na verdade, vamos ficar um tempo na calçada, falando de vocês.

— A propósito, era realmente língua?

— Claro.

— Mas eu *não* gosto de língua.

Depois de fechar a porta da frente, Phil pôs um CD de Madeleine Peyroux, beijou o cordão do avental na nuca de sua esposa, subiu a escada até o quarto escuro, se aproximou cautelosamente da janela, viu os outros parados na calçada e ficou observando até eles se dispersarem.

Invasão

Quando ele e Cath se separaram, ele pensou em se associar aos Ramblers, mas caminhar parecia um hobby triste demais para se ter. Ele imaginava as conversas:

— Oi, Geoff. Fiquei triste de saber que você e Cath terminaram. Como é que você está?
— Tudo bem, obrigado. Eu aderi ao Grupo de Caminhadas.
— Boa ideia.

Ele também imaginava o resto: receber a revista da agremiação, estudar o convite aberto a todos — encontro às 10:30, sábado, dia 12, no estacionamento ao lado da Capela Metodista —, limpar as botas na noite anterior, preparar um sanduíche de reserva por precaução, talvez também uma tangerina de reserva, e chegar ao estacionamento com (apesar das advertências que fizera a si próprio) um coração esperançoso. Um coração esperançoso que achava que iria se machucar. E depois ele ainda tinha que completar a caminhada, se despedir alegremente e voltar para casa para comer o resto do sanduíche e da tangerina no jantar. Isso sim era triste.

Ele, é claro, continuava caminhando. Quase todos os fins de semana, independentemente do tempo, ele saía com suas botas e sua mochila, o cantil e o mapa. Ele também não iria evitar os percursos que fizera com Cath. Afinal, eles não eram exclusivamente deles; e se fossem, ele se reapropriaria deles fazendo a caminhada sozinho. Ela não era dona do circuito que partia de Calver: seguir por Derwent, através do bosque de Froggatt até Grindleford, talvez uma parada no Grouse Inn para o almoço, depois passar pelo círculo de pedras da idade do bronze, perdido nos meses de verão entre as samambaias, tudo isso culminando com a grande surpresa do Curbar Edge. Ela não era dona disso, nem ela nem ninguém.

Em seguida ele anotou em seu diário de caminhadas: 2h e 45 min. Com Cath levava 3h e 30 minutos, e uns 30 minutos a mais se eles parassem para comer um sanduíche no Grouse Inn. Essa era uma das vantagens de estar novamente solteiro: se ganha tempo. Você anda mais rápido, chega em casa mais cedo e bebe cerveja mais rápido, janta mais rápido. E além disso o sexo que faz consigo mesmo também é mais rápido. Você ganha todo esse tempo a mais, Geoff pensou — mais tempo para estar só. Pare com isso, ele pensou com seus botões. Você não tem permissão para ser uma pessoa triste; você só tem permissão para ser triste.

— Pensei que íamos nos casar.
— É por isso que não estamos casados — retrucou Cath.
— Eu não entendi.
— Não, você não entendeu.
— Você pode me explicar?
— Não.
— Por quê?
— Porque é justamente essa a questão. Se você não consegue entender, se eu tenho que explicar: é *por isso* que nós não vamos nos casar.
— Não faz sentido o que você está dizendo.
— E eu também não vou me casar.

Esquece, esquece, já passou. Por um lado, ela gostava que você tomasse as decisões; por outro, ela achava que você era controlador. Por um lado, ela gostava de viver com você. Por outro, não queria mais continuar vivendo com você. Por um lado, ela sabia que você seria um bom pai; por outro, não queria ter filhos. Parece lógico, não é? Esquece.

— Oi. — Ele se surpreendeu. Não costumava cumprimentar mulheres que não conhecia na fila do almoço. Ele só cumprimentava mulheres nas trilhas das caminhadas, quando é de bom-tom acenar com a cabeça ou sorrir ou levantar o bastão em resposta. Mas, na verdade, ele a conhecia.

— Você trabalha no banco.

— Isso mesmo.
— Lynn.
— Muito bem.

Um breve momento de genialidade, lembrar-se do crachá de plástico com seu nome do outro lado do vidro à prova de bala. E ela também escolheu a lasanha vegetariana. Será que ela se importava...? Não, tudo bem. Só havia uma mesa vaga. E parecia mais fácil. Ele sabia que ela trabalhava no banco, ela sabia que ele lecionava na escola. Ela havia se mudado para a cidade há dois meses e, não, ela ainda não subira o monte Tor. Dava para subir de tênis?

No sábado seguinte, ela estava de jeans e suéter; parecia um pouco curiosa, um pouco inquieta quando ele tirou as botas e mochila do carro e puxou o anoraque Gore-tex vermelho.

— Você vai precisar de água.
— É mesmo?
— A não ser que não se importe de rachar.

Ela fez que sim; eles começaram a caminhada. À medida que se afastavam da cidade, a vista se alargava para incluir o banco dela e o colégio dele. Ele a deixou decidir a velocidade do passo. Ela andava com facilidade. Ele queria perguntar a idade dela, se frequentava a academia de ginástica e dizer que ela parecia mais alta do que quando estava sentada atrás do vidro. Em vez disso, ele apontou para as ruínas de uma antiga fábrica de ardósia e uma espécie rara de carneiro — são os Jacobs, não é? — que Jim Henderson criava até que as pessoas do sul começaram a preferir cordeiro que não tivesse gosto de cordeiro, e ficavam felizes de pagar por isso.

No meio do caminho começou a chuviscar, ele ficou preocupado com os tênis de Lynn sobre o xisto úmido perto do topo. Ele parou, abriu o zíper da mochila e lhe deu o seu outro anoraque. Ela agiu como se fosse normal ele ter trazido um anoraque sobressalente. Ele aprovou o gesto. Ela também não perguntou de quem era, quem o havia deixado para trás.

Ele lhe passou a garrafa d'água; ela bebeu a água e limpou a boca da garrafa.

— Que mais você tem aí dentro?
— Sanduíches, tangerinas. A não ser que você queira voltar.
— Desde que você não tenha uma daquelas calças de plástico horrorosas.

Ele tinha, é claro. E não só uma, a sua, mas a calça de Cath que ele tinha trazido para Lynn. Alguma coisa nele, uma certa ousadia e ao mesmo tempo timidez, gostaria de dizer: "Na verdade estou usando uma cueca da North Cape Coolmax que só tem um botão na braguilha."

Depois que eles passaram a dormir juntos, ele a levou à loja The Great Outdoors. Eles escolheram umas botas de caminhada para ela — um par de Brasher Supalites — e, quando ela se levantou calçando as botas, deu uns passos hesitantes até o espelho e voltou, sapateando, ele pensou como eram sensuais os pequenos pés femininos em botas de caminhada. Eles selecionaram três pares de meias ergonômicas de trekking projetadas para absorver os picos de pressão, e ela arregalou os olhos surpresa com a ideia de meias terem pé direito e pé esquerdo assim como os sapatos. Três pares também de meias internas. Eles escolheram uma mochila leve, ou "mochila de trekking" como o vendedor bonitão preferia chamar, e foi quando Geoff percebeu que o cara estava começando a perder a linha. Ele mostrou à Lynn como posicionar o cinto da mochila, apertar as alças e ajustar os tensores superiores. Depois deu tapinhas na mochila, empurrando-a para cima e para baixo de uma forma bastante íntima.

— E o cantil — disse Geoff com firmeza para acabar com a palhaçada.

Eles pegaram um anoraque verde-escuro que valorizava a chama ruiva dos cabelos de Lynn; então ele esperou e deixou o bonitão sugerir a calça impermeável e receber uma risada como resposta. No caixa, ele apresentou o seu cartão de crédito.

— Não, eu não posso aceitar.
— Eu gostaria de lhe dar de presente. Eu realmente gostaria.
— Mas por quê?

— Eu gostaria. O seu aniversário deve ser em breve. Bem, em algum momento nos próximos doze meses. Sem dúvida.

— Obrigada — disse Lynn, mas ele percebeu que ela ficou um pouco nervosa com aquilo. — Você pode embrulhar novamente para o meu aniversário?

— Eu farei algo ainda melhor. Engraxarei as suas Brashers. Ah, sim — ele disse para o caixa —, é melhor levarmos uma lata de graxa. Marrom clássico, por favor.

Antes da próxima caminhada, ele passou graxa nas botas para amaciar o couro e reforçar a impermeabilidade. Ao deslizar a mão dentro da bota que cheirava a couro novo, ele percebeu novamente, como percebera dentro da loja, que ela calçava meio número a menos que Cath. Meio número? Parecia um número inteiro.

Eles visitaram Hathersage e a capela de Padley; a Abadia de Calke e Staunton Harold; Dove Dale, no trecho estreito e fundo até Milldale; Lathkill Dale, de Alport até a pedreira de Ricklow. O canal de Cromford e a trilha de High Peak. Subiram as colinas de Hope até Lose Hill, depois até onde ele prometeu mostrar à Lynn o cume mais pitoresco de todo o Peak District, até o Mam Tor, onde os parapentistas se reuniam: uns homens grandalhões que subiam a colina todos suados com uns sacos enormes nas costas, estiravam os canopis como lençóis ao longo do declive coberto de grama e esperavam pela corrente ascendente que os levaria para o céu.

— Não é emocionante? — ela disse. — Você não gostaria de fazer isso?

Geoff pensou nos homens em alas do hospital com as costas quebradas, nos paraplégicos e quadriplégicos. Pensou nas colisões aéreas com aviões leves. Pensou na angústia de não poder controlar o vento e ser levado cada vez mais alto em direção às nuvens, e depois cair numa paisagem desconhecida, se perder e urinar de medo. De não ter as botas nos pés e o mapa na mão.

— É... um pouco — ele respondeu.

Para ele, a liberdade estava na terra. Ele contou à Lynn sobre a invasão de Kinder Scout nos anos 1930: como centenas de andarilhos e caminhantes de Manchester passaram pelas terras do duque de Devonshire para protestar contra a interdição de acesso ao campo; como tinha sido um dia pacífico, exceto pelo fato de um guarda-caça bêbado ter se ferido com o próprio rifle; como os invasores contribuíram para a criação de parques nacionais e faixas de servidão; e como o homem que liderou a manifestação tinha morrido recentemente, mas ainda havia um sobrevivente, agora com 103 anos, morando num asilo metodista não muito longe dali. Geoff achou que sua história ganhou asas mais do que qualquer droga de parapente.

— Eles entraram assim sem mais nem menos nas terras do duque?

— Não sem mais nem menos. Corajosamente, talvez. — Geoff ficou satisfeito com sua emenda.

— Mas as terras não eram *dele*?

— Tecnicamente, sim. Historicamente, talvez não.

— Você é um socialista?

— Eu sou a favor da liberdade de ir e vir — ele afirmou cautelosamente. Ele não queria, agora, cometer um erro.

— Tudo bem. Eu não me importo. Tanto faz.

— Qual é o seu partido?

— Eu não voto.

— Eu sou do Partido Trabalhista — ele disse, tomado de coragem.

— Imaginei que fosse.

No seu diário de caminhadas, ele anotou os itinerários que fizeram, a data, o clima, a duração, terminando com "L" em letra vermelha para Lynn. Em oposição ao "C" azul de Cath. Independentemente das iniciais, a duração das caminhadas eram mais ou menos as mesmas.

Será que ele deveria comprar um bastão de caminhada para ela? Ele não queria forçar a barra — ela recusara as suas ofertas de um chapéu de caminhada, apesar de ele ter lhe explicado os prós e os contras. Não que houvesse nenhum contra. Além disso, melhor uma cabeça descoberta do que usar um boné de beisebol. Ele não conseguia levar a sério um andarilho de boné de beisebol, homem ou mulher.

Ele podia dar-lhe uma bússola. Porém ele já tinha uma, que raramente consultava. Se um dia ele quebrasse o tornozelo e tivesse que ensinar a ela, agonizando de dor, como atravessar o pântano usando um cercado de ovelhas caindo aos pedaços como ponto de referência e continuar em direção ao norte-nordeste, mostrando-lhe como girar o instrumento e fixar o seu curso, ela poderia usar a bússola dele para esse propósito. Não, uma bússola para dois, daria certo, de alguma forma. Simbólico, se poderia dizer.

Eles fizeram o circuito de Kinder Downfall: o estacionamento de Bowden Bridge, o reservatório, continuando ao longo de Pennie Way até a queda-d'água, bifurcando para a direita e descendo até Tunstead House e Kinderstones. Ele falou sobre o índice de pluviosidade e contou como, ao congelar, o Kinder Downfall se transformava numa cascata de pingentes de gelo. Um dos pontos interessantes para se visitar no inverno.

Ela não respondeu. Bem, de qualquer modo eles teriam que comprar um casaco de lã se fossem subir 600 metros no inverno. Ele ainda tinha o exemplar da revista *Country Walking* que comparava os diversos tipos de casacos de lã.

No estacionamento, ele consultou seu relógio de pulso.

— Nós estamos atrasados para alguma coisa?

— Não, só estava verificando. Quatro horas e quinze minutos.

— Isso é bom ou ruim?

— É bom porque eu estou com você.

Também era bom porque quatro horas e quinze minutos era o tempo que ele e Cath levavam, e digam o que quiserem, mas Cath era uma boa andarilha.

Lynn acendeu um Silk Cut, como sempre fazia no final de uma caminhada. Ela não fumava muito, e ele realmente não se importava, mesmo que achasse que era um hábito bastante imbecil. Logo depois de ela fazer um grande bem ao seu sistema cardiovascular... Mesmo assim, ele sabia, por ser professor, que havia momentos em que o melhor era enfrentar o problema, e outros que a melhor tática era optar por uma via menos direta.

— Nós podíamos subir novamente depois do Natal. No início do ano. — Sim, ele poderia dar um casaco de lã para Lynn de presente.

Ela olhou para ele, deu uma boa tragada no cigarro.

— Quer dizer, se estiver frio suficiente. Poderíamos ver os pingentes de gelo.

— Geoff — ela disse. — Você está invadindo o meu espaço.

— Eu só...

— Você está invadindo o meu espaço.

— Tudo bem, senhora duque de Devonshire.

Mas ela não achou graça e eles voltaram para casa de carro, praticamente em silêncio. Talvez ele tenha feito ela andar mais do que devia. Era uma subida puxada, uns trezentos metros ou mais.

Ele colocou as pizzas no forno, pôs a mesa e estava para abrir a sua primeira cerveja quando ela se manifestou:

— Escuta, estamos em junho. Nós nos conhecemos em... fevereiro?

— Foi em 29 de janeiro — ele respondeu, automaticamente, como respondia quando um aluno se enganava e dizia que a Batalha de Hastings aconteceu em 1079.

— É, 29 de janeiro — repetiu ela. — Escuta, acho que eu não poderei vir no Natal.

— Claro. Você tem a sua família.

— Não, eu não quero dizer que é por causa da minha família. É claro que eu tenho família, mas não posso vir no Natal.

Toda vez que Geoff se deparava com o que, apesar de suas convicções baseadas em princípios nobres negarem, ele só podia interpretar como uma enorme ilogicidade feminina, ele tendia a ficar mudo. Num minuto você está trilhando o caminho, sem quase perceber o peso nos ombros, e depois de repente você se encontra num caminho intransitável, sem sinalização, coberto de bruma e um solo pantanoso sob os seus pés.

Mas ela não disse mais nada, então ele tentou ajudá-la:

— Eu também não gosto muito de Natal. Toda aquela comilança e bebedeira... Porém...

— Quem sabe onde eu estarei no Natal.

— Você quer dizer, o banco pode te transferir? — Ele não havia pensado nisso antes.

— Geoff, veja bem. Como você mesmo chamou a atenção, nós nos conhecemos em janeiro. As coisas estão indo... bem. Eu tenho tido bons momentos, realmente bons momentos...

— Entendi. Tudo bem. — Era novamente a mesma coisa, a coisa que ele não conseguia aprender. — Não, claro. Eu não queria... de qualquer maneira, eu vou aumentar o fogo. Uma base crocante. — Ele deu um gole na cerveja.

— É só que...

— Não precisa dizer. Eu sei. Entendi o que você quis dizer. — Ele ia acrescentar "senhora duque de Devonshire" novamente, mas não o fez, e mais tarde, pensando bem, ele percebeu que não teria ajudado.

Em setembro, ele a convenceu a matar um dia de trabalho para eles fazerem o circuito de Calver. Era melhor evitar o fim de semana, quando Curbar Edge ficava infestada de andarilhos e alpinistas.

Eles estacionaram numa rua sem saída perto do Bridge Inn e começaram a caminhada, passando por Calver Mill, do outro lado do rio Derwent.

— Parece que foi construído por Richard Arkwright — ele disse. — Em 1785, eu acho.

— Não é mais um engenho.

— Não, bem, como você pode ver. Escritórios. Talvez apartamentos residenciais. Ou um pouco de ambos.

Eles seguiram o rio, passaram pela barragem com águas turbulentas, atravessando Froggatt, e depois o bosque de Froggatt até Grindleford. O sol estava fraco quando eles saíram do bosque, mas Geoff ficou contente de estar usando o seu chapéu. Lynn continuava se recusando a comprar um, e ele achou melhor não mencionar nada, novamente, até a primavera. Ela havia se bronzeado durante o verão, e as suas pintas estavam mais aparentes do que quando eles se conheceram.

Havia uma subida íngreme perto de Grindleford, que ela percorreu sem resmungar; em seguida ele a conduziu através do campo até o Grouse Inn. Eles se sentarem no bar para comer um sanduíche. Depois, o barman balbuciou "café?" Ela disse "sim" e ele disse "não". Ele não era a favor de café durante uma caminhada. Apenas água era necessária para não desidratar. Café era um estimulante e a ideia é que... a caminhada fosse suficientemente estimulante por si só. Álcool: idiotice. Ele tinha até conhecido andarilhos que fumavam baseado.

Ele falou um pouco disso, o que pode ter sido um erro, porque ela disse: "Eu só estou tomando um café, certo?" Ela depois acendeu um Silk Cut. Sem esperar até o fim da caminhada. Ela olhou para ele.

— O que é?
— Eu não disse nada.
— Nem precisava.

Geoff suspirou.

— Eu me esqueci de te mostrar a placa indicando que nós havíamos chegado à Grindleford. Ela é antiga. Tem quase cem anos. Não sobraram muitas no Peak District.

Ela soprou, deliberadamente, a fumaça na direção de Geoff, assim parecia.

— E, tudo bem, eu também li em algum lugar que cigarros sem alcatrão são tão nocivos quanto os outros, porque eles fazem você tragar mais para obter mais nicotina, portanto na realidade os seus pulmões estão absorvendo mais toxinas.

— Então talvez eu devesse voltar a fumar o Marlboro Light.

Eles refizeram o mesmo caminho na volta, seguiram o mesmo caminho novamente, atravessaram a estrada e viraram à esquerda na placa que indicava "Eastern Moors Estate".

— É aqui que fica o círculo da idade do bronze?

— Eu acho que sim.
— Como assim? Você acha que sim?
Tudo bem. Mas não adianta nada você agir diferentemente do que o seu normal, não é mesmo? Ele tinha 31 anos, tinha opinião própria, e sabia muita coisa.
— O círculo é logo ali no lado esquerdo. Mas eu não acho que deveríamos visitá-lo desta vez.
— Desta vez?
— Ele está no meio das samambaias.
— Você quer dizer que não dá para ver bem.
— Não, não foi isso o que eu quis dizer. Bem, sim, dá para ver melhor em outras épocas do ano. O que eu quis dizer é que entre agosto e outubro não se deve andar pelas samambaias. E, principalmente, contra o vento em relação às samambaias.
— E você vai me dizer por quê, não é?
— Já que você perguntou. Se você anda pelas samambaias por dez minutos, você pode ingerir quase cinquenta mil esporos. Como eles são grandes demais para entrar nos pulmões, eles vão parar no seu estômago. Os exames mostraram que eles são cancerígenos para os animais.
— Ainda bem que as vacas não fumam.
— Tem também carrapatos que transmitem a doença de Lume, que...
— E daí?
— E daí que quando você anda pelas samambaias, você deve enfiar a calça dentro das meias, desenrolar as mangas, e usar uma máscara.
— Uma máscara?
— A Respro fabrica. — Bem, ela perguntou, e ela recebeu o diabo da resposta. — Chama-se Respro Bandit, como máscara de bandido.
Quando estava certa de que ele terminara a explicação, ela disse:
— Obrigada. Agora me empreste o seu lenço.
Ela enfiou a calça nas meias, abaixou as mangas, amarrou um lenço, no estilo de bandido, em volta do rosto. Outra coisa que

se pode fazer é comprar um produto especial e colocá-lo na calça e meias. Ele mata os carrapatos ao primeiro contato. Não que ele tenha experimentado. Ainda.

Quando ela voltou, eles partiram em silêncio ao longo da borda de arenito que se chamava Froggat Edge ou Curbar Edge, ou ambos, tanto fazia naquele momento. O terreno coberto de relva era flexível, e ia até o ponto onde o solo inclinava dando uma guinada de centenas de metros. Era sempre uma surpresa: sem ter a impressão de ter subido muito, você se encontrava num ponto vertiginosamente alto, quilômetros acima do vale iluminado por seus pequenos vilarejos. Não era preciso ser um parapentista para alcançar uma vista dessas. Havia pedreiras na redondeza, de onde vinham muitas das mós. Mas ele não contou isso para ela.

Ele adorava o lugar. A primeira vez que visitara não havia uma alma viva a quilômetros, ele estava contemplando o vale, e subitamente uma cabeça com capacete apareceu aos seus pés, e um alpinista barbudo surgiu do nada em cima da grama. A vida era cheia de surpresas, não é mesmo? Alpinistas, espeleólogos, parapentistas. As pessoas achavam que se você está lá em cima, então você está tão livre quanto um pássaro. Bem, não é verdade. Lá também existem regras, assim como em qualquer lugar. Lynn, na sua opinião, estava muito perto da beira do penhasco.

Geoff não disse nada. Nesse caso, ele era indiferente. Perplexo, claro, mas isso passaria. Ele retomou o passo, sem se preocupar se ela o seguia ou não. Mais uns oitocentos metros de terreno elevado, depois uma descida íngreme de volta a Calver. Ele começou a pensar no trabalho da semana seguinte quando a ouviu gritar.

Ele correu na sua direção, com a mochila sacolejando e o barulho audível da água remexendo no cantil.

— Minha nossa, você está bem? Foi o seu pé? Eu devia ter te avisado sobre as tocas de coelho.

Mas ela só olhava para ele inexpressivamente. Talvez em estado de choque.

— Você se machucou?

— Não.
— Você torceu o tornozelo?
— Não.

Ele olhou para baixo na direção dos Brasher Supalites que ela calçava: os ilhoses estavam cheios de samambaias, e o brilho da manhã já sumira.

— Desculpe... eu não estou entendendo.
— O quê?
— Por que você gritou?
— Porque me deu vontade.

Ah, novamente a falta de sinais. — E por que você sentiu vontade?
— Porque sim.

Não, ele não deve ter escutado direito, ou não entendeu bem, ou algo parecido.

— Escuta, me desculpe, eu talvez tenha andado muito rápido...
— Eu estou bem, já disse.
— Será que foi porque eu...
— Eu já disse, eu tive vontade.

Eles andaram até a borda de arenito e depois desceram, em silêncio, até onde eles haviam deixado o carro. E assim que ele começou a desamarrar as botas, ela acendeu um cigarro. Bem, ele lamentou, mas ele ia chegar ao cerne da questão.

— Teve alguma coisa a ver comigo?
— Não, só tinha a ver comigo. Fui eu que gritei.
— Você está com vontade de gritar novamente? Agora?
— O que você está querendo dizer?
— O que eu quero dizer é que, se você tiver vontade de gritar novamente, agora, como é que você se sentiria?
— Geoff, eu sentiria que eu tive vontade de gritar novamente, agora.
— E quando você acha vai gritar novamente?

Ela não respondeu, e nenhum dos dois se surpreendeu.

Ela esmagou o Silk Cut com a sola do seu Supalite e começou a desamarrar o cadarço, jogando tufos de samambaia no macadame.

"Quatro horas, incluindo o almoço no Grouse Inn", ele anotou no seu diário de caminhada. "Tempo bom." Ele adicionou um "L" vermelho na última coluna, abaixo de um alinhamento vertical de eles vermelhos. Na cama, à noite, ele dormiu em diagonal, e boa sorte para ele, pensou consigo mesmo. Na manhã seguinte, durante o café da manhã, ele folheou a *Country Walking* e preencheu o formulário de inscrição para juntar-se aos Ramblers. Ele podia pagar com cheque ou débito automático. Pensou por um instante e optou pelo débito automático.

Na casa de Phil e Joanna 4: um em cinco

Era apenas o final de outubro, mas Phil decidiu acender a lareira com umas toras de macieira que trouxera do campo. A chaminé, raramente usada, não funcionava direito e de tempos em tempos uma fumaça aromática flutuava pelo ambiente. Nós conversávamos novamente sobre os bônus dos banqueiros e os problemas persistentes de Obama, e o fato de que o prefeito de Londres não parecia ter retirado os ônibus articulados, então foi com um certo alívio que mudamos de assunto: a nova bancada, em madeira de bordo, de Joanna.

— Não, é bonita e realmente resistente.
— Assim como nós.
— Você tem que passar óleo com frequência?
— Eu tenho uma fórmula: uma vez por dia durante uma semana, uma vez por semana por um mês, uma vez por mês por um ano, e assim por diante, sempre que eu estiver a fim.
— Parece uma fórmula para sexo conjugal.
— Dick, seu paquiderme.
— Agora eu entendo por que você se casou tantas vezes, meu caro.
— Isso me faz lembrar...
— Você não acha que essas são as palavras mais sinistras da nossa língua: "Isso me faz lembrar"?
— ... nós vamos fazer um relato sobre o dever de casa que nos foi passado da última vez.
— Dever de casa?
— Se nós fizemos o bicho com dois costados quando chegamos em casa.
— Nós devíamos fazer isso? Eu não me lembro.

— Oh, vamos passar adiante...

— É. Vocês se importariam se, por uma noite só, nós estabelecêssemos uma moratória sobre o tema: sexo?

— Só se primeiro você responder a seguinte pergunta: você acha, com exceção dos aqui presentes, que as pessoas em geral mentem mais sobre sexo do que qualquer outra coisa?

— É o que se supõe?

— Existem bastantes indícios anedóticos, eu diria.

— E provas científicas, imagino.

— Você quer dizer que as pessoas admitiram em pesquisas sociológicas que elas haviam mentido sobre sua vida sexual nas pesquisas anteriores.

— Afinal, não tem mais ninguém presente.

— A não ser que você seja adepto à agorafilia.

— Agorafilia?

— Você não tem isso nos Estados Unidos, Larry? Um casal transando no carro num acostamento ou em local público, para que os outros possam se aproximar e ver. É um antigo costume inglês, como as danças folclóricas.

— Bem, talvez na Virgínia Ocidental...

— Tudo bem, chega, meninos.

— A pergunta mais geral seria: como é que podemos saber se eles estão dizendo a verdade?

— Como é que podemos saber se qualquer coisa é verdadeira?

— Essa é uma questão altamente filosófica?

— Está mais para uma questão baixamente prática. Em geral. Como é que podemos saber com exatidão? Eu me lembro de ouvir uns intelectuais no rádio discutindo sobre o começo da Segunda Guerra Mundial, e chegaram à conclusão de que a única coisa que poderíamos afirmar com certeza é que "*algo* se passou". Eu fiquei bastante impressionado com esse comentário.

— Oh, por favor. Se nós continuarmos assim, logo estaremos no território de "será que realmente houve seis milhões de mortos?" Ou, as imagens do homem na Lua eram falsas por causa da tal sombra, supostamente, impossível. Ou que o 11 de setembro foi planejado pelo governo Bush.

— Bom, só os fascistas contestam a primeira questão e só malucos acreditam na segunda.

— E os atentados de 11 de setembro não poderiam ter sido planejados pelo governo Bush porque eles não deram errado.

— Larry virou inglês: uma piada, e ainda por cima cínica. Parabéns!

— Em Roma, como os romanos...

— Não, o que eu quero dizer é por que nós, que não somos fascistas nem malucos, acreditamos no que acreditamos.

— Acreditamos em quê?

— Qualquer coisa desde "dois mais dois são quatro" até "Deus está no céu e está tudo bem com o mundo".

— Mas não achamos que está tudo bem com o mundo ou que Deus está no céu. Muito pelo contrário.

— Então por que acreditamos no contrário?

— Talvez porque deduzimos por nós mesmos ou porque os especialistas nos disseram que é assim.

— Mas por que acreditamos nos especialistas?

— Porque confiamos neles.

— Por que confiamos neles?

— Bem, eu confio mais em Galileu do que no papa, então acredito que a Terra gira em torno do Sol.

— Mas nós não acreditamos no *próprio* Galileu pela simples razão de que nenhum de nós leu os seus ensaios. Suponho que seja esse o caso. Então, na realidade, nós confiamos é nos especialistas de segunda mão.

— Que provavelmente sabem bem mais do que Galileu.

— Então temos um paradoxo. Todos nós lemos pelo menos um jornal, e a maioria de nós acredita na maioria das coisas que estão escritas nos jornais. Mas ao mesmo tempo pesquisas afirmam que os jornalistas, em geral, não são dignos de confiança. Estão lá no fim da lista com os corretores de imóveis.

— São nos jornais dos outros que não confiamos. O nosso é confiável.

— Um gênio uma vez escreveu que qualquer frase que começa com "Um em cinco de nós acredita ou acha que fulano de tal" é automaticamente suspeita. E que a frase que tem menos probabilidade de ser verdadeira é aquela que começa com "Talvez um em cinco..."

— Quem é esse gênio?

— Um jornalista.

— Você sabe o que se diz sobre as câmeras de vigilância? Que a Grã-Bretanha, supostamente, tem mais câmeras de vigilância *per capita* do que qualquer outro lugar no mundo? Todo mundo sabe disso, não é? Então esse fato foi refutado num jornal por um jornalista que afirmava que isso era uma besteira e uma paranoia, e resolveu provar, ou pelo menos tentar. Mas para mim ele não provou nada, porque ele é um desses jornalistas de que eu sempre discordo. Portanto, me recuso a acreditar que ele poderia ter razão. E então, eu me pergunto se me recusei a acreditar nele porque *quero* viver no país que tem o maior número de câmeras de vigilância. E eu não consegui descobrir se é porque me sinto mais seguro, ou porque de certa forma gosto de me sentir paranoico.

— Então qual é o ponto ou limite em que as pessoas sensatas param de acreditar na verdade e começam a questioná-la?

— Não tem, geralmente, um acúmulo de evidências que fazem a gente duvidar?

— Por exemplo, o marido é sempre o primeiro a suspeitar e o último a saber.

— Ou a esposa.

— *Mutatis mutantis.*

— *In propria persona.*

— Essa é outra coisa sobre os britânicos. Quero dizer, britânicos como vocês. O tipo de latim que vocês usam.

— É mesmo?

— Acho que sim, *Homo homini lupus.*
— *Et tu, Brute.*
— E se você acha que estamos exibindo a nossa erudição, bem, você está enganado. Nós somos, provavelmente, a última geração a ter essas expressões ao nosso dispor. Não existem mais referências clássicas nas palavras cruzadas do *Times*. Nem citações de Shakespeare. Quando estivermos mortos, ninguém mais dirá coisas do tipo "*Quis custodiet ipsos custodes?*".
— E isso será uma grande perda, hein?
— Não sei se você está sendo irônico ou não.
— Nem eu.
— Quem foi mesmo o tal general britânico, numa guerra indiana, que conquistou a região do Sind e enviou ao quartel-general um telegrama com uma só palavra: "*Peccavi*"? Ah... olhares sem expressão. Significa "eu pequei" em latim.
— Quanto a mim, estou de fato feliz que essa época tenha acabado.
— Você, provavelmente, preferiria "missão cumprida", ou seja lá o que se diz nesse caso...
— Não, eu odeio piadas imperialistas sobre assassinatos.
— Perdoe-me a expressão em latim.
— Bem, então voltando ao Galileu. O fato de a Terra girar em torno do Sol é algo que foi provado tanto quanto qualquer outra coisa. E como fica a questão, por exemplo, da mudança climática?
— Bom, nós todos acreditamos nela, não é?
— Vocês se lembram quando Reagan disse que as árvores emitiam gás carbônico e as pessoas começaram a pendurar avisos em volta dos troncos de sequoias dizendo "Desculpe" e "A culpa é minha".
— Ou "*Peccavi*".
— Verdade.
— Mas Reagan dizia os maiores absurdos, não é? Por exemplo, que ele havia libertado um campo de concentração durante a guerra quando na realidade ele tinha ficado o tempo todo em Hollywood, fazendo filmes patrióticos.

— Se bem que Bush fez Reagan parecer um cara decente, quase refinado.
— Alguém disse que Reagan era um cara simples, não simplório.
— Não é nada mau.
— É sim. Isso é um sofisma, uma fórmula da assessoria de imprensa. Escuta o que eu digo: simples *é* simplório.
— Então nós todos acreditamos em mudança climática?
— Acreditamos.
— Claro.
— Mas acreditamos, por exemplo, que os cientistas têm todo o tempo do mundo para achar uma solução, ou que atingimos um ponto crítico e que em dois, cinco ou dez anos já será tarde demais, ou que nós já passamos do ponto crítico e já fomos para as cucuias?
— A opção do meio, não é? E é por isso que nós tentamos reduzir as nossas pegadas de carbono, melhorar o isolamento térmico de nossas casas e reciclar.
— A reciclagem tem a ver com o aquecimento global?
— Você ainda pergunta?
— Bem, eu só estou perguntando porque nós reciclamos há vinte anos ou mais e ninguém falava em aquecimento global naquela época.
— Às vezes penso, quando estou dirigindo no centro de Londres à noite e vejo todas aquelas luzes dos prédios de escritórios acesas, que não faz sentido se preocupar em deixar a televisão ou o computador em *standby*.
— Qualquer esforço, por menor que seja, faz diferença.
— Vocês viram aquela estatística assustadora de uns meses atrás? Dizia que cerca de setenta por cento dos passageiros em voos que saíam da Índia estavam voando pela primeira vez na vida por companhias que oferecem voos baratos.
— Eles têm mais do que direito de fazer isso. Foi isso o que fizemos. E ainda fazemos, a maioria de nós, não é?
— Você quer dizer que por uma questão de *fair play* nós devemos permitir que todos se tornem tão sujos, poluentes e emissores

de gás carbônico como nós, e só então nós poderemos ter o direito moral de sugerir que eles parem?

— Não foi isso o que eu disse. O que quero dizer é que nós não podemos esperar que eles aprendam logo conosco.

— Você quer saber o que considero a coisa mais repugnante, moralmente, nos últimos vinte anos? Esse sistema de troca de quotas de emissões. Não é uma ideia repugnante?

— Todos juntos agora...

— É a hipocrisia que eu não suporto.

— Vocês são todos uns paquidermes. Mas em especial você, Dick.

— Tem uma coisa que realmente me irrita. Você separa todo o lixo que é para reciclar e coloca em lixeiras separadas, e então eles chegam com um caminhão e jogam tudo num balaio de gatos.

— Mas se nós pensamos que já atingimos o ponto crítico, que chances temos de o mundo concordar?

— Talvez uma em cinco?

— Interesse pessoal. É isso o que move a engrenagem. As pessoas reconhecem que é do seu próprio interesse. E também das gerações subsequentes.

— As gerações subsequentes não votam nos políticos de hoje.

— O que a posteridade já fez por mim, como alguém já perguntou.

— Mas os políticos sabem que a maioria dos *eleitores* se preocupam com as futuras gerações. E a maioria dos políticos são pais.

— Acho que um dos problemas é que, mesmo que estejamos de acordo que a questão de interesse pessoal é um princípio de orientação útil, existe uma lacuna entre o que é de fato interesse próprio e a nossa percepção dessa questão.

— Também entre interesse próprio a curto e longo prazos.

— Não foi Keynes?

— O quê?

— Que disse aquilo sobre a posteridade.

— Normalmente é ele ou Oliver Wendell Holmes ou o juiz Learned Hand ou Nubar Gulbenkian.

— Não sei de quem ou do que você está falando.

— Você viu que os produtores de champanhe francês estão pensando em se instalar na Inglaterra porque em breve o clima da França estará quente demais para as uvas?

— Bem, no período romano....

— Havia vinhas ao longo do Muro de Adriano. Você está sempre dizendo isso, sr. Vinho Maçante.

— É mesmo? Bem, vale a pena repetir, porque talvez essa seja a prova de que se trata somente de um grande ciclo da natureza em funcionamento.

— O grande ciclo da natureza.

— Exceto que nós sabemos que não é. Vocês viram o mapa do aquecimento global, outro dia, no jornal? Dizia que um aumento de quatro graus seria catastrófico: escassez de água na África, ciclones, epidemias, aumento do nível do mar, a Holanda e o sudoeste da Inglaterra debaixo d'água.

— Será que não podemos contar com os holandeses para encontrar uma solução? Eles já passaram por isso.

— Qual é o tempo de vida que estamos falando?

— Se não chegarmos a um acordo agora, poderemos ter um aumento de quatro graus em 2060.

— Ah.

— Espero que vocês não me deem uma surra por isso, mas tem horas que chega a ser quase glamouroso pertencer à última geração.

— Que última geração?

— A última geração a usar expressões em latim? *Sunt lacrimae rerum.*

— Bem, se levarmos em conta o animal humano e seus antecedentes históricos, é bem possível que nós não sairemos dessa. Então, a última geração terá sido realmente negligente, realmente descuidada.

— Eu não sei como você pode dizer tal coisa. E o 11 de setembro e o terrorismo e a AIDS e...

— A gripe suína.

— Sim, mas são todos eventos isolados e a longo prazo sem causar grandes impactos.

— A longo prazo nós estaremos todos mortos. *Essa* é do Keynes.

— ... e as bombas radiológicas e biológicas e o risco de guerra nuclear no Oriente Médio?

— Eventos isolados, isolados. Estou me referindo é a essa sensação de que está tudo fora de controle, que é tarde demais, que não podemos fazer mais nada...

— Já passamos do ponto crítico...

— ... e como no passado, as pessoas se voltam para o futuro e se fixam no nascimento da civilização, na descoberta de novos continentes, na compreensão dos segredos do Universo, agora nós contemplamos uma perspectiva de grande reversão, e de um declínio inevitável e espetacular, quando o *homo* se tornará um *lupus* e depois novamente *homini*. Como foi no começo, e como será, então, no final.

— Minha nossa, você está num clima apocalíptico.

— Mas você disse "glamouroso". O que há de glamouroso se o mundo se carbonizar?

— Porque vocês, nós, tivemos o mundo antes de ele se destruir, ou antes de percebermos que isso aconteceria. Nós somos como aquela geração que conheceu o mundo antes de 1914, só que elevado à milésima potência. Daqui pra frente, vai ser sempre... qual é mesmo a expressão?... declínio gerenciado.

— Então, você não recicla?

— Claro que reciclo. Eu sou um bom menino, como qualquer outro. Mas entendo o ponto de vista de Nero. Melhor tocar o violino enquanto Roma arde.

— Vocês acreditam que foi o que ele realmente fez? Será que não é uma daquelas citações famosas que ninguém nunca pronunciou?

— Será? Mas não houve testemunhas que viram Nero tocar violino? Suetônio, por exemplo?

— *Res ipsa loquitur*.

— Tony, chega.

— Eu não sabia que havia violinos na Roma antiga.
— Joanna, finalmente uma observação pertinente.
— Stradivarius não é um antigo nome romano? Pelo menos, soa como tal.
— Não é impressionante o quanto nós não sabemos?
— Ou o quanto nós sabemos, mas em quão pouco acreditamos.
— Quem foi que disse que tinha fortes opiniões fracamente defendidas?
— Eu desisto.
— Também não sei, eu só me lembrei.
— Sabiam que a prefeitura começou a empregar "espiões de reciclagem"? Dá para acreditar?
— Não, até você nos dizer o que eles fazem.
— Eles inspecionam as suas lixeiras de coleta seletiva e verificam se você está reciclando corretamente...
— Eles realmente entram na nossa propriedade? Eu vou processar esses invasores safados.
— ... e se eles, digamos, descobrem que você não colocou para reciclar uma quantidade suficiente de latas, eles passam um panfleto por debaixo da porta explicando o que você pode fazer para melhorar.
— Que cara de pau! Por que não usam o dinheiro para recrutar mais enfermeiras ou algo do gênero?
— É o que nos espera na Grã-Bretanha apocalíptica. Espiões arrombando a sua porta para ver se você deixou a televisão ligada ou em *standby*.
— Eles não encontrariam muitas latas no nosso lixo para reciclagem, porque raramente compramos latas. A maioria dos enlatados tem muito sal e conservantes e assim por diante.
— Ah, mas quando os espiões de reciclagem começarem a se ocupar de vocês, vocês comprarão latas e jogarão o conteúdo fora só para manter a sua cota de reciclagem.
— Será que eles não poderiam substituir os espiões por mais câmeras de vigilância?

— Nós não estamos nos desviando da questão?
— O que tem de novo nisso?
— Stradivari.
— Como?
— Stradivarius é um instrumento, Stradivari, o fabricante.
— Por mim, tudo bem.
— Quando era jovem, eu odiava o fato de o mundo ser governado por velhos, porque eles estavam, obviamente, por fora e arraigados no passado. Hoje em dia os políticos são tão incrivelmente jovens que eles estão por fora de uma maneira diferente, eu não só os odeio como tenho medo deles, pois eles não podem ter uma compreensão suficiente do mundo.
— Quando era jovem, eu gostava de livros pequenos. Agora, que estou mais velho, e não tenho muito tempo pela frente, percebi que prefiro livros grandes. Será que alguém pode me explicar por quê?
— Cegueira instintiva. Um lado seu finge que existe mais tempo do que realmente há.
— Quando era jovem, e comecei a escutar música clássica, eu preferia os movimentos rápidos e os movimentos lentos me entediavam. Eu só ficava esperando que eles terminassem. Agora é o contrário. Prefiro os movimentos lentos.
— Talvez porque o fluxo sanguíneo fica mais lento.
— O fluxo sanguíneo fica mais lento? Só a título de curiosidade.
— Se não fica, deveria.
— Outra coisa que não sabemos.
— Se não fica mais lento, ainda assim é uma metáfora, logo verdadeira.
— Se pelo menos o aquecimento global fosse uma metáfora.
— Os movimentos lentos são mais comoventes. É por isso. Os outros são barulhentos, animados, têm um prelúdio e uma conclusão. Os movimentos lentos são pura emoção. Elegíacos, uma sensação do tempo que passa, da perda inevitável: é isso o significado.
— O Phil sabe do que ele está falando?
— Eu sempre sei do que estou falando a essa hora da noite.

— Mas por que nos emocionamos mais agora? Será que os nossos sentimentos são mais profundos?

— No passado, você se empolgava e se animava com os movimentos rápidos.

— Você quer dizer que o reservatório de emoções continua do mesmo tamanho, mas despeja em direções diferentes e em momentos diferentes?

— É mais ou menos isso.

— Mas certamente nós sentíamos as emoções com mais intensidade quando éramos jovens: a primeira paixão, o casamento, os filhos.

— Mas agora talvez os nossos sentimentos sejam mais duradouros.

— Ou os nossos sentimentos mais fortes são diferentes agora: a perda, o arrependimento, uma sensação de término.

— Não seja tão pessimista. Espere até você ter netos. Eles o surpreenderão.

— "É só prazer e nenhuma responsabilidade."

— Não essa novamente.

— Eu coloquei entre aspas.

— E uma sensação de continuidade da vida que eu não tive muito com os meus filhos.

— Isso porque eles ainda não te decepcionaram.

— Oh, não diga isso.

— Tudo bem... eu não disse isso.

— Então, vocês acham que existe alguma esperança para o planeta? Apesar do aquecimento global, da incapacidade de identificar o nosso verdadeiro interesse pessoal e de os políticos serem tão jovens quanto os policiais?

— A raça humana já passou por bons apertos.

— E os jovens são muito mais idealistas do que nós éramos. Ou pelo menos somos.

— E Galileu ainda ganha do papa. É um tipo de metáfora.

— E eu ainda não tive câncer no rabo. É uma espécie de fato.

— Dick, algo para virar a balança: o mundo agora *é* um lugar positivo para se viver.

— Só será um pouco mais quente.

— E quem sentirá falta da Holanda? Desde que eles remanejem os Rembrandts para um local mais elevado.

— E mais pobres, porque os banqueiros roubaram o nosso dinheiro.

— E nós seremos todos vegetarianos, porque a produção de carne aumenta o aquecimento global.

— E nós não poderemos viajar tanto, exceto a pé ou a cavalo.

— "Pé na estrada"... as pessoas recomeçarão a dizer isso.

— Eu sempre invejei aquela época em que, mesmo quando tinham condições de viajar para o exterior, as pessoas só viajavam uma vez na vida. Sem mencionar o pobre peregrino com seu cajado e sua concha de vieira fazendo a única peregrinação de sua vida.

— Você está esquecendo que está do lado de Galileu em volta desta mesa.

— Então você pode ir numa peregrinação para ver o seu telescópio em Florença ou seja lá onde eles guardam. A não ser que o papa o tenha queimado.

— E nós vamos voltar a plantar a nossa própria comida, que será mais saudável.

— E consertar as coisas como fazíamos.

— E seremos responsáveis pelo nosso próprio entretenimento, e realmente conversaremos durante as refeições familiares, e mostraremos o devido respeito pela vovó, no cantinho, tricotando meias para o novo rebento e contando histórias de outrora.

— Não vamos exagerar.

— Bom, desde que nós possamos assistir à TV e que a família nuclear seja uma opção...

— Que tal usar escambo em vez de dinheiro?

— Pelo menos ferraria com os banqueiros.

— Não conte com isso. Eles logo achariam uma maneira de se tornar indispensáveis. Sempre haverá mercados de futuro, faça chuva ou sol, ou seja lá o que for.

— Já é assim, meu caro.
— Vocês se lembram do que eles diziam? "Os pobres estão sempre conosco."
— E daí?
— Deveria ser: "Os ricos estão sempre conosco", "Os banqueiros estão sempre conosco".
— Só agora eu percebi por que nós usamos a expressão família nuclear.
— Porque é físsil e pode explodir a qualquer hora e soltar radiação nas pessoas.
— Mas era isso que eu ia dizer.
— Já era.
— Hum, esse aroma de macieira...
— Uma pergunta: qual dos cinco sentidos seria o mais fácil de viver sem?
— Está muito tarde para jogos de adivinhação.
— Nós responderemos da próxima vez.
— Falando nisso...
— Que comida deliciosa.
— Essa foi a melhor.
— E ninguém falou a palavra que rima com "eta".
— Ou nos passaram exercícios sexuais para casa.
— Façamos um brinde.
— Brindes não são permitidos ao redor desta mesa. Regras da casa.
— Tudo bem, eu não estou brindando ninguém aqui presente. Eu proponho: ao mundo em 2060. Que eles tenham tanto prazer quanto nós.
— Ao mundo em 2060.
— Ao mundo.
— Ao prazer.
— Vocês acham que as pessoas ainda mentirão sobre a sua vida sexual?
— Talvez tanto quanto um em cinco.
— Foi A. J. P. Taylor, a propósito.

— Quem?

— Que disse que tinha fortes opiniões fracamente defendidas.

— Bem, ergamos uma taça silenciosa para ele também.

Houve o habitual som de passos, e os casacos sendo colocados e abraços e beijos, e assim a nossa tropa partiu, em direção ao ponto de táxi e o metrô.

— Adorei o aroma do fogo da lareira — disse Sue.

— E não tivemos que comer nada proveniente da boca de uma vaca morta — disse Tom.

— É estranho pensar que estaremos mortos em 2060 — disse Dick.

— Eu preferiria que você não dissesse esse tipo de coisa — disse Carol.

— Alguém tem que dizer as coisas que os outros não dizem — disse David.

— Até mais, pessoal — disse Larry. — Eu estou indo para lá.

— Até. — A maioria de nós respondeu.

Linhas do casamento

Quando eles partiram de Glasgow, o Twin Otter estava meio vazio: apenas uns ilhéus voltando do continente, mais uns andarilhos de início de temporada que vieram, com suas botas de caminhada e mochila, passar o fim de semana. Por quase uma hora, eles voaram ligeiramente acima da massa inconstante de nuvens que evocava circunvoluções cerebrais. Depois desceram, e o litoral recortado da ilha apareceu abaixo deles.

Ele sempre adorou esse momento. O promontório, a extensa faixa de areia da praia de Traigh Eais no litoral atlântico, o grande bangalô branco que eles sobrevoavam ritualmente à baixa altitude, depois uma curva lenta rumo à ilha corcovada de Orosay e a aproximação final em direção à extensão plana e brilhante de Traigh Mhòr. No verão, podia-se ouvir a voz de um visitante barulhento, entusiasmado, talvez, para impressionar a namorada, gritando sobre o ruído da hélice: "A única aterrissagem no mundo de um avião comercial numa praia!" Mas, com o passar dos anos, ele se tornara indulgente até em relação a isso. Fazia parte do folclore da viagem.

Eles aterrissaram com dificuldade na praia de conchas e espirraram água entre uma asa e outra enquanto a aeronave se movia rapidamente pelas poças. O avião em seguida deu a volta em direção ao terminal de desembarque e um minuto depois eles desciam os frágeis degraus de metal que davam na praia. Um trator com um trailer de reboque estava parado lá, esperando para levar as malas deles até o bloco de concreto úmido que servia como esteira para as bagagens, uns dez metros dali. Eles, deles: ele sabia que devia começar a se habituar aos pronomes no singular. Esta seria a gramática de sua vida daqui pra frente.

Calum esperava por ele, escaneando, por cima dos ombros, os outros passageiros. A mesma figura magra e grisalha de anoraque verde que o recebia todos os anos. Como era Calum, ele não fez nenhuma pergunta; só esperava. Ele se conheciam, com uma certa intimidade formal, por mais de vinte anos. Agora essa regularidade, essa repetição, e tudo o que ela representava, tinham se desintegrado.

Enquanto a van manobrou ao longo da estrada de mão única para esperar educadamente no acostamento, ele contou a Calum a história que já estava cansado de repetir. O súbito esgotamento, as vertigens, os exames de sangue, as ultrassonografias, o hospital, mais hospitais, o centro para doentes crônicos. A rapidez de tudo, do processo, da implacável sucessão de fatos. Ele contou sem lágrimas, com uma voz neutra, como se tivesse ocorrido a uma outra pessoa qualquer. Era a única maneira, até então, que ele conhecia.

Na frente do chalé, Calum puxou o freio de mão. "Que sua alma descanse", ele murmurou antes de segurar a mala de viagem.

A primeira vez que tinham ido para a ilha, eles ainda não eram casados. Ela usava uma aliança, uma concessão a... o que mesmo? À versão imaginária, que eles haviam criado, da moralidade insular? Fazia com que eles se sentissem superiores e hipócritas ao mesmo tempo. O quarto da pousada de Calum e Flora tinha paredes caiadas de branco, janelas gotejadas de chuva e uma vista das dunas costeiras sobre a elevação acentuada de Beinn Mhartainn. Na primeira noite, eles descobriram que a cama rangia ao realizar qualquer atividade mais vigorosa do que a mínima necessária à concepção moderada de bebês. Eles tiveram que, comicamente, restringir os movimentos. Sexo insular, era assim que chamavam, dando risadinhas com os corpos entrelaçados.

Ele havia comprado um binóculo novo especialmente para aquela viagem. No interior da ilha havia cotovias e pintarroxos, trigueiros e alvéolas. No litoral, os tordeiros e caminheiros. Mas eram as aves marinhas que ele preferia, os cormorões e os mergulhões, os corvos marinhos e os fulmares. Ele passou umas boas horas no topo dos penhascos, com o traseiro molhado, o polegar e o médio focalizando os rodopios, mergulhos, os voos livres. Os fulmares eram os seus preferidos. São aves que passam a vida inteira no mar e só vão para a terra para fazer os ninhos. Depois põem um único ovo, criam o filhote e voltam para o mar, roçando as ondas, subindo nas correntes de ar, sendo eles mesmos.

Ela preferia as flores às aves. Cravos-do-mar, campainhas-amarelas, ervilhaca-vermelha e íris-da-praia. Havia uma planta, ele se lembrava, chamada sanícula. O seu conhecimento e memória paravam por aí. Ela nunca colheu uma planta sequer ali, ou em qualquer outro lugar. Cortar uma flor era acelerar sua morte, ela dizia. E detestava vasos. No hospital, quando os outros pacientes viam o carrinho de metal vazio no pé da cama, achavam que era negligência dos amigos e tentavam repassar seus buquês sobressalentes. Isso durou até ela ser transferida para seu quarto particular, e então o problema cessou.

Naquele primeiro ano, Calum mostrou a ilha para os dois. Uma tarde, numa praia onde ele adorava pescar longueirões, ele disse com um olhar longe, quase como se estivesse falando com o mar: "Meus avós se casaram por declaração, imagina. Antigamente, era só o que se precisava. Aprovar e declarar. Você se casava na lua crescente e na maré alta — para dar sorte. E depois do casamento, eles punham um colchão do lado de fora. Para a noite de núpcias. A ideia era de que se devia começar a vida conjugal com humildade."

"Oh, que maravilha, Calum", ela disse. Mas ele interpretou a observação de Calum como uma crítica aos costumes ingleses, suas presunções e mentiras silenciosas.

No segundo ano, eles voltaram algumas semanas depois de se casar. Queriam contar a todos que encontravam, mas ali era justamente o lugar onde eles não poderiam fazê-lo. Talvez isso tenha sido bom para eles — a embriaguez da felicidade os forçava a ficarem calados. Talvez tenha sido essa a maneira deles de começarem a vida conjugal com humildade.

Ele percebeu, contudo, que Calum e Flora haviam adivinhado. Sem dúvida não fora difícil, diante de tantas roupas novas e sorrisos idiotas. Na primeira noite, Calum lhes ofereceu uísque de uma garrafa sem rótulo. Ele tinha várias dessas garrafas. Na ilha bebia-se muito mais uísque do que se vendia.

Flora tirou da gaveta um suéter velho que pertencera ao seu avô. Ela o abriu na mesa da cozinha e o passou com a palma das mãos. Antigamente, ela explicou, as mulheres das ilhas contavam histórias com os seus tricôs. A padronagem do tecido mostrava que o seu avô era de Eriskay, enquanto os detalhes, os desenhos, falavam de pescaria e de fé, do mar e da areia. E essa série de zigue-zagues no ombro — essa aqui, olha — representava os altos e baixos da vida conjugal. Elas eram, quase literalmente, as linhas do casamento.

Zigue-zagues. Como qualquer casal recém-casado, eles trocavam olhares ardilosamente confiantes, seguros de que para eles não haveria nenhum dos baixos — ou, pelo menos, não como o dos seus pais, ou dos amigos que já estavam fazendo os erros previsíveis e estúpidos de sempre. Eles seriam diferentes; seriam diferentes de todos os outros que já haviam se casado.

— Conte a eles dos botões, Flora — disse Calum.

O padrão do suéter indica de que ilha vem o seu dono; os botões no pescoço revelam com precisão a que família ele pertence. É como sair por aí vestido com o CEP, ele pensou.

Um ou dois dias mais tarde, ele disse a Calum: "Gostaria de ter visto as pessoas usando esses suéteres." Como não tinha nenhum senso de tradição, ele gostaria que os outros exibissem as suas tradições.

— Eles foram muito úteis — respondeu Calum. — Vários afogados só puderam ser identificados por causa do suéter. E dos botões.

— Eu não havia pensado nisso.

— Bem, não havia razão. Para você saber. Para você pensar nisso.

Havia momentos em que parecia que ali era o lugar mais distante que ele já tinha visitado. Os habitantes da ilha falavam a mesma língua que a sua, mas isso era uma mera e estranha coincidência geográfica.

Dessa vez, Calum e Flora o trataram como ele sabia que seria tratado: com o mesmo tato e modéstia que ele no passado havia, estupidamente e britanicamente, confundido com deferência. Eles não se impunham a ele, nem tampouco exibiam compaixão. Era um tapinha no ombro, um prato colocado a sua frente, um comentário sobre o tempo.

A cada manhã, Flora lhe oferecia um sanduíche embrulhado em papel vegetal, um pedaço de queijo e uma maçã. Ele partia, ao longo das dunas costeiras, até Beinn Mhartainn. Depois subia até o topo, onde conseguia ver toda a ilha e o seu contorno recortado, onde podia se sentir só. Então, com o binóculo na mão, ele seguia em direção aos penhascos e às aves marinhas. Calum certa vez lhe contou que, em algumas ilhas, há gerações, eles usavam os fulmares para fabricar óleo para os lampiões. Estranho como ele sempre omitiu esse detalhe dela, por mais de vinte anos. O resto do ano, ele não pensava no assunto. Então, quando eles vinham para a ilha, ele pensava consigo mesmo: não posso contar a ela o que eles faziam com os fulmares.

Naquele verão, em que ela quase o deixou (ou foi ele que quase a deixou? — a essa distância, era difícil dizer), ele fora pescar longueirões com Calum. Ela os deixou pescando, preferindo caminhar ao longo da sinuosa faixa úmida de areia onde o mar acabara de recuar. Ali, onde as pedrinhas eram pouco maiores do que os grãos de areia, ela gostava de procurar cacos de vidro colorido — pedacinhos de garrafas quebradas, polidas pela água e o tempo. Por anos ele a observara andando curvada, se agachando de forma indagadora, catando os cacos, jogando-os fora, amontoando-os na sua mão esquerda.

Calum explicara como procurar por um pequeno declive na areia, despejar um pouco de sal e esperar os longueirões se projetarem uns centímetros para fora da concha. Ele usava uma luva de cozinha na mão esquerda para se proteger da borda afiada da concha. Era necessário puxar rápido, ele disse, para pegar o molusco antes que ele desaparecesse novamente.

Na maioria das vezes, apesar da perícia de Calum, não saía nada, e eles seguiam até a próxima depressão na areia. Com o canto do olho, ele a via se afastando ao longo da praia, de costas para ele, autossuficiente, contente com o que fazia, sem pensar nele.

Quando estava passando mais sal a Calum, viu a luva antecipadamente pronta, ele se pegou falando, de homem para homem:

— É como um casamento, não é?

Calum franziu ligeiramente as sobrancelhas.

— O que você quer dizer?

— Ah, ficar esperando que algo pule para fora da areia. Depois perceber que não há mais nada lá ou perceber que existe algo, mas que pode cortar a sua mão se você não tomar cuidado.

Foi uma bobagem falar isso. Bobagem porque não era isso o que ele queria dizer, mais bobo ainda porque era presunçoso. O silêncio o fez deduzir que Calum achou a proposta ofensiva, a ele, a Flora e aos habitantes da ilha em geral.

A cada dia ele andava, e a cada dia a chuva doce o deixava ensopado. Ele comia um sanduíche empapado e observava os longueirões surfando o mar. Caminhava até Greian Heand e olhava as rochas lisas onde as focas gostavam de se congregar. Um dia, eles viram um cachorro nadar da praia até os rochedos, correndo atrás das focas, e depois desfilando para cima e para baixo da rocha como se fosse um novo latifundiário. Este ano não havia nenhum cachorro.

No flanco vertiginoso de Greian, havia um pedaço de um campo de golfe improvável onde, ano após ano, eles nunca tinham visto um golfista sequer. Havia um trecho verde circular rodeado por uma cerca de estacas para impedir que as vacas entrassem. Uma vez, ali perto, eles ficaram brancos de medo com o estouro inesperado de uma boiada para cima deles. Ele ficara parado de pé, sacudindo os braços loucamente e, instintivamente, gritando os nomes dos políticos que mais desprezava. De certa forma, não se surpreendeu que essa atitude os acalmasse. Este ano não havia nenhum boi, e ele sentiu falta deles. Supôs que, há muito tempo, eles tinham sido levados para o matadouro.

Lembrou-se de um arrendatário em Vatersay que lhes contou sobre os "canteiros preguiçosos". Você corta um pedaço de torrão, coloca as batatas no buraco, e as cobre com o torrão de cabeça para baixo — é só isso. O tempo, a chuva e o calor do sol se ocupam do resto. Canteiros preguiçosos — ele percebeu que ela estava rindo dele, lendo os seus pensamentos, dizendo depois que essa era a ideia dele de jardinagem, não era? Lembrou dos olhos dela brilhando como as joias de vidro úmido que ela costumava trazer na palma da mão.

Na última manhã, Calum o levou até Traigh Mhòr na van. Os políticos haviam prometido uma nova pista de pouso para que os aviões modernos pudessem aterrissar. Falava-se no desenvolvimento do turismo e na regeneração da ilha, mas também havia advertências sobre o atual custo do subsídio. Calum não queria saber de nada disso. Ele sabia que precisava que a ilha continuasse o mais tranquila e imutável possível. Ele não voltaria se os aviões a jato começassem a aterrissar na pista de pouso.

Ele despachou a mala no balcão, e eles foram lá para fora. Encostado num muro baixo, Calum acendeu um cigarro. Eles contemplavam a areia úmida e acidentada da praia de seixos. O céu estava encoberto, a biruta, inerte.

— Toma pra você — disse Calum lhe dando meia dúzia de cartões-postais. Ele provavelmente acabara de comprá-los na lanchonete. Paisagens da ilha, da praia, das dunas costeiras; uma foto do próprio avião que iria levá-lo embora.

— Mas...

— Você precisará de lembranças.

Uns minutos depois, o Twin Otter decolou em direção a Orosay e ao mar aberto. Não houve nenhuma derradeira vista da ilha antes de o mundo lá embaixo desaparecer. Enquanto as nuvens envolviam o avião, ele pensava nas linhas do casamento e nos botões; nos longueirões e no sexo insular; nos bois que haviam desaparecido e nos fulmares sendo transformados em óleo; e então, finalmente, surgiram as lágrimas. Calum sabia que ele não voltaria mais. Mas as lágrimas não eram por isso, nem por ele mesmo, ou por ela, pela lembrança dos dois. As lágrimas eram pela sua estupidez. Também pela sua presunção.

Ele imaginara que seria possível recapturar tudo, e começar a dar adeus. Achava que isso o ajudaria a amenizar a tristeza, ou se não conseguisse amenizá-la, pelo menos acelerá-la, de algum modo, ao voltar para o lugar onde eles tinham sido felizes. Mas ele não era dono da tristeza. A tristeza era sua soberana. E nos meses e anos à frente, ele esperava que a tristeza também lhe ensinasse muitas outras coisas. Aquela foi apenas a primeira delas.

II

O retratista

O Sr. Tuttle havia discutido desde o início: sobre o preço — doze dólares —, o tamanho da tela e a cena a ser mostrada pela janela. Felizmente, houve uma imediata concessão com relação à pose e à indumentária. Sobre esses pontos, Wadsworth estava disposto a agradar o cobrador da alfândega; estava disposto também a lhe dar a aparência, o quanto fosse de seu alcance, de um cavalheiro. Este era, afinal de contas, o seu ofício. Ele era um retratista, mas também um artesão, era pago para produzir algo que satisfizesse o cliente. Em trinta anos, poucos se lembrariam da aparência do cobrador da alfândega; o único vestígio de sua presença física depois de ele se juntar ao seu Criador seria esse retrato. E na experiência de Wadsworth, os clientes julgavam mais importante serem retratados como homens e mulheres sóbrios e devotos de Deus do que obterem uma verdadeira semelhança. Não era isso que o preocupava.

Pelo canto do olho, Wadsworth percebeu que seu cliente havia falado, mas não tirou os olhos da ponta do pincel. Em vez disso, apontou para o caderno de anotações onde vários modelos escreveram os seus comentários, seus elogios e reprovações, sabedorias e tolices. Ele também poderia abrir o caderno em qualquer página e pedir ao cliente para identificar o comentário deixado pelo seu predecessor uns dez ou vinte anos atrás. Até então, as opiniões expressas pelo cobrador da alfândega eram tão previsíveis como os botões de seu colete, e certamente menos interessantes. Felizmente, Wadsworth era pago para retratar coletes em vez de opiniões. Decerto, era mais complicado do que isso: retratar colete, peruca e culotes *era* retratar uma opinião, na verdade todo um corpo de opiniões. Colete e culotes mostravam o corpo por debaixo, como peruca e chapéu mostravam o cérebro por debaixo; apesar de em alguns casos ser um exagero pictórico afirmar que houvesse um cérebro ali embaixo.

Ele se contentaria em partir da cidade, guardar seus pincéis e telas, pigmentos e paleta numa carreta, selar sua égua e seguir caminho pela trilha da floresta que, em três dias, o levaria para casa. Lá ele descansaria e refletiria, e talvez decidisse viver uma vida diferente, sem a labuta constante de pintor itinerante. Uma vida de mascate; também de suplicante. Como sempre, ele chegou naquela cidade, achou hospedagem por uma noite e colocou um anúncio no jornal, indicando suas habilidades, preços e disponibilidade. "Se nenhum candidato aparecer nos próximos seis dias", dizia o anúncio, "o Sr. Wadsworth partirá da cidade." Ele havia pintado a filhinha do comerciante de secos e molhados, e depois o diácono Zebediah Harries, que lhe ofereceu hospitalidade cristã em sua casa e o recomendou ao cobrador da alfândega.

O Sr. Tuttle não ofereceu hospedagem, mas o retratista se contentava em dormir no estábulo, acompanhado por sua égua, e comer na cozinha. E então, na terceira noite, houve o tal incidente, contra o qual ele não pôde — ou se sentiu incapaz de — protestar. Isso fez com que dormisse mal. Também, verdade fosse dita, o magoou. Ele deveria ter anotado que o cobrador da alfândega era um rematado imbecil e tirano — ele havia pintado bastante na vida — e esquecido o problema. Talvez, de fato, devesse ter levado em consideração a sua aposentaria, deixado a sua égua engordar, vivido das colheitas que pudesse plantar e dos animais que pudesse criar. Ele sempre poderia, como ofício, pintar janelas e portas em vez de gente. Não consideraria um trabalho indigno.

No final da primeira manhã, Wadsworth foi forçado a apresentar o seu caderno ao cobrador da alfândega. O sujeito, assim como vários outros, imaginava que só o mero ato de abrir mais a boca seria o suficiente para se comunicar. Wadsworth observara a pena deslizando sobre a página e depois o indicador dando, impacientemente, umas batidinhas na folha. "Se Deus for misericor-

dioso", o homem escreveu, "talvez no Céu você seja capaz de ouvir."
O retratista respondeu com um sorriso amarelo e um aceno breve com a cabeça, que poderia dar uma impressão errônea de surpresa e gratidão. Ele já havia lido essas opiniões várias vezes. Na maioria das vezes era uma expressão autêntica de um sentimento cristão e uma esperança piedosa; às vezes, como agora, representava uma consternação pouco dissimulada à ideia de que o mundo poderia conter seres com deformidades tão irritantes. O Sr. Tuttle era um desses senhores que preferia que os criados fossem surdos, mudos e cegos — exceto em situações em que lhe fosse conveniente o contrário. Certamente, senhores e criados transformaram-se nos cidadãos e empregados quando uma república mais justa foi instituída. Mas senhores e criados não haviam desaparecido; muito menos as inclinações essenciais do homem.

Wadsworth não achava que estivesse julgando o cobrador de maneira não cristã. Sua opinião fora forjada no primeiro contato, e confirmada na terceira noite. O incidente tinha sido mais cruel porque envolvia uma criança, um jardineiro aprendiz que mal atingira a idade de discernimento. O retratista sempre teve um carinho especial pelas crianças: por si mesmas, pelo gracioso fato de elas não darem bola para sua deformidade, e também porque ele também não dava. Ele nunca soube o que era ter uma esposa ao lado. Talvez algum dia ainda pudesse, mas teria que se assegurar de que ela já passara da idade de poder ter filhos. Ele não podia infligir sua deformidade a terceiros. Algumas pessoas tentaram lhe explicar que esse medo era infundado, já que sua doença não era congênita, mas sim causada por uma crise de tifo quando ele tinha 5 anos. Além disso, eles insistiam, ele não havia conquistado uma posição no mundo, e será que seu filho, independentemente de sua aparência física, também não faria igual? Talvez fosse esse o caso, mas e se tivesse uma filha? A ideia de uma filha vivendo como pária lhe era insuportável. É bem verdade que ela poderia ficar em casa, e haveria entre eles uma compaixão mútua e afetuosa. Mas o que seria dela após a morte do pai?

Não, ele iria para casa e pintaria sua égua. Era esta a sua intenção, e talvez agora ele pudesse realizá-la. Ela era sua companheira há doze anos, ela o compreendia bem, não prestava atenção nos sons emitidos por sua boca quando eles estavam sozinhos na floresta. O seu plano era pintá-la, numa tela do mesmo tamanho que havia usado para o Sr. Tuttle, mas na posição horizontal; e depois ocultaria a tela com um cobertor e só a descobriria quando a égua morresse. Era presunçoso comparar a realidade do dia a dia de uma criação divina com um simulacro de uma inadequada mão humana — mesmo que fosse essa, precisamente, a razão pela qual os seus clientes o contratavam.

Ele não achava que seria fácil pintar a égua. Ela não teria a paciência, a vaidade, de posar para ele, com uma pata orgulhosamente à frente. Mas ela também não teria a vaidade de vir examinar a tela enquanto ele estivesse pintando. Era o que o cobrador da alfândega fazia, pendurado sobre o seu ombro, espreitando e apontando. Havia algo que ele não aprovava. Wadsworth ergueu rapidamente os olhos, do rosto imóvel ao rosto móvel. Apesar da lembrança longínqua de ter falado e ouvido, ele nunca aprendeu o alfabeto, nunca aprendeu a ler com facilidade os lábios. Wadsworth tirou o pincel mais fino da saliência do botão de seu colete e transferiu o olhar para o caderno enquanto o cobrador mergulhava sua pena para escrever. "Mais dignidade", escreveu o homem, e depois sublinhou as palavras.

Wadsworth achava que já havia concedido dignidade suficiente ao Sr. Tuttle. Ele aumentara sua altura, reduzira sua barriga, ignorara as pintas cabeludas no pescoço do sujeito e, em geral, tentou representar enfado como diligência, irascibilidade como princípio moral. E agora ele ainda queria mais?! Era uma exigência nada cristã, e seria um ato não cristão da parte de Wadsworth aceitá-la. Perante os olhos de Deus, não ajudaria se o retratista aceitasse inflar a aparência do homem com toda a dignidade que ele exigia.

Ele havia pintado bebês, crianças, homens e mulheres, e até cadáveres. Três vezes havia guiado a sua égua até um leito de morte onde fora incumbido de realizar uma ressurreição — representar como vivo alguém que acabara de morrer. Se ele podia fazer isso, certamente seria capaz de reproduzir a vivacidade de sua égua quando ela balançava o rabo para espantar as moscas, ou impacientemente erguia o pescoço enquanto ele se preparava para pintar a charretinha, ou de aguçar os ouvidos da égua enquanto ele emitia seus sons na floresta.

Uma vez tentou, por meio de gestos e sons, se fazer entender pelos seus conhecidos mortais. Era bem verdade que certos gestos simples eram fáceis de ser imitados: ele podia, por exemplo, mostrar como um cliente poderia posar. Mas outros gestos quase sempre resultavam em jogos de adivinhação humilhantes; enquanto os sons que ele conseguia emitir não conseguiam exprimir nem o que ele desejava, nem a sua participação na natureza como ser humano, como parte da obra do Todo-poderoso, apesar de ser diferente dos outros. As mulheres achavam os sons que ele emitia constrangedores, as crianças viam como uma fonte de curiosidade e diversão, os homens, uma prova de imbecilidade. Ele tentara progredir nessa área, mas não teve sucesso, então refugiou-se na mudez que as pessoas esperavam, e talvez preferissem. Foi nesse momento que ele comprou o caderno com capa de couro de bezerro, no qual todos os depoimentos e comentários eram registrados periodicamente. *"O senhor acha que conseguirá pintar no Céu? O senhor acha que conseguirá ouvir no Céu?"*

Mas a sua compreensão dos homens, tal como ela havia se desenvolvido, provinha menos do que eles escreviam, e mais de sua observação muda. Os homens — e mulheres também — imaginavam que eles podiam modificar o significado e o tom de suas vozes sem que isso fosse visível em seus rostos. Nisso estavam enganados. O seu próprio rosto, enquanto ele observava o carnaval humano, era tão inexpressivo como sua língua; mas seus olhos lhe diziam mais do que os homens pudessem adivinhar. No passado, ele havia guardado, dentro de seu caderno, um conjunto de cartões escritos à mão, contendo respostas úteis, sugestões necessárias e objeções polidas ao que estava sendo proposto. Ele tinha até um cartão especial para os casos em que seu interlocutor se mostrasse mais condescendente do que ele julgava correto, que dizia: "Senhor, a compreensão não cessa quando as portas da mente estão bloqueadas." Este comentário era visto como uma mera reprimenda, por vezes tido como a impertinência de um simples artesão que dormia no estábulo. Wadsworth desistiu dos cartões, não por conta dessas reações, mas porque os cartões revelavam um conhecimento demasiado. Aqueles que podiam se servir de suas línguas tinham todas as vantagens: eles eram os pagadores, exerciam autoridade, faziam parte da sociedade, trocavam ideias e opiniões com naturalidade. Porém, apesar disso, Wadsworth não percebia que o ato de falar por si só promovia a virtude. Para ele as vantagens eram apenas duas: ele podia representar na tela os capazes de falar e podia silenciosamente observar o significado do que diziam. Seria uma tolice abrir mão da segunda vantagem.

    A questão do piano, por exemplo. Wadsworth havia inicialmente perguntado, mostrando a sua lista de preços, se o cobrador da alfândega gostaria de um retrato da família inteira, e de retratos individuais dele e de sua esposa, ou de um retrato duplo, com talvez miniaturas das crianças. O Sr. Tuttle, sem olhar para a esposa, apontou para o seu próprio busto e escreveu na folha, em cima do preço: "Eu sozinho." Então, olhou de relance para a esposa, pôs a mão no queixo e acrescentou: "Ao lado do piano." Wadsworth viu um belo instrumento de jacarandá e perguntou, com um gesto, se ele poderia se aproximar do piano. Ele, então, demonstrou várias poses: sentado informalmente do lado do teclado aberto, exibindo sua partitura favorita, em pé, numa pose mais formal, ao lado do piano. Tuttle tomou o lugar de Wadsworth, se ajeitou, avançou um pé, e então, depois de refletir, fechou a tampa do teclado. Wadsworth deduziu então que só a Sra. Tuttle tocava piano; além disso, que o desejo de Tuttle de incluir o instrumento era uma forma indireta de incluí-la no retrato. Indireto, e menos caro.

O retratista havia mostrado ao cobrador da alfândega algumas miniaturas de crianças na esperança de que ele mudasse de ideia, mas Tuttle meramente acenou que não. Wadsworth ficou decepcionado, em parte por uma questão monetária, mas, sobretudo, porque o prazer de pintar as crianças aumentava à medida que o prazer de pintar os progenitores diminuía. Mas também porque as crianças olhavam-no nos olhos, e quando se é surdo se ouve com os olhos. As crianças o fitavam e ele assim percebia a natureza delas. Os adultos em geral desviavam o olhar, por timidez ou desejo de dissimular; enquanto outros, como o cobrador, fitavam-no desafiadoramente, com uma falsa honestidade, como se quisesse dizer: é claro que meus olhos estão ocultando algo, mas você não tem discernimento suficiente para perceber. Tais clientes julgavam a afinidade que Wadsworth tinha com as crianças a prova de que ele era intelectualmente tão limitado quanto elas. No entanto, Wadsworth via essa afinidade como prova de que elas o viam tão claramente quanto ele.

No início de sua carreira, ele carregava pincéis e tintas nas costas, e percorria a pé as trilhas da floresta como um mascate. Ele era só e dependia de recomendações e propaganda de boca. Mas era trabalhador, e como era dotado de um temperamento sociável, reconhecia que seu talento lhe dava acesso à vida dos outros. Ele entrava numa casa e, uma vez instalado — no estábulo, nas dependências dos criados e mais raramente, no quarto de um lar mais cristão —, era tratado como convidado e tinha, por alguns dias, uma função reconhecida. Isso não significava que ele era tratado com menos condescendência do que os outros artesãos; mas pelo menos ele era visto como um ser humano normal, ou seja, um ser humano que merecia condescendência. Ele era feliz, talvez pela primeira vez em sua vida.

E então, sem nenhuma ajuda além de sua própria percepção, ele começou a entender que tinha mais do que uma mera função; ele tinha sua própria força. E não era algo que as pessoas que o contratavam iriam admitir; mas seus olhos confirmavam isso. Aos poucos ele percebeu a verdadeira função do seu ofício: o cliente é o chefe, exceto quando ele, James Wadsworth, era o chefe do cliente. Para começar, ele era o chefe quando o seu olho discernia o que o cliente preferiria que ele não soubesse. O desprezo de um marido. A insatisfação de uma esposa. A hipocrisia de um diácono. O sofrimento de uma criança. A satisfação de um homem de ter o dinheiro da esposa para gastar. O interesse de um marido pela jovem criada. Grandes problemas em reinos pequenos.

E além disso, ele percebia que, quando acordava no estábulo e tirava os pelos do cavalo de suas roupas, depois se dirigia até a casa e pegava o pincel feito de pelo de outro animal, ele se tornava mais do que as pessoas imaginavam. Aqueles que posavam para ele e o pagavam não sabiam realmente o que o dinheiro deles podia pagar. Eles sabiam o que haviam acordado — o tamanho da tela, a pose e os elementos decorativos (o pote de morangos, o pássaro preso por um barbante, o piano, a vista da janela) — e desse acordo eles inferiam o seu domínio. Mas esse era exatamente o momento em que o domínio se transferia para o outro lado da tela. Até aquele momento de suas vidas eles só haviam se visto nos espelhos e nos espelhos de mão, na face convexa da colher e, vagamente, na água parada. Dizia-se até que os amantes eram capazes de ver seus reflexos nos olhos do amado; mas o retratista nunca passara por essa experiência. Porém, todas as experiências dependiam da pessoa em frente ao espelho, da colher, da água, do olho. Quando Wadsworth entregava os retratos aos clientes, era normalmente a primeira vez que eles se viam como uma outra pessoa os via. Às vezes, quando um retrato era apresentado, o retratista detectava um arrepio súbito na pele do modelo, como se ele estivesse pensando: então é assim que eu sou? Era um momento de grande gravidade: essa imagem pela qual ele seria lembrado quando estivesse morto. E também havia outra questão grave além dessa. Wadsworth não se considerava presunçoso quando seu olho lhe dizia qual era o próximo pensamento do modelo: é assim que o Todo-poderoso me vê também?

Aqueles desprovidos da humildade de serem atormentados por tais dúvidas tendiam a se comportar como o cobrador acabava de se comportar: pedindo ajustes e melhorias, dizendo ao retratista que sua mão ou olho eram defeituosos. Eles teriam a vaidade de reclamar com Deus? "Mais dignidade, mais dignidade." Uma instrução ainda mais repugnante do que o comportamento do Sr. Tuttle na cozinha duas noites atrás.

Wadsworth estava fazendo sua ceia, satisfeito com o seu dia de trabalho. Ele havia terminado de pintar o piano. A perna estreita do instrumento, que corria paralela à perna mais corpulenta de Tuttle, terminava em uma pata dourada, que Wadsworth tivera uma certa dificuldade em retratar. Mas agora ele podia relaxar, estirar-se perto da lareira, se alimentar e observar a companhia dos criados. Havia mais do que se esperava. Um cobrador de alfândega podia ganhar quinze dólares por semana, o suficiente para manter uma criada. Porém, o cobrador tinha uma cozinheira e um menino que tomava conta do jardim. Como Tuttle não parecia ser um homem pródigo com seu dinheiro, Wadsworth deduziu que era a parte da Sra. Tuttle que permitia tal luxo doméstico.

Uma vez que eles se acostumaram com sua deformidade, os criados lhe tratavam de maneira familiar, como se a sua surdez o tornasse igual a eles. Era uma igualdade que Wadsworth concedia de bom grado. O menino jardineiro, um duende com olhos cor de terra vermelha queimada, se incumbiu de diverti-lo com truques. Ele parecia imaginar que o retratista, que perdera a fala, não tinha diversões suficientes. Não era esse o caso, mas ele satisfez a vontade do menino e sorria quando ele dava estrelas, se escondia atrás da cozinheira quando ela se abaixava para ver o forno, ou brincava de adivinhar com bolotas escondidas em seus punhos.

O retratista tinha acabado sua sopa e estava se aquecendo em frente à lareira — um elemento com o qual o Sr. Tuttle não era generoso nas outras partes da casa — quando teve uma ideia. Ele pescou um pedaço de madeira carbonizada do meio das cinzas, tocou o menino jardineiro no ombro para que ele ficasse parado onde estava, então tirou um caderno de desenho do bolso. A cozinheira e a criada observavam o que ele fazia, mas ele as afastou com a mão, como se quisesse dizer que esse truque em particular, aquele que ele oferecia ao menino em agradecimento pelos seus truques, não funcionaria se fosse observado. Era apenas um croqui — e só poderia ser isso mesmo, com seus traços toscos —, mas continha uma certa semelhança. Ele arrancou a folha do caderno e a deu ao menino. O menino ergueu os olhos na sua direção com expressão de espanto e gratidão, repousou o croqui na mesa, segurou a mão de Wadsworth que havia feito o desenho e a beijou. Eu deveria sempre pintar crianças, pensou o retratista, olhando o menino nos olhos. Ele quase não percebeu as risadas e o tumulto das duas ao examinarem o desenho, e depois o silêncio que pairou no ambiente quando o cobrador, atraído pelo barulho, entrou na cozinha.

 O retratista viu Tuttle parado ali, com um pé na frente, como no retrato, sua boca abrindo e fechando de uma maneira nada digna. Viu como a cozinheira e a criada se recompuseram em um comportamento mais decoroso. Ele viu o menino, que, alarmado pelo olhar do patrão, apanhou o desenho e, com modéstia e orgulho, entregou-o ao patrão. Viu como Tuttle pegou o papel calmamente, examinou-o, fitou o menino, depois Wadsworth, fez que sim e deliberadamente rasgou o croqui, jogou-o no fogo, esperou até que estivesse em chamas, disse algo a mais se virando ligeiramente para o retratista e saiu. Ele viu o menino chorar.

O retratista havia terminado: tanto o piano de jacarandá quanto o cobrador da alfândega estavam radiantes. O pequeno escritório branco enchia a janela na altura do cotovelo do Sr. Tuttle — não que houvesse uma janela de verdade lá, nem que houvesse quaisquer escritórios de aduana que pudessem ser vistos da janela. Mesmo assim, todos compreenderam essa modesta transcendência da realidade. E talvez o cobrador, segundo sua própria opinião, só solicitou uma transcendência similar da realidade quando exigiu mais dignidade. Ele ainda se curvava sobre Wadsworth e gesticulava sobre a representação de seu rosto, busto, perna. Não importava que o retratista não pudesse ouvir o que ele dizia. Ele sabia exatamente o que significava, e também o quão pouco significava. De fato, era uma vantagem não poder ouvir, pois os detalhes iriam sem dúvida deixá-lo ainda com mais raiva do que ele já estava.

Ele apanhou o caderno. "Senhor", ele escreveu, "nós concordamos que seriam cinco dias de trabalho. Tenho que partir amanhã ao amanhecer. Nós concordamos que o senhor me pagaria hoje à noite. Por favor, pague-me, dê-me três velas e, antes do amanhecer, eu terei feito as melhorias que o senhor pediu."

Era raro ele tratar um cliente com tão pouca deferência. Não seria bom para sua reputação no condado; mas não se importava mais. Ele ofereceu a pena ao Sr. Tuttle, que não se dignou a recebê-la. Em vez disso, saiu da sala. Enquanto esperava, o retratista examinava sua obra. Fora bem executada: proporções agradáveis, cores harmoniosas e uma semelhança dentro dos limites da honestidade. O cobrador deveria se dar por satisfeito, sua posteridade estava registrada, e o seu Criador — supondo que o Céu estivesse ao seu alcance — não o repreenderia demasiadamente.

Tuttle voltou e entregou ao retratista seis dólares — metade do pagamento — e duas velas. Sem dúvida, esse valor seria deduzido da segunda parte do pagamento quando ele fosse pago. Se fosse pago. Wadsworth olhou por um bom tempo para o retrato, que tinha adquirido, para ele, a mesma realidade que seu modelo de carne e osso, e então tomou uma série de decisões.

Ele ceou, como sempre, na cozinha. Os criados tinham estado desanimados na noite anterior. Ele não achava que eles o culpassem do incidente com o menino jardineiro; no máximo, pensavam que sua presença os induzira a um juízo errôneo, e eles haviam aprendido a lição. Era assim, pelo menos, que Wadsworth via a situação, e ele não imaginava que o significado estaria mais claro se ele conseguisse ouvir ou ler os lábios; na realidade, talvez fosse o contrário. Se seu caderno com os pensamentos e observações dos homens servisse como base, então o conhecimento do mundo e de si mesmo, no que se referia à produção escrita e falada, não acrescentavam grande coisa.

Dessa vez, ele escolheu, com mais cuidado, um pedaço de carvão e com seu canivete raspou a ponta deixando-o bem afiado. Então, como o menino estava sentado a sua frente, imóvel mais por apreensão do que por um senso de dever, o retratista o desenhou novamente. Quando terminou, ele arrancou a folha do caderno e, com os olhos grudados nele, mimicou o ato de esconder o desenho debaixo da camisa, e entregou o desenho ao menino por debaixo da mesa. O menino, imediatamente, fez como havia visto, e sorriu pela primeira vez naquela noite. Em seguida, apontando o pedaço de carvão antes de cada tarefa, Wadsworth desenhou a cozinheira e a criada. Cada uma delas pegou a folha e escondeu o desenho sem olhar. Então, ele se levantou, apertou suas mãos, abraçou o menino e voltou para seu trabalho noturno.

Mais dignidade, ele repetia para si enquanto acendia as velas e pegava os pincéis. Então, um homem digno é aquele cuja aparência sugere uma vida de reflexão; é aquele cuja fronte expressa essa certeza. Sim, havia uma melhora a fazer. Ele mediu a distância entre a sobrancelha e a linha do cabelo e, bem no meio, paralelo ao globo ocular direito, ele desenvolveu a fronte: um aumento, uma elevação, quase como se algo começasse a crescer. Depois fez o mesmo acima do olho esquerdo. Sim, estava melhor. Mas dignidade também era inferida pelo aspecto do seu queixo. Não que houvesse nada de patentemente insuficiente com o maxilar de Tuttle. Mas um discernível início de barba talvez ajudasse — uns retoques na ponta do queixo. Nada que pudesse suscitar algum comentário, muito menos ofender; uma mera indicação.

E talvez outra indicação fosse necessária. Ele seguiu com os olhos a perna robusta e digna do cobrador, da canela com meias até o sapato afivelado. Depois seguiu a perna paralela do piano, da tampa do teclado fechada até a pata dourada, que havia atrasado tanto o seu trabalho. Talvez o problema pudesse ter sido evitado? O cobrador não havia especificado como o piano deveria ser exatamente retratado. Se uma pequena transcendência fosse empregada à janela e ao escritório de aduana, por que não ao piano também? Ainda mais que o espetáculo da pata ao lado do cobrador poderia sugerir uma natureza ávida e predadora, que nenhum cliente gostaria que estivesse implícito, tendo ou não evidência para tal. Wadsworth, portanto, apagou a pata felina e a substituiu por uma pata equina, mais silenciosa, cinza e ligeiramente bifurcada.

O hábito e a prudência o impulsionavam a apagar as duas velas que lhe haviam sido dadas; mas o retratista decidiu deixá-las queimando. Agora elas pertenciam a ele — ou pelo menos, ele pagaria por elas em breve. Ele lavou os pincéis na cozinha, guardou o material na caixa de pintura, selou a égua e amarrou a charretinha nela. Ela parecia tão feliz de partir quanto ele. Quando eles estavam saindo do estábulo, ele viu as janelas delineadas pela luz das velas. Ele se içou até a sela, a égua se ajeitou embaixo dele, e ele começou a sentir o ar frio no rosto. Ao amanhecer, dali a uma hora, o seu penúltimo retrato seria examinado pela criada que apagava as velas gastas. Ele esperava que houvesse pintura no Céu, porém mais do que isso esperava que houvesse surdez no Céu. A égua, que seria a modelo do seu último retrato, achou o seu próprio caminho na trilha. Depois de um tempo, longe da casa do Sr. Tuttle, Wadsworth gritou dentro do silêncio da floresta.

Cumplicidade

Quando eu era menino e tinha ataques de soluço, minha mãe pegava a chave da porta dos fundos, puxava o meu colarinho e deslizava o metal frio ao longo das minhas costas. Naquela época, eu achava que era um procedimento médico — ou maternal — normal. Só mais tarde eu me perguntaria se a cura funcionava apenas porque criava uma distração, ou se realmente havia outra explicação mais clínica, se um sentido pudesse afetar, diretamente, o outro.

Quando eu tinha 20 anos, e estava completamente apaixonado por uma mulher casada que não tinha a menor ideia do meu afeto por ela, desenvolvi uma doença de pele cujo nome não me lembro mais. O meu corpo ficou escarlate dos pés à cabeça, a princípio coçando tanto que nenhuma loção de calamina podia curar, em seguida começou a descascar aos poucos, depois completamente até eu trocar de pele como um réptil. Pedaços de mim começaram a cair na camisa e na calça, na roupa de cama, no tapete. As únicas partes que não ardiam e descascavam eram o rosto, as mãos, os pés e a virilha. Eu não perguntei ao médico o porquê disso, e nunca contei para a mulher que amava.

Ao me divorciar, um médico amigo meu, Ben, me pediu que eu lhe mostrasse as minhas mãos. Eu perguntei se a medicina moderna, além de fazer uso novamente das sanguessugas, estaria também recorrendo à quiromancia; nesse caso, a astrologia, o magnetismo e a teoria dos humores não estariam muito longe. Ele respondeu que, baseado na cor da minha mão e das pontas dos dedos, ele podia afirmar que eu bebia muito.

Mais tarde, curioso para saber se se tratava de um truque para me fazer diminuir o meu consumo de álcool, eu perguntei se ele estava brincando, ou conjecturando. Ele virou a palma das minhas mãos para cima, fez que sim com a cabeça aprovando, e disse que dali em diante ele iria prestar atenção nas médicas solteiras que não me achassem tão repugnante assim.

A segunda vez que nos encontramos foi na festa de Ben; ela havia trazido a mãe. Você já teve oportunidade de observar mães e filhas juntas numa festa — e tentou adivinhar quem toma conta de quem? A filha oferece uma chance à mãe de sair e se divertir, a mãe observa que tipo de homens a sua filha acha atraente. Ou as duas coisas ao mesmo tempo. Mesmo que elas estejam brincando de melhores amigas, há sempre uma pitada de formalidade no relacionamento. Se houver alguma desaprovação, ou ela não é expressa, ou é exagerada, com uma virada dos olhos para cima, uma careta teatral e um "Ela nunca me dá ouvidos mesmo".

Nós estamos ali parados, numa roda apertada com uma quarta pessoa que minha memória apagou. Ela estava à minha frente e sua mãe à minha esquerda. Eu tentava ser eu mesmo, sem saber bem o que isso significa, e ao mesmo tempo queria ser aceito, ou pelo menos agradável. Agradável com a mãe, quero dizer; eu não era corajoso o suficiente para agradá-la diretamente — pelo menos não na companhia de estranhos. Não me lembro sobre o que falamos, mas parecia que estava indo bem; talvez a quarta pessoa esquecida tenha ajudado. O que eu realmente me lembro era o seguinte: ela estava com o braço direito esticado para baixo e, quando me viu olhando na sua direção, fez um gesto discreto como se estivesse fumando — sabe como é: os dois dedos esticados e ligeiramente afastados, os outros dedos e o polegar dobrados e fora do campo de visão. Eu pensei: uma médica que fuma, este é um bom sinal. Enquanto a conversa rolava, eu tirei o maço de Marlboro Light do bolso e, sem olhar — os meus movimentos também se concentravam na altura da cintura —, peguei apenas um cigarro, guardei o maço, segurei o cigarro pela ponta do filtro, passei-o por detrás das costas da mãe e o senti ser tirado dos meus dedos. Observei uma ligeira hesitação de sua parte, enfiei novamente a mão no bolso, tirei uma caixa de fósforos, segurei pelo lado de riscar, senti que ela o tirava dos meus dedos, observei-a acender o cigarro, soltar a fumaça, fechar a caixa de fósforos, passá-la novamente pelas costas da mãe. Eu a recebi, delicadamente, pelo mesmo lado em que eu a havia passado.

Devo acrescentar que era bastante óbvio que sua mãe percebera o que estava se passando. Mas ela não disse nada, nem suspirou, nem lançou um olhar afetado, ou me repreendeu por ser um traficante. E gostei dela por isso, supondo que ela aprovava essa cumplicidade entre mim e sua filha. Ela poderia, imagino, esconder sua desaprovação por razões estratégicas. Mas eu não estava nem aí, ou melhor, eu achava que não estava nem aí, preferindo pressupor que ela aprovava. No entanto, não é isso o que estou tentando dizer aqui. A questão não era a mãe. A questão eram esses três momentos em que um objeto foi passado da ponta dos dedos de minha mão para outra mão.

Isso foi o mais perto que cheguei dela naquela noite, ou nas semanas seguintes.

Você já participou daquela brincadeira em que alguém senta numa roda e fecha os olhos, ou está com os olhos vendados, e tem que adivinhar o objeto pelo tato? E depois tem de passar o objeto para a pessoa ao lado e ela também tem que adivinhar? Você guarda as suas suposições para si até que todos tenham chegado a uma conclusão e depois todos anunciam suas suposições ao mesmo tempo?

Ben conta que uma vez, quando brincou disso, uma muçarela foi passada de mão em mão e três pessoas acharam que era um implante de seio. É isso que talvez se espere de um trote de estudantes de medicina, mas também tem algo a ver com o fato de estarmos de olhos fechados. É isso que nos deixa mais vulneráveis, ou que fomenta a imaginação para um tema gótico — especialmente se o objeto passado de mão em mão for mole e esponjoso. Na vez em que participei dessa brincadeira, o objeto mais misterioso e capaz de desnortear qualquer um foi uma lichia descascada.

Eu assisti a uma montagem do *Rei Lear* uns anos atrás — dez, quinze? — representada na frente de um muro de tijolos, uma encenação violenta. Não me lembro de quem dirigiu a peça, ou de quem fazia o papel principal; só lembro da cena em que cegam Gloucester. Em geral, nesta cena, o conde é mutilado quando está numa cadeira. Cornwall diz aos seus criados: "Segurem a cadeira! Nesses teus olhos fincarei meu pé." Um olho é arrancado e Regan diz: "Agora um lado zomba do outro. O outro também!" Então, um instante depois, o famoso "Sai, geleia!" e Gloucester é posto de pé, com sangue de mentira escorrendo pelo rosto.

Na montagem que eu vi, esta cena acontece nos bastidores. Eu tenho impressão de que me lembro das pernas de Gloucester estrebuchando em um dos bastidores de tijolos, mas talvez eu tenha inventado essa imagem mais tarde. Mas me lembro de seus gritos e de tê-los achado mais aterrorizantes por se passarem fora do palco: talvez o que não se vê assuste mais do que o que se vê. E depois o primeiro olho foi arrancado e jogado no palco. Pelo que me lembro — no olho da mente —, eu vi o olho, ligeiramente brilhante, rolando palco abaixo. Mais gritos, e o outro olho foi arremessado dos bastidores.

Eles eram — você adivinhou — lichias descascadas. E então aconteceu o seguinte: Cornwall, magricelo e grosseiro, voltou ao palco, seguiu a lichia que ainda rolava e esmagou os olhos de Gloucester novamente.

Outra brincadeira, da época em que eu estava na escola primária e tinha ataque de soluços. Durante o recreio matinal, nós brincávamos de corrida de carrinho no pátio da escola. Eles eram de metal, tinham uns dez centímetros de comprimento e pneus de borracha de verdade que dava para tirar das rodas quando queríamos simular uma entrada no *pit stop*. Eles eram pintados nas cores fortes que eram usadas pelas marcas da época: uma Maserati vermelha, um Vanwall verde, um outro carro azul... talvez de alguma marca francesa.

A brincadeira era simples: o carro que ia mais longe ganhava. Você apertava o polegar no meio do capô comprido, dobrando os outros dedos um pouco na direção da palma da mão, e então, quando o sinal era dado, você transferia a pressão de baixo para frente, lançando o carro para longe. Era necessária uma técnica especial para obter a propulsão máxima; o perigo era raspar a junta do dedo médio, que ficava uns dois centímetros acima do chão do pátio, no asfalto. Você podia arrancar a pele e perder a corrida. A ferida cicatrizava e você tinha que mudar a posição da mão, expondo a junta do dedo anular ao perigo. Mas você nunca conseguia a mesma velocidade, então era obrigado a recorrer novamente à técnica de sempre do dedo médio, arrancando a cicatriz ainda fresca.

Nossos pais nunca nos previnem sobre as coisas certas, não é? Ou talvez eles só possam nos prevenir sobre coisas mais imediatas, localizadas. Eles põem um curativo no dedo médio e nos previnem contra o risco de uma infecção. Eles nos explicam sobre o dentista, e como a dor depois passa. Eles nos ensinam sobre as regras de trânsito — ou pelo menos as referentes aos pedestres menores de idade. Uma vez, eu e o meu irmão íamos atravessar a rua quando o nosso pai impostou a voz e mandou: "Parem no meio-fio." Nós tínhamos uma idade em que uma compreensão primitiva da linguagem é intersectada por uma espécie de leviandade sobre as várias possibilidades. Nós nos entreolhávamos e gritávamos "Pastem no meio-fio", daí ficávamos de quatro na beira da rua. Nosso pai achava isso muito bobo. Ele, sem dúvida, se perguntava quanto tempo a piada iria render.

A natureza nos preveniu, nossos pais nos preveniram. Sabíamos dos riscos de ralar as juntas e do trânsito. Nós aprendemos a prestar atenção a um carpete solto na escada, porque a vovó quase levou um tombo na escada quando a barra de proteção de bronze foi retirada para a limpeza e não foi recolocada corretamente. Nós aprendemos sobre o gelo fino do lago, sobre ulcerações causadas pelo frio, sobre os meninos maus que punham pedras ou lâminas de barbear nas bolas de neve — apesar de nenhuma dessas advertências terem sido justificadas por acontecimentos. Nós aprendemos sobre urtigas e espinhos, e como a grama, que parecia uma coisa inofensiva, poderia causar uma ardência inesperada, como uma lixa de papel. Eles nos preveniram sobre facas e tesouras e os perigos de um cadarço desamarrado. Preveniram-nos contra falar com estranhos que poderiam tentar nos atrair até seus carros ou caminhões; porém nós levamos anos para deduzir que "estranhos" não significava "homens esquisitos, corcundas, babando, papudo" — ou qualquer que fosse a nossa definição de esquisitice —, mas simplesmente "que nós não conhecíamos". Preveniram-nos sobre meninos maus e, mais tarde, sobre meninas más. Um professor de ciência envergonhado nos preveniu contra a doença venérea, e equivocadamente nos informou que era causada por "relações sexuais indiscriminadas". Preveniram-nos contra a gula e a preguiça, e que não devíamos desapontar a nossa escola, contra a avareza e a cobiça e que não devíamos decepcionar a nossa família, sobre a inveja e a ira, e que não devíamos decepcionar o nosso país.

Eles nunca nos preveniram contra a dor de um coração partido.

Usei a palavra "cumplicidade" há pouco. Gosto dessa palavra. Um acordo tácito entre duas pessoas, uma espécie de pressentimento, digamos. Uma primeira alusão de que as duas pessoas são compatíveis, antes da tarefa enfadonha e tensa de descobrir se "partilham dos mesmos interesses", ou têm o mesmo metabolismo, ou são sexualmente compatíveis, ou se ambas querem filhos, ou como brigamos conscientemente sobre as nossas decisões inconscientes. Mais tarde, quando olhamos para trás, nós veneraremos e comemoraremos o primeiro encontro, o primeiro beijo, as primeiras férias juntos, mas o que realmente importa é o que aconteceu antes de tudo isso: aquele momento, mais de pulsação do que racionalização, que acontece assim: é, talvez possa ser ela, e, é, talvez possa ser ele.

Tentei explicar isso ao Ben, uns dias depois de sua festa. Ben é viciado em palavras cruzadas, apaixonado por dicionários, um cara pedante. Ele me disse que "cumplicidade" significa participação comum num crime, pecado ou ato nefando. Significa planejar fazer algo ruim.

Prefiro manter o termo como eu entendo. Para mim significa planejar fazer algo bom. Ela e eu éramos ambos adultos livres, capazes de tomar nossas próprias decisões. E alguém planeja fazer algo ruim naquele momento?

Fomos ao cinema juntos. Eu ainda não tinha uma ideia clara de seu temperamento e hábitos. Se ela era pontual ou não, tranquila ou estourada, tolerante ou severa, alegre ou deprimida, equilibrada ou louca. É perfeitamente possível alguém ser alegre e deprimido, tranquilo e estourado. O que quero dizer é que: eu ainda estava tentando entender a configuração padrão de sua personalidade.

Era uma tarde fria de dezembro e nós chegamos ao cinema em carros separados, pois ela estava de plantão e poderia, a qualquer momento, receber uma mensagem do hospital. Eu estava lá sentado na poltrona assistindo ao filme, ao mesmo tempo atento a suas reações: um sorriso, o silêncio, as lágrimas, o seu rosto se contorcendo nas cenas violentas — todos eles serviram de bips silenciosos para a minha coleta de dados. O aquecimento do cinema estava baixo, e enquanto estávamos sentados, cotovelo contra cotovelo no braço da poltrona, eu me peguei pensando de dentro para fora, de mim para ela. Manga da blusa, suéter, casaco, capa de chuva, jaquetão, casacão com capuz — e mais o quê? Nada antes da pele? Então, seis camadas entre nós, ou talvez sete se ela estivesse vestindo outra peça de roupa por baixo do suéter.

O filme acabou; seu celular não vibrou; eu gostei do jeito que ela riu. Já estava escuro quando saímos do cinema. Nós já havíamos andado metade do caminho em direção aos nossos carros quando ela parou e levantou a mão esquerda, com a palma da mão virada para mim.

— Olha só — ela disse.

Eu não sabia o que eu deveria procurar: um teste de alcoolismo, a sua linha da vida? Eu me aproximei, e percebi, com a ajuda do farol dos carros que passavam, que as pontas dos seus dedos indicador, médio e anular estavam amarelos pálidos.

— Dezoito metros sem luvas — ela disse. — Acontece de uma hora para outra. — Ela me disse o nome da síndrome. Era um problema de má circulação, do frio que fazia com que o sangue se concentrasse nas áreas mais importantes e sumisse das extremidades.

Ela achou as luvas: marrom-escuras, eu lembro. Ela as colocou de modo um pouco displicente, depois ajustou os dedos, empurrando a lã na direção da base de cada dedo. Nós continuamos andando, discutindo o filme, paramos, sorrimos, paramos, partimos; o meu carro estava estacionado a nove metros de distância do dela. Quando eu estava prestes a destrancar a porta, olhei para trás de relance. Ela ainda estava parada na calçada, com os olhos baixos. Eu esperei um pouco, achei que algo estava errado, e dei a volta.

— A chave do carro — ela disse sem erguer os olhos. Não tinha muita luz e ela procurava na bolsa, tateando enquanto procurava com os olhos. Então, com uma violência súbita, ela acrescentou: — Vamos lá, imbecil.

Por um segundo achei que estivesse falando comigo. Depois percebi que ela só estava com raiva de si mesma, com vergonha de si mesma, e com mais vergonha ainda por sua incapacidade de achar a chave — e também, talvez, da raiva — estar sendo presenciada por mim. Mas eu certamente não iria lhe tirar pontos. Enquanto eu estava lá, parado observando a sua luta, duas coisas aconteceram: senti o que eu descreveria como ternura, se não fosse tão violento; e o meu sexo repentinamente começou a crescer.

Eu me lembrei da primeira vez que o dentista me deu uma injeção: ele saiu da sala enquanto a anestesia fazia efeito, voltou com passos enérgicos, deslizou o dedo na minha boca, inspecionou a base do dente que iria obturar e perguntou se eu sentia alguma coisa. Lembrei da dormência que ocorre quando se fica sentado por muito tempo com as pernas cruzadas. Eu me lembrei das histórias de médicos enfiando agulhas nas pernas de um paciente sem que ele tivesse qualquer reação.

O que eu gostaria de saber era o seguinte: se eu tivesse sido mais ousado e erguido a minha mão direita sobre a mão esquerda dela, posicionado, delicadamente, a palma da minha mão sobre a dela, dedo com dedo, numa espécie de *high five* de amantes, e depois tivesse pressionado as pontas do meu indicador, médio e anular sobre os seus dedos, será que ela teria sentido algo? Como é que é quando não se tem sensação nenhuma — tanto ela quanto eu? Ela vê os meus dedos sobre os seus, mas não sente nada. Eu vejo os meus dedos sobre os dela, e os sinto, mas sei que ela não sente nada?

E, certamente, eu me fazia essa pergunta em um sentido mais amplo, e mais alarmante.

Pensei numa pessoa usando luvas e a outra não; na sensação da pele contra a lã, da lã contra a pele.

Tentei pensar em todas as luvas que ela pudesse usar, agora e no futuro — se haveria um futuro em que eu estivesse presente.

Eu tinha visto um par de luvas de lã marrom. Eu decidi, por causa da sua doença, equipá-la com vários pares extras de luvas de cores diferentes. E para os dias e noites mais frios, com algo mais quente, de camurça: preto, imagino (para combinar com o seu cabelo), com pontos de costura brancos ao longo dos dedos, e um forro de coelho bege. E talvez um par daquelas luvas que parecem patas, com um lugar para o polegar e uma bolsa larga para os outros dedos.

No trabalho, ela provavelmente usava luvas cirúrgicas finas, de látex, que reduzia ao mínimo a barreira entre médico e paciente — mesmo assim qualquer barreira, por mais fina que seja, destrói essa sensação essencial de pele na pele. Os cirurgiões usam luvas apertadas, outros membros da equipe médica usam luvas largas, como aquelas que se veem nas delicatessen quando pedimos presunto e assistimos às fatias sendo cortadas pela lâmina giratória.

Eu me pergunto se ela já foi, ou algum dia se tornará jardineira. Ela poderia usar luvas de látex para os trabalhos leves na terra bem cultivada, para separar as raízes pequenas das mudas e das folhagens. Mas depois ela precisaria de um par mais robusto — eu imagino as costas da luva em algodão amarelo, com os dedos e a palma da mão em couro cinza — para trabalhos pesados: podar, forquilhar o solo, arrancar trepadeiras e raízes de urticárias.

Eu me pergunto se ela acha algum uso para mitenes. Eu, particularmente, nunca vi nenhuma utilidade. Quem usa mitenes, exceto os condutores de trenós russos e os miseráveis de Dickens nas adaptações de TV? E levando em conta o que acontece com as pontas de seus dedos, mais uma razão para não usá-las.

Eu me pergunto se a circulação de seu pé também era fraca, nesse caso: meias de dormir. Como elas deveriam ser? Grandes e de lã — talvez um par de meias do seu ex-namorado jogador de rúgbi, que cairiam em volta do tornozelo quando ela se levantasse? Ou um par de meias justas e femininas? Eu vi num suplemento qualquer de moda umas meias de dormir berrantes com dedos individuais. Imagino se eu acharia tal acessório neutro, cômico ou de certa forma erótico.

Que mais? Será que ela esquiava e teria um par de luvas fofas para combinar com o anoraque fofo? Ou, é claro, luvas para lavar a louça: todas as mulheres as têm. E elas têm sempre as mesmas cores excessivas — amarelas, rosa, verde-claras, azul-claras. Você tem que ser um tarado para achar as luvas de lavar a louça eróticas. Podem fabricá-las do jeito mais exótico possível — magenta, azul-marinho, teca, listrada, xadrez Príncipe de Gales —, elas nunca irão me excitar.

Ninguém diz "Sinta esse pedaço de parmesão", não é? Exceto talvez os produtores de parmesão.

Às vezes, sozinho no elevador, passo a ponta dos dedos levemente sobre os botões. Não o suficiente para mudar o andar para onde estou indo, somente para sentir a saliência dos pontos em braile. E imaginar como deve ser.

A primeira vez que vi alguém usando um protetor para dedão, eu não podia acreditar que havia um dedão de verdade embaixo do protetor.

Se você machuca o dedo menos importante, o resto da mão é afetado. Mesmo os gestos mais simples — colocar as meias, abotoar a camisa, trocar de marcha — se tornam tensos e constrangedores. A mão não entra na luva, é preciso prestar atenção na hora de lavar as mãos, não se pode deitar em cima do dedo na hora de dormir, e daí por diante.

Imagine, então, tentar fazer amor com um braço quebrado.

Eu tive um desejo súbito e agudo de que nada de ruim acontecesse com ela.

Uma vez eu vi um homem num trem. Eu tinha uns 11 ou 12 anos e estava sozinho na minha cabine. Ele passou pelo corredor, olhou para dentro, viu que estava ocupado e continuou. Eu percebi que um de seus braços terminava num gancho. Naquela época, eu só pensava em piratas e no perigo; mais tarde, em tudo o que ele não podia fazer. Mais tarde ainda, na dor fantasma dos amputados.

Os nossos dedos devem trabalhar juntos; os nossos sentidos também. Eles agem por conta própria, mas também como pré-sensação para os outros. Nós apalpamos a fruta para ver se ela está madura; pressionamos os dedos no pernil para ver se está cozido. Os nossos sentidos funcionam juntos para um bem maior: eles são cúmplices, como eu gosto de dizer.

Naquela noite, o seu cabelo estava preso para cima com dois pentes de tartaruga, com pinos dourados. Não eram tão pretos quanto os seus olhos, mas eram mais pretos do que seu casaco de linho, que estava amarrotado e desbotado. Nós estávamos num restaurante chinês e os garçons prestavam atenção nela. Talvez o seu cabelo parecesse um pouco chinês. Ou talvez eles soubessem que era mais importante agradar a ela do que a mim — pois agradá-la *era* agradar a mim. Ela disse para eu pedir, e eu fiz uma escolha conservadora.

Algas, rolinhos primavera, ervilhas com caldo de feijão-manteiga, pato frito crocante, berinjela cozida, arroz comum. Uma garrafa de Gewürztraminer e água da bica.

Naquela noite, os meus sentidos estavam mais aguçados do que o normal. Enquanto eu a seguia do carro até o restaurante, senti o seu leve perfume floral; mas ele logo foi abafado pelo cheiro da comida, quando um monte de costeletas de porco brilhantes passou pela nossa mesa. E quando a comida chegou, foi um concurso amistoso de gostos e texturas. A textura de papel da folha cortada em pedaços que eles chamam de alga. O crocante do feijão no calor do caldo, o brilho do molho de ameixa com o gosto picante da cebolinha e a firmeza do pato desfiado, embrulhado numa panqueca da espessura de um pergaminho.

A música ambiente oferecia um contraste suave com as texturas: de músicas chinesas relaxantes a discretas músicas ocidentais. Quase todas esquecíveis, exceto quando uma música ultraconhecida se impregnava nos ouvidos. Eu comentei que, se o "Tema de Lara" do *Doutor Jivago* começasse a tocar, nós deveríamos sair correndo sem pagar e alegaríamos que agimos sob coação no tribunal. Ela me perguntou se coação era realmente um argumento legal. Eu dei uma resposta talvez longa demais, então conversamos sobre os pontos nos quais as nossas profissões se sobrepunham; onde a lei tinha a ver com a medicina e a medicina tinha a ver com a lei. Isso nos levou a falar sobre o fumo, e em que momento preciso nós gostaríamos de acender um cigarro, se não fosse proibido. Depois do prato principal e antes da sobremesa, nós concordamos. Nós dois declaramos fumar com moderação, e cada um acreditou, com moderação, no outro. Então falamos um pouco, mas cautelosamente, sobre a nossa infância. Eu perguntei que idade tinha quando ela percebeu pela primeira vez que as pontas de seus dedos ficavam amarelas por causa do frio, e se ela possuía muitos pares de luvas, o que a fez, por algum motivo, rir. Talvez eu tenha descoberto uma verdade sobre o seu guarda-roupa. Eu quase lhe pedi para descrever a sua luva favorita, mas achei que ela poderia interpretar mal.

E enquanto o jantar se desenrolava, decidi que tudo iria dar certo — mesmo que "tudo" se referisse apenas àquela noite; eu não conseguia ver além. E ela deve ter sentido o mesmo, porque, quando o garçom perguntou sobre a sobremesa, ela não olhou para o relógio se desculpando, mas disse que ainda tinha espaço para a sobremesa desde que não fosse grudenta e com recheio, então nós escolhemos as lichias. E eu decidi não contar a ela sobre a brincadeira do passado, nem sobre aquela montagem do *Rei Lear*. E então eu momentaneamente ousei um futuro, e pensei que, se nós voltássemos ao restaurante uma outra vez, eu talvez contasse essas histórias para ela. Eu também achava que ela nunca havia brincado desse jogo com Ben, nem que tivesse segurado um pedaço de muçarela.

Justo no momento em que eu pensava nisso, o "Tema de Lara" soou pelos alto-falantes. Nós nos entreolhamos e rimos, e ela fez um gesto como se empurrasse a cadeira para se levantar. Talvez ela tenha percebido a inquietude nos meus olhos porque riu bastante, fazendo o meu jogo, e jogou o guardanapo na mesa. O gesto fez com que sua mão parasse na metade da toalha da mesa. Mas ela não se levantou, nem empurrou a cadeira, apenas continuou sorrindo e deixou a mão repousada em cima do guardanapo, os dedos parcialmente dobrados.

Então eu a toquei.

Harmonia

Eles tiveram um bom jantar no 261 da Landstrasse e agora passavam, ansiosos, à sala de música. Os amigos mais íntimos de M. tiveram a sorte de ouvir Gluck, Haydn e o jovem prodígio Mozart tocarem para eles algumas vezes; mas eles igualmente se contentavam em ouvir seu anfitrião sentado atrás do violoncelo e fazendo sinal para um deles acompanhá-lo. Desta vez, porém, a tampa do *klavier* estava fechada e não se via o violoncelo em lugar algum. O que viram foi uma caixa oblonga de jacarandá sobre pernas em forma de liras parelhas; em uma ponta havia uma roda e embaixo um pedal. M. levantou a tampa arqueada da engenhoca, revelando três dúzias de taças de vidro semiesféricas ligadas a um eixo central e parcialmente submersas numa tina de água. Ele se sentou em frente ao instrumento e abriu uma gaveta estreita nos dois lados do instrumento. Uma continha uma tigela rasa de água, a outra um prato com giz bem fino.

— Se me permitem uma sugestão — disse M., olhando para os convidados a sua volta. — Aqueles que ainda não ouviram o instrumento da sra. Davies devem tentar experimentar ouvi-lo com os olhos fechados. M. era um homem alto, robusto e vestia um jaquetão azul com botões de latão chatos; seus traços fortes e queixo papudo eram de um suábio fleumático, e se o porte e a voz não denotassem claramente que pertencia à pequena nobreza, ele poderia ser confundido com um fazendeiro próspero. Mas foram os seus modos, educados porém persuasivos, que impeliram alguns que já o tinham ouvido tocar a também fechar os olhos.

M. mergulhou a ponta dos dedos na água, sacudiu-os para secá-los e esfregou-os no giz. Pressionou o pedal com o pé direito e o eixo de pinos de latão brilhante começou a girar. Ele encostou os dedos nas taças em rotação e ouviu-se um som agudo numa cadência animada. Sabia-se que o instrumento custara cinquenta ducados de ouro, e os céticos entre os convidados presentes se perguntavam por que seu anfitrião havia pago tanto para reproduzir o lamento de um gato no cio. Mas à medida que os convidados se acostumaram ao som, eles começaram a mudar de ideia. Uma melodia clara era perceptível: talvez uma composição do próprio M., talvez uma homenagem, ou mesmo uma apropriação indébita de Gluck. Nunca tinham ouvido algo parecido, e o fato de não conseguirem ver o método utilizado para produzir tal som acentuava ainda mais sua estranheza. Eles não sabiam o que esperar e, assim, guiados apenas pela razão e pelo sentimento, se perguntavam se tais sons estranhos não seriam algo de sobrenatural.

Quando M. parou de tocar por alguns instantes para passar uma esponjinha nas taças de vidro, um de seus convidados, sem abrir os olhos, observou:

— É a música das esferas.

M. sorriu.

— A música busca a harmonia — M. replicou. — Assim como o corpo humano busca a harmonia. — Era uma resposta e ao mesmo tempo não era; em vez de liderar, ele preferia deixar que os outros, em sua presença, achassem o seu próprio caminho. A música das esferas era ouvida quando todos os planetas se movimentavam em concerto no céu. A música da Terra era ouvida quando todos os instrumentos de uma orquestra tocavam juntos. A música do corpo humano era ouvida quando ele também se encontrava em harmonia, os órgãos em paz, o sangue fluindo livremente e os nervos alinhados em seus verdadeiros e devidos caminhos.

O encontro entre M. e Maria Theresia von P. se deu na cidade imperial de V. entre o inverno de 177— e o verão do ano seguinte. Tais pequenas omissões de detalhes eram um maneirismo literário rotineiro na época, mas também admitiam judiciosamente a parcialidade de nosso conhecimento. Qualquer filósofo que afirmasse que seu campo de conhecimento era completo, e que uma síntese da verdade final e harmoniosa era oferecida ao leitor, teria sido denunciado como charlatão. Da mesma forma, os filósofos do coração humano que contam suas histórias teriam sido — e seriam — prudentes o suficiente para não fazerem tais alegações.

Sabemos, por exemplo, que M. e Maria Theresia von P. já haviam se conhecido doze anos antes, porém não sabemos se ela se recordava do fato. Sabemos que era filha de Rosalia Maria von P., esta por sua vez filha de Thomas Cajetan Levasori della Motta, mestre de dança da corte imperial; e que Rosalia Maria havia se casado com o secretário imperial e conselheiro da corte Joseph Anton von P. na igreja de Stefanskirche em 9 de novembro de 175—. Mas não sabemos o que a mistura de sangues tão distintos acarretou, e se esta foi de algum modo a causa da catástrofe que se abateu sobre Maria Theresia.

Sabemos também que ela foi batizada em 15 de maio de 175—, e que aprendeu a pôr os dedos em um teclado quase ao mesmo tempo em que aprendeu a pôr os pés no chão. A saúde da criança era normal, segundo o relato do pai, até a manhã de 9 de dezembro de 176—, quando ela acordou cega, aos 3 anos e meio de idade. O que foi considerado um caso típico de amaurose: a saber, não havia nenhuma falha detectável no organismo em si, mas a perda de visão foi total. Aqueles convocados para examiná-la atribuíram a causa a um fluido com repercussões, ou a algum susto que a menina tivera durante a noite. Nem os pais nem os criados, porém, puderam atestar algum acontecimento dessa natureza.

Dado que a criança era estimada e bem-nascida, ela não foi negligenciada. Seu talento musical foi encorajado, e ela atraiu a atenção e o apoio da própria imperatriz. Uma pensão de duzentos ducados de ouro foi concedida aos pais de Maria Theresia von P., além do custeio de sua educação. Ela aprendeu a tocar cravo e pianoforte com Kozeluch, e canto sob a orientação de Righini. Aos 14 anos, ela encomendou um concerto de órgão de Salieri; aos 16 era um adorno nos salões e sociedades de concerto.

Para alguns que ficavam boquiabertos ao ouvir a filha do secretário imperial tocar, a cegueira reforçava o apelo. No entanto, os pais da menina não queriam que ela fosse tratada como o equivalente social de uma curiosidade de circo. Desde o início, eles buscavam continuamente a cura. O professor Stoerk, médico da corte e diretor da Faculdade de Medicina, a atendia regularmente, e o professor Barth, célebre por suas operações de catarata, também era consultado. Tentou-se uma sucessão de curas, mas como todas fracassaram em aliviar a doença da menina, ela se tornou propensa à irritação e melancolia, e era acometida por ataques que faziam com que seus globos oculares se projetassem para fora das órbitas. Talvez fosse possível prever que a confluência de música e medicina provocaria o segundo encontro entre M. e Maria Theresia.

M. nasceu em Iznang, no Lago Constança, em 173—. Filho de um guarda-caça episcopal, estudou teologia em Dillingen e Ingolstadt e depois fez doutorado em filosofia. Chegou em V. e tornou-se doutor em direito antes de voltar sua atenção para a medicina. Todavia, tal peripécia intelectual não indicava inconstância, e menos ainda a alma de um diletante. Indicava que M. buscava, assim como o Doutor Fausto, dominar todas as formas de conhecimento humano; e, como muitos antes dele, seu propósito — ou sonho — era encontrar uma chave universal que lhe permitisse alcançar a compreensão final do que ligava o céu à terra, o espírito ao corpo, todas as coisas umas às outras.

No verão de 177—, um estrangeiro distinto e sua mulher visitavam a cidade imperial. A senhora adoeceu e o marido — como se isso fosse um procedimento médico comum — instruiu Maximilian Hell, astrônomo (e membro da Sociedade de Jesus), a criar um ímã que pudesse ser aplicado à região afetada. Hell, que era amigo de M., o manteve informado da incumbência; e, quando a doença da senhora foi dada como curada, M. correu ao seu leito para se informar sobre o procedimento. Logo depois, ele começaria suas próprias experiências. Encomendou a construção de numerosos ímãs de diferentes tamanhos: uns para serem aplicados à barriga, outros ao coração, outros ainda à garganta. Para sua surpresa, e gratidão de seus pacientes, M. descobriu que curas além da perícia de um médico podiam às vezes ser realizadas; os casos de Fräulein Oesterlin e do matemático professor Bauer foram, especialmente, levados em conta.

Caso M. fosse um charlatão de parque de diversões, e seus pacientes, camponeses crédulos aglomerados em uma barraca fedorenta, tão ávidos para serem aliviados de suas economias como de suas dores, a sociedade não lhe teria dado atenção. Mas M. era um homem da ciência, de grande curiosidade e imodéstia não muito evidente, que não alegava saber mais do que podia explicar.

— Funciona — comentara o professor Bauer, quando sua respiração melhorou e ele pôde erguer seus braços além da posição horizontal.

— Mas como funciona?

— Eu ainda não entendi — respondera M. — Quando os ímãs eram empregados no passado, explicava-se que eles atraíam as doenças da mesma forma como atraíam partículas de ferro. Mas não podemos sustentar este argumento hoje. Não vivemos mais na época de Paracelso. A razão guia o nosso pensamento, e deve ser aplicada, mais ainda quando lidamos com fenômenos que espreitam sob a pele das coisas.

— Desde que você não proponha me dissecar para descobrir — respondeu o professor Bauer.

Naqueles primeiros meses, a cura magnética era uma questão tanto de investigação científica quanto de prática médica. M. fez experimentos com o posicionamento e o número de ímãs aplicados ao paciente. Ele próprio costumava carregar um ímã em uma bolsa de couro em volta do pescoço para aumentar sua influência, e usava um bastão, ou varinha, para indicar o curso de realinhamento que buscava nos nervos, no sangue, nos órgãos. Magnetizava piscinas de água e fazia os pacientes mergulhar as mãos, os pés e às vezes o corpo inteiro no líquido. Magnetizava as xícaras e os copos em que bebiam. Magnetizava suas roupas, roupas de cama, espelhos.

Magnetizava instrumentos musicais para que uma dupla harmonia resultasse do seu toque. Magnetizava gatos, cães e árvores. Construiu um *baquet*, uma tina de carvalho contendo duas fileiras de garrafas cheias de água imantada. Bastões de aço que emergiam de buracos na tampa eram encostados em partes afligidas do corpo. Os pacientes eram por vezes encorajados a juntar as mãos e formar um círculo em volta do *baquet*, já que M. supunha que o fluxo magnético aumentava de força ao passar por vários corpos simultaneamente.

— É claro que me lembro da *gnädige Fräulein* da minha época de estudante de medicina, quando às vezes me permitiam acompanhar o professor Stoerk. — Agora o próprio M. fazia parte do corpo docente, e a menina era quase uma mulher: rechonchuda, com a boca virada para baixo e o nariz empinado. — E, embora eu consiga me lembrar da descrição da sua doença naquela época, gostaria não obstante de lhe fazer perguntas que temo já tenha respondido muitas vezes.

— É claro.

— Não há nenhuma possibilidade de que a *Fräulein* fosse cega de nascimento?

M. percebeu a mãe impaciente para responder, mas se contendo.

— Nenhuma — disse o marido. — Ela via tão bem quanto os irmãos e as irmãs.

— E ela não ficou doente antes de ficar cega?

— Não, ela sempre teve uma saúde de ferro.

— E ela sofreu algum tipo de choque na época de seu infortúnio, ou pouco antes?

— Não. Quer dizer, não que nós ou qualquer outra pessoa tivéssemos observado.

— E depois?

Dessa vez a mãe respondeu. — A vida dela sempre foi protegida contra choques da maneira que conseguimos. Eu arrancaria meus próprios olhos se achasse que isso devolveria a visão a Maria Theresia.

M. olhava para a jovem, que não reagia. Era provável que ela já tivesse ouvido essa solução improvável.

— Então, a doença dela é constante?

— A cegueira sim — disse outra vez o pai. — Mas há períodos em que seus olhos se movem convulsivamente e sem cessar. E os globos oculares, como o senhor pode ver, são saltados, como se tentassem escapar das órbitas.

— Você tem consciência desses períodos, *Fräulein*?

— Claro. Sinto como se houvesse uma água correndo lentamente e enchendo a minha cabeça, como se fosse desmaiar.

— E depois disso ela sofre do fígado e do baço. Eles passam a funcionar mal.

M. aquiesceu. Precisaria estar presente quando ela tivesse uma dessas crises, para conjeturar sobre suas causas e observar seu progresso. Perguntava-se qual seria a melhor forma de fazê-lo.

— Posso fazer uma pergunta ao doutor? — Maria Theresia erguera levemente a cabeça na direção dos pais.

— É claro, minha filha.

— O seu procedimento é doloroso?

— Nenhuma dor que eu mesmo inflija. Embora normalmente os pacientes precisem ser levados a um certo... extremo antes de a harmonia ser restaurada.

— O que quero saber é se seus ímãs causam choques elétricos.

— Não, isso eu posso lhe prometer.

— Mas, se o senhor não causa dor, como pode curar? Todos sabem que não se pode extrair um dente sem dor, não se pode consertar um membro sem dor, não se pode curar a loucura sem dor. Um médico causa dor, isso todo mundo sabe. E eu também sei.

Desde bem pequena, os melhores médicos haviam lhe aplicado os métodos mais eficazes. Ela passara por vesicação, cauterização e aplicação de sanguessugas. Durante dois meses a cabeça de Maria Theresia foi envolvida em um gesso destinado a provocar supuração e extrair o veneno de seus olhos. Ela havia tomado inúmeros purgativos e diuréticos. E, mais recentemente, haviam recorrido à eletricidade, e no decorrer de um ano cerca de três mil choques foram administrados em seus olhos, às vezes uma centena em um único tratamento.

— O senhor tem realmente certeza de que esse magnetismo não me causará dor?

— Tenho certeza.

— Então, como pode me curar?

M. ficou contente de vislumbrar o cérebro atrás dos olhos que não viam. Uma paciente passiva, meramente à espera de um médico onipotente que agisse sobre ela, era algo entediante; ele preferia aqueles, como aquela jovem, que exibiam impetuosidade por trás das boas maneiras.

— Permita-me explicar. Desde que a senhorita ficou cega, suportou muita dor nas mãos dos melhores médicos da cidade.

— É verdade.

— E, contudo, ainda não está curada?

— Não.

— Então talvez a dor não seja a única saída para a cura.

Nos dois anos em que praticara a magnetoterapia, M. havia ponderado constantemente a questão de como e por que ela poderia funcionar. Uma década antes, em sua tese de doutorado, *De planetarum influxu,* ele havia proposto que os planetas influenciavam as ações humanas e o corpo, por meio de um gás ou líquido invisível, no qual todos os corpos estavam imersos, e que por falta de melhor termo ele chamava de *gravitas universalis*. Ocasionalmente, o homem podia vislumbrar a conexão maior e se sentir capaz de entender a harmonia universal que jaz além de toda discordância local. No momento presente, o ferro magnético chegava à Terra na forma e no corpo de um meteoro caído do céu. Uma vez aqui, exibia sua propriedade singular, o poder de realinhar. Não era possível, portanto, supor que o magnetismo era a grande força universal que unia a harmonia estelar? E, nesse caso, não seria sensato esperar que no mundo sublunar fosse possível aplacar certas desarmonias corpóreas?

Era evidente que o magnetismo não podia curar qualquer falha corporal. Ele se mostrara bastante eficaz em casos de dor de estômago, gota, insônia, problemas de audição, distúrbios hepáticos e menstruais, espasmos e até paralisia. Não podia curar um osso quebrado, nem retardo mental, nem sífilis. Mas em problemas do sistema nervoso, podia com frequência efetuar uma melhora surpreendente. De novo, não podia vencer um paciente atolado em ceticismo ou descrença, nem alguém cujo pessimismo ou melancolia minassem a possibilidade de um retorno à saúde. Devia haver uma disposição para admitir e acolher os efeitos do procedimento.

Com esse objetivo, M. buscou criar, em seu consultório no número 261 da Landstrasse, uma atmosfera propícia a essa aceitação. Cortinas pesadas eliminavam a luz do sol e o ruído externo; sua equipe estava proibida de realizar movimentos repentinos; havia calma e luz de velas. Música suave podia ser ouvida de outra sala; às vezes, o próprio M. tocava a harmônica de vidro da sra. Davies, lembrando aos corpos e às mentes a harmonia universal que ele estava, naquela pequena parte do mundo, procurando restaurar.

M. começou o tratamento em 20 de janeiro de 177—. Um exame externo confirmou que os olhos de Maria Theresia exibiam uma malformação grave: estavam bastante fora do alinhamento normal, exageradamente inchados e saltados. Internamente, a moça parecia estar numa tensão em que fases esporádicas de histeria podiam levar a uma perturbação mental crônica. Dado que ela sofrera quatorze anos de esperança frustrada, e quatorze anos de cegueira incessante, essa não era uma reação inesperada de um corpo e uma mente jovens. M. começou, então, a enfatizar novamente como o seu procedimento era diferente de todos os outros, como não se tratava de impor novamente a ordem por meio de uma violência externa, mas sim por meio de uma colaboração entre o médico e seu paciente, com o objetivo de restabelecer o alinhamento natural do corpo. M. falava em termos gerais; sabia por experiência própria que o fato de o paciente ser constantemente informado sobre o que deveria esperar não ajudava. Ele não falava da crise que esperava provocar, nem previa a extensão da cura que visualizava. Mesmo para os pais da jovem, só expressava a ambição humilde de aliviar a grave extrusão ocular.

Explicou cuidadosamente suas primeiras ações, para que não causassem surpresa. Então se voltou aos pontos de sensibilidade na cabeça de Maria Theresia. Pôs as mãos, em concha, em volta das orelhas da moça; deu batidinhas no crânio, da base do pescoço à fronte; tocou com os polegares as maçãs do rosto, logo abaixo dos olhos, e fez movimentos circulares em volta das órbitas afetadas. Então, gentilmente, encostou sua varinha, ou bastão, sobre cada uma das sobrancelhas. Ao fazê-lo, encorajou em voz baixa Maria Theresia a relatar qualquer mudança ou movimento que experimentasse dentro de si. Em seguida, pôs um ímã em cada uma das têmporas. De imediato, sentiu uma sensação repentina de calor nas maçãs da jovem, que ela confirmou; mas também observou uma vermelhidão na pele e um tremor nos membros. Ela então descreveu uma energia concentrada na base de seu pescoço que lhe compelia a cabeça para trás e para cima. Conforme esses movimentos ocorriam, M. notou que os espasmos em seus olhos eram mais marcados e às vezes convulsivos. Quando essa breve crise chegou ao fim, a vermelhidão nas maçãs refluiu, a cabeça retomou a posição normal, o tremor cessou e pareceu a M. que os olhos estavam mais bem-alinhados, e também menos inchados.

Ele repetia o procedimento a cada dia no mesmo horário, e a cada dia a breve crise resultava em uma melhora evidente, até que, ao fim do quarto dia, os olhos haviam retornado ao alinhamento normal e não se observava nenhuma extrusão. O olho esquerdo parecia menor que o direito, mas, com a continuação do tratamento, os tamanhos dos dois começaram a se equilibrar. Os pais da jovem ficaram impressionados: M. cumprira a sua promessa, e a filha do casal não apresentava mais a deformidade que podia alarmar aqueles que a viam tocar. Mas M. já estava preocupado com a condição interna da paciente, que ele julgava estar caminhando para a crise necessária. Enquanto ele seguia com seus procedimentos diários, ela relatou a presença de dores fortes no occipício, que penetravam em toda a cabeça. A dor então seguia o nervo óptico, produzindo alfinetadas constantes ao se deslocar e se multiplicar ao longo da retina. Esses sintomas eram acompanhados de solavancos nervosos da cabeça.

Há muitos anos, Maria Theresia havia perdido o olfato, e seu nariz não produzia muco. Agora, repentinamente, houve uma dilatação visível das vias nasais, e uma descarga forçada de matéria viscosa verde. Logo depois, para maior constrangimento da paciente, houve descargas adicionais, dessa vez na forma de uma diarreia copiosa. As dores nos olhos continuavam, e ela relatou uma sensação de vertigem. M. reconheceu que ela estava em um momento de máxima vulnerabilidade. Uma crise nunca era uma ocorrência neutra: podia ser benigna ou maligna — não em sua natureza, mas em suas consequências, que acarretavam progresso ou retrocesso. Assim, ele propôs aos pais da jovem que ela residisse por um curto período no 261 da Landstrasse. Seria cuidada pela esposa de M., embora pudesse levar sua própria criada, se necessário. Já havia duas pacientes jovens instaladas na casa, portanto não era preciso se preocupar com questões de decoro. Esse novo plano foi rapidamente acordado.

No segundo dia de Maria Theresia na casa, e ainda na presença do pai, M. tocou-a no rosto e no crânio como antes e depois pôs a paciente diante do espelho. Pegando a sua varinha, ele apontou para o reflexo de Maria Theresia. Então, quando removeu a varinha, a cabeça da jovem se virou ligeiramente, como se seguisse os movimentos da varinha no espelho. M. sentiu que Herr von P. estava prestes a expressar o seu assombro, e o silenciou com um gesto.

— Você percebe que está movendo a cabeça?
— Sim, percebo.
— Há algum motivo que lhe faça mover a cabeça?
— É como se eu estivesse seguindo alguma coisa.
— O que está seguindo? É um ruído?
— Não, não é um ruído.

— Um odor?
— Eu ainda não sinto nenhum cheiro. Estou só... seguindo. É só isso o que posso dizer.
— É o suficiente.

M. assegurou a Herr von P. que sua casa estaria sempre aberta a ele e à esposa, mas que previa que nos dias seguintes o progresso seria lento. Na verdade, julgava que a cura da jovem seria mais provável se ele pudesse tratá-la sem a presença de um pai que lhe parecia dominador e uma mãe que, talvez em razão de seu sangue italiano, parecia propensa à histeria. Era possível que a cegueira de Maria Theresia fosse causada por atrofia do nervo óptico, e neste caso não havia nada que o magnetismo, nem qualquer outro procedimento, pudesse fazer por ela. Mas M. duvidava disso. As convulsões que testemunharam, e os sintomas relatados, falavam todos de um distúrbio de todo o sistema nervoso causado por algum choque poderoso. Na ausência de qualquer testemunha na época, ou da lembrança da paciente, era impossível determinar que tipo de choque ela teve. Isso não perturbava indevidamente M.: ele estava tratando do efeito, não da causa. De fato, talvez fosse uma felicidade a Fräulein não se lembrar da natureza precisa do acontecimento precipitante.

Nos dois anos anteriores, ficara cada vez mais aparente para M. que, ao levar o paciente ao ponto necessário de crise, o toque da mão humana tinha importância central e animadora. A princípio, o toque de M. no momento do magnetismo tinha um efeito relaxante, ou no máximo empático. Se, por exemplo, fossem postos ímãs em cada um dos lados da orelha, parecia um gesto natural tocar essa orelha de uma maneira que confirmasse o realinhamento que era buscado. Mas M. não pudera deixar de observar que, quando todas as condições favoráveis para a cura haviam sido criadas, com um círculo de pacientes em volta do *baquet* à luz suave de velas, costumava ocorrer que, quando ele, como músico, tirava os dedos da harmônica de vidro rotante e depois, como médico, os punha na parte afetada do corpo, o paciente podia ser levado instantaneamente à crise. M. por vezes ficava inclinado a ponderar o quanto era efeito do magnetismo e o quanto, do próprio magnetizador. Maria Theresia não era informada de tais considerações mais gerais, era apenas solicitada a se juntar a outros pacientes em volta da tina de carvalho.

— Seu tratamento causa dor.

— Não. O que causa dor é que agora você está começando a ver. Quando olha no espelho, vê a varinha que estou segurando e vira a cabeça para segui-la. Você mesma diz que vê um vulto se mexendo.

— Mas você está me tratando. E eu sinto dor.

— A dor é positiva, é sinal de que você está respondendo à crise. A dor mostra que seu nervo óptico e sua retina, por tanto tempo fora de uso, estão se tornando novamente ativos.

— Outros médicos me disseram que a dor que infligiam era necessária e benéfica. O senhor também é doutor em filosofia?

— Sou.

— Os filósofos podem inventar motivos para qualquer coisa.

M. não se ofendeu, na verdade ficou contente com essa atitude.

Era tamanha a suscetibilidade da menina à luz que ele teve de vendar-lhe os olhos com uma bandagem tripla, que era aplicada durante o período em que ela não estivesse se submetendo ao tratamento. Ele começou apresentando-a, a certa distância, a objetos do mesmo tipo que eram brancos ou pretos. Ela percebeu os objetos pretos sem aflição, mas se retraía diante dos objetos brancos, relatando que a dor que estes produziam em seus olhos era como de uma escova macia esfregando a retina; eles também provocavam uma sensação de tontura. Então M. removeu todos os objetos brancos.

A seguir, ele a apresentou às cores intermediárias. Maria Theresia conseguiu distingui-las, embora fosse incapaz de descrever que aparência tinham, exceto a cor preta, que era, disse ela, a imagem de sua cegueira anterior. Quando ele atribuía nomes às cores, ela frequentemente não era capaz de utilizar o nome correto da próxima vez que uma cor lhe era apresentada. Também não era capaz de calcular a distância entre ela e os objetos, imaginando que estivessem todos ao alcance da mão, e assim estendia as mãos para pegar objetos a vinte metros de distância. Nesses primeiros dias, ocorria também que a impressão de um objeto deixada em sua retina durava até um minuto. Ela era, portanto, obrigada a cobrir os olhos com as mãos até a impressão desaparecer, senão a imagem se confundiria com o próximo objeto que lhe era apresentado. Além disso, como os músculos do olho estiveram tanto tempo sem uso, ela não tinha a prática de deslocar o olhar, buscando objetos, focalizando-os e dando sua posição.

A exaltação que M. e os pais da jovem sentiram quando ela começou a perceber a luz e as formas tampouco era partilhada pela paciente. O que surgia em sua vida não era, como ela esperava, um panorama do mundo que lhe fora por tanto tempo escondido, e por tanto tempo descrito por outros; e menos ainda havia um entendimento desse mundo. Em vez disso, uma grande confusão estava agora empilhada sobre a confusão já existente — um estado exacerbado pelas dores oculares e sensações de vertigem. A melancolia, que era o reverso de sua alegria natural, ficou bastante evidente nesse momento.

Ao perceber isso, M. decidiu reduzir o ritmo do tratamento; e também tornar o momento de lazer e repouso o mais agradável possível. Ele estimulou a intimidade com as duas outras jovens que viviam na casa: Fräulein Ossine, a filha de 18 anos de um oficial do exército, que sofria de tísica purulenta e melancolia nervosa; e Zwelferine, de 19 anos, cega desde os 2 anos de idade e que M. havia encontrado em um orfanato e estava tratando por conta própria. Cada uma delas tinha algo em comum com as outras: Maria Theresia e Fräulein Ossine eram de boa família e pensionistas imperiais; Maria Theresia e Zwelferine eram cegas; Zwelferien e Fräulein Ossine eram dadas a vomitar sangue com certa periodicidade.

Essa companhia foi uma distração útil; mas M. acreditava que Maria Theresia precisava também, por várias horas, de uma rotina tranquila e familiar. Passou, portanto, a passar um bom tempo com ela, falando de assuntos distantes de sua preocupação imediata e lendo para ela livros de sua biblioteca. Às vezes tocavam músicas juntos, ela com bandagem nos olhos ao *klavier*, ele ao violoncelo.

Ele também usou esse tempo para conhecê-la melhor, avaliar sua sinceridade, memória e temperamento. Notou que, mesmo quando animada, ela nunca era obstinada; não exibia nem a arrogância do pai nem a voluntariedade da mãe.

Ele perguntava, por exemplo:

— O que você gostaria de fazer esta tarde?

Ela respondia:

— O que o senhor propõe?

Ou ele perguntava:

— O que você gostaria de tocar?

E ela respondia:

— O que o senhor gostaria que eu tocasse?

Quando essas cortesias terminavam, ele descobria que ela possuía opiniões claras, alcançadas pelo uso da razão. Mas concluiu também que, superando a obediência normal das crianças, Maria Theresia estava acostumada a fazer o que lhe era instruído: pelos pais, professores, médicos. Ela tocava maravilhosamente e tinha uma ótima memória, e M. achava que ela só se sentia de fato livre quando estava sentada em frente ao teclado, imersa em uma peça que conhecia, e se permitia ser brincalhona, expressiva, atenciosa. Ele se deu conta, ao observar o perfil, os olhos cobertos por bandagens e a postura firme e ereta da jovem, que o seu tratamento não era desprovido de riscos. Era possível que seu talento, e o evidente prazer que ela sentia por ele, pudessem estar vinculados à sua cegueira de um modo que ela não conseguia entender plenamente? E então, ao acompanhar o movimento das mãos em sua maneira treinada e fácil, por vezes fortes e flexíveis, por vezes vagarosas como samambaias sopradas pela brisa, ele se perguntou se a primeira visão de um teclado poderia afetá-la. Será que as teclas brancas a deixariam confusa, as pretas a lembrariam de sua cegueira?

Eles continuaram a trabalhar diariamente. Até então, Maria Theresia havia sido apresentada a uma mera sequência de objetos estáticos: a preocupação de M. fora estabelecer e acostumá-la ao formato, cor, lugar, distância. Agora ele decidiu apresentar o conceito de movimento, e com ele a realidade de um rosto humano. Embora ela estivesse acostumada à voz de M., ele se mantivera até aquele momento fora das linhas de sua percepção. Delicadamente, ele retirou as bandagens, pedindo a ela que cobrisse imediatamente os olhos com as mãos. Em seguida virou-se para encará-la, colocando-se a uma distância de poucos metros. Dizendo a ela que afastasse as mãos, começou a virar lentamente a cabeça de um perfil para seu oposto.

Ela riu. Depois pôs as mãos que havia tirado dos olhos sobre a boca. A empolgação de M. como médico superou sua vaidade como homem ao provocar em Maria Theresia tal reação. Então, ela tirou as mãos da boca e as pôs sobre os olhos, e depois de alguns segundos as soltou e olhou, novamente, para ele. Ela riu de novo.

— O que é isso? — ela perguntou, apontando.

— Isto?

— Sim, isso. — Ela ria consigo de uma maneira que, em outras circunstâncias, ele julgaria descortês.

— É um nariz.

— Ele é ridículo.

— A senhorita é a única pessoa cruel o suficiente para fazer uma observação dessas — disse ele, fingindo-se de ofendido. — Outros o acharam aceitável, até agradável.

— Os narizes são todos... assim?

— Há diferenças, mas encantadora Fräulein, devo preveni-la de que este não é de modo algum fora do comum, no que diz respeito a narizes.

— Então terei muitos motivos para rir. Vou falar à Zwelferine sobre os narizes.

Ele decidiu fazer uma nova experiência, Maria Theresia sempre gostara da presença, e do afeto, do cão da casa, um animal grande, amistoso e dócil de uma raça incerta. M. foi até a porta cortinada, abriu-a e soltou um leve assobio.

Vinte segundos depois, Maria Theresia dizia:

— Ah, um cão é uma visão muito mais agradável do que um homem.

— Infelizmente, a senhorita não é a única a pensar assim.

Seguiu-se um período em que a melhora de sua visão causou mais alegria, embora sua falta de jeito e seus erros perante um mundo recém-descoberto a deixassem profundamente melancólica. Certa noite, M. a levou para fora de casa, ao jardim escuro, e sugeriu que ela inclinasse a cabeça para trás. O céu resplandecia. M. se pegou por um instante pensando: outra vez preto e branco, se bem que felizmente muito mais preto do que branco. Mas a reação de Maria Theresia afastou a sua ansiedade. Ela ficou lá parada, atônita, com a cabeça para trás, boquiaberta, virando de tempos em tempos, apontando, sem dizer nada. Ignorou a oferta de M. de identificar as constelações; não queria que as palavras interferissem em sua sensação de deslumbre, e continuou a olhar até sentir dor no pescoço. Dessa noite em diante, qualquer tipo de fenômeno visual era automaticamente comparado a um céu estrelado — e considerado deficiente.

Embora todas as manhãs M. continuasse o tratamento exatamente do mesmo modo, agora o fazia com um tipo de concentração dissimulada. No íntimo, debatia-se entre duas linhas de raciocínio, e duas partes de sua formação intelectual. O doutor em filosofia argumentava que o elemento universal subjacente a tudo fora certamente desnudado na forma de magnetismo. O doutor em medicina argumentava que o magnetismo tinha menos relação com o progresso da paciente do que o poder do toque, e que mesmo a imposição das mãos era meramente emblemática, assim como a aplicação dos magnetos e da varinha. O que de fato acontecia era uma colaboração entre o médico e sua paciente, de modo que a presença e a autoridade de M. permitiam que a paciente se curasse. Ele não mencionou esta segunda explicação a ninguém, muito menos à paciente.

Os pais de Maria Theresia ficaram tão assombrados com a melhora da filha quanto ela ficara com o céu estrelado. Quando a notícia se espalhou, os amigos e pessoas que torciam pela melhora de Maria Theresia começaram a aparecer no 261 da Landstrasse, para presenciar o milagre. Transeuntes frequentemente paravam à porta da casa, esperando vislumbrar a famosa paciente, enquanto a cada dia chegavam solicitações de visitas de seu médico a leitos de enfermos por toda a cidade. A princípio M. ficou feliz de permitir que Maria Theresia demonstrasse sua capacidade de distinguir cores e formas, mesmo que parte de sua nomeação ainda fosse precária. Mas essas demonstrações cansavam-na de modo palpável, e ele restringiu severamente o número de visitas. A repentina decisão teve o efeito de aumentar os boatos de milagre e as suspeitas alimentadas por alguns colegas da Faculdade de Medicina. O caso começava também a intranquilizar a Igreja, já que o entendimento popular era de que bastava M. tocar a parte afligida de uma pessoa doente e o doente se curava. Para muitos membros do clero, o fato de que alguém que não fosse Jesus Cristo pudesse realizar uma cura utilizando as suas mãos era uma blasfêmia.

M. estava ciente dos boatos, mas contava com o apoio do professor Stoerk, que fora ao 261 da Landstrasse e ficara oficialmente impressionado com o efeito da nova cura. Que importava, então, se outros membros do corpo docente cochichavam contra ele, ou até sugeriam a calúnia de que a recém-descoberta capacidade de sua paciente para nomear as cores e objetos seria o resultado de um treinamento rigoroso? Em todas as profissões havia pessoas conservadoras, invejosas e burras. A longo prazo, uma vez que os métodos de M. fossem entendidos, e o número de curas aumentasse, os homens de razão seriam obrigados a admitir e adotar os poderes curativos do magnetismo.

Certo dia, quando o estado de espírito de Maria Theresia estava bastante tranquilo, M. convidou seus pais para visitá-la naquela tarde. Então, propôs à sua paciente que fosse até o seu instrumento, desacompanhada e sem bandagens. Ela concordou com entusiasmo, e os quatro seguiram para a sala de música. Havia cadeiras postas para Herr von P. e sua esposa, enquanto M. sentou-se num banco perto do teclado para melhor observar as mãos, os olhos e a condição moral de Maria Theresia. Ela respirou fundo várias vezes e, após um pausa quase imperceptível, ouviram-se as primeiras notas de uma sonata de Haydn.

Foi um desastre. A menina poderia se passar por uma novata e a sonata, uma peça que ela nunca tocara. O dedilhado era absurdo, os ritmos errados; toda graça, espírito e ternura desapareceram da música. Quando o primeiro movimento terminou num tropeço confuso, houve silêncio; M. sentira a troca de olhares entre os pais. Então, de súbito, a mesma música recomeçou, agora com confiança, brilhante, perfeita. Ele olhou para os pais, mas eles só tinham olhos para a filha. Virando-se para o teclado, M. percebeu a causa da repentina excelência: a menina estava com os olhos bem fechados e com o queixo erguido bem acima do teclado.

Quando Maria Theresia chegou ao fim do movimento, abriu os olhos, olhou para baixo e recomeçou. O resultado, mais uma vez, foi desastroso e dessa vez M. pensou saber a razão: ela seguia o movimento das mãos, como que enfeitiçada. E parecia que o próprio ato de observar destruía sua habilidade. Fascinada pelos próprios dedos, e pelo modo como eles se deslocavam pelo teclado, ela era incapaz de controlá-los plenamente. Ele observou a desobediência de seus dedos até o fim do movimento, depois se levantou e correu até a porta. Instalou-se o silêncio.

Por fim, M. disse:

— Isto era de se esperar.

Herr von P., vermelho de raiva, replicou:

— É uma catástrofe.

— Levará tempo. A cada dia haverá uma melhora.

— É uma catástrofe. Se essa notícia se espalhar, será o fim de sua carreira.

M., imprudentemente, perguntou:

— Vocês prefeririam que sua filha pudesse ver, ou pudesse tocar?

Encolerizado, Herr von P., que estava sentado ao lado da esposa, levantou-se:

— Não me recordo de o senhor nos oferecer tal escolha quando nós a trouxemos para vê-lo.

Depois que eles se retiraram, M. encontrou a garota em um estado deplorável. Procurou tranquilizá-la, dizendo-lhe que não estava surpreso que a visão de seus dedos desconcertasse o seu desempenho.

— Se não era nenhuma surpresa, por que não me avisou?

Ele a lembrou de que sua visão vinha melhorando quase diariamente. E, portanto, era inevitável que seu desempenho também melhorasse, uma vez que ela se acostumasse à presença dos dedos sobre as teclas.

— É por isso que toquei a peça uma terceira vez. E foi ainda pior do que a primeira.

M. não questionou o argumento. Sabia, por experiência própria, que em questões de arte os nervos cumpriam um papel vital. Se alguém tocasse mal, o ânimo esmaecia; se o intérprete estivesse desanimado, tocaria pior — e assim sucessivamente, num declínio gradativo. Em vez disso, M. apontou para a melhora geral no estado de Maria Theresia. Tampouco isso a satisfez.

— Em minha escuridão, a música era o meu único consolo. Ser tirada da escuridão e perder a capacidade de tocar seriam uma injustiça cruel.

— Isso não acontecerá. Não é uma escolha. Por favor, confie em mim e isso não se sucederá.

Olhou para ela, e acompanhou o progresso da paciente, e o desaparecimento de um franzir do cenho. Por fim, ela respondeu:

— Fora a questão da dor, o senhor sempre foi digno de confiança. Tudo o que disse que poderia acontecer aconteceu. Portanto, confio no senhor.

***

Nos dias que se seguiram, M. ficou sabendo que a sua recusa em dar ouvidos à opinião alheia fora uma atitude ingênua. Ele recebeu uma proposta de alguns membros da Faculdade de Medicina explicitando que só endossariam a prática de cura pelo magnetismo se M. pudesse reproduzir seus efeitos com um novo paciente, à plena luz e na presença de seis examinadores docentes — condições que, M. sabia, destruiriam a eficácia do tratamento. Línguas ferinas perguntavam se no futuro todos os médicos usariam varinhas de condão. De uma maneira ainda mais perigosa, alguns questionavam a sensatez moral de tal procedimento. Será que conferia mais status e respeito à profissão se um deles levasse moças para sua casa, as enclausurasse atrás das cortinas e depois repousasse suas mãos sobre as mãos das jovens, em meio a jarras de água imantada e o lamento de uma harmônica de vidro?

Em 29 de abril de 177—, Frau von P. foi recebida no estúdio de M. Estava visivelmente agitada e não quis se sentar.

— Vim para levar a minha filha embora.

— É desejo dela cessar o tratamento?

— Desejo *dela*, meu senhor... que observação impertinente. Os desejos dela são subordinados ao desejo dos pais.

M. olhou calmamente.

— Então vou buscá-la.

— Não. Chame uma criada. Não quero que o senhor a instrua de como responder.

— Muito bem. — Ele tocou a campainha e Maria Theresia foi trazida; olhava ansiosa para a mãe e para o médico.

— Sua mãe quer que você interrompa o tratamento e volte para casa.

— Qual é a sua opinião?

— Minha opinião é de que se é esse o seu desejo, não posso me opor.

— Não foi o que perguntei. Estava pedindo a sua opinião médica.

M. olhou para a mãe.

— Minha opinião médica é que a senhorita ainda se encontra em um estágio precário. Acredito que seja possível curá-la completamente. Também é possível que qualquer ganho obtido, uma vez perdido, nunca mais possa ser recuperado.

— Foi bem claro. Então escolho ficar. Quero ficar.

A mãe começou, instantaneamente, a bater os pés e gritar, de um jeito que M. jamais vira nada igual na cidade imperial de V. Era uma explosão muito além da expressão natural do sangue italiano de Frau von P., e poderia até ter sido cômica, não fosse pelo fato de o frenesi nervoso ter provocado um espasmo de convulsão na filha.

— Minha senhora, por favor, controle-se — disse M. em voz baixa.

Mas isso a enraiveceu ainda mais, e, com duas fontes de provocação a sua frente, ela continuou a denunciar a insolência, teimosia e ingratidão da filha. Quando M. segurou o seu antebraço, Frau von P. voltou-se para Maria Theresia, agarrou-a e a jogou de cabeça contra a parede mais próxima. Acima dos gritos das mulheres, M. chamou seus criados, que contiveram a megera no momento em que ela estava prestes a atacar o próprio M. De repente, outra voz se juntou ao tumulto.

— Devolva a minha filha! Resista e morrerá!

A porta se abriu violentamente e Herr von P. apareceu, uma figura emoldurada com a espada em punho. Arremessando-se para dentro do escritório, ele ameaçava cortar em pedaços qualquer um que se opusesse a ele.

— Então terá que me cortar em pedaços, senhor — respondeu M. com firmeza.

Herr von P. hesitou, sem saber se atacava o médico, resgatava a filha ou consolava a esposa. Incapaz de decidir, passou a repetir as ameaças. A filha chorava, a mãe berrava, o médico tentava argumentar racionalmente, o pai ameaçava violentamente destruir e matar o médico. M. permaneceu suficientemente sereno, refletindo que o jovem Mozart teria, de bom grado, musicado aquele quarteto operístico.

Por fim, o pai foi pacificado e depois desarmado. Partiu proferindo maldições, e parecendo esquecer a esposa, que ficou alguns instantes olhando de M. para a filha, e depois saiu. Imediatamente, e pelo resto do dia, M. procurou acalmar Maria Theresia. Ao fazê-lo, chegou à conclusão de que sua suspeita inicial se confirmara: a cegueira de Maria Theresia fora, sem dúvida, uma reação histérica ao comportamento igualmente histérico de um dos pais, ou de ambos. Que uma criança com sensibilidade artística, em face de tal crise emocional, pudesse instintivamente se fechar para o mundo parecia razoável, até inevitável. E os pais frenéticos, que já eram os responsáveis pela condição da jovem, estavam agora agravando-a.

O que poderia ter causado tal explosão repentina e destrutiva? Era, certamente, mais do que uma mera afronta decorrente da vontade parental. M. tentou, portanto, imaginar o ocorrido do ponto de vista dos pais. Uma criança fica cega, todas as curas conhecidas falham, até que, mais de doze anos depois, um novo médico com um novo procedimento começa a fazê-la enxergar novamente. O prognóstico é otimista, e os pais são finalmente recompensados por seu amor, sensatez e coragem médica. Mas então a jovem toca, e o mundo deles é virado de cabeça para baixo. Antes, eles eram encarregados de uma virtuose cega; agora, a visão a tornara medíocre. Se ela continuasse a tocar assim, sua carreira estaria acabada. Mas, mesmo supondo que ela redescobrisse toda a sua habilidade anterior, agora careceria da originalidade de ser cega. Seria simplesmente uma pianista como as outras. E não haveria motivo para a imperatriz manter sua pensão. Duzentos ducados de ouro haviam feito diferença em suas vidas. E agora, sem a pensão, eles encomendariam obras de compositores importantes?

M. entendia esse dilema, mas ele não podia ser sua preocupação primária. Ele era médico, não empresário musical. Em todo caso, estava convencido de que, quando Maria Theresia se acostumasse à visão de suas mãos em um teclado, quando a observação cessasse de alterar o seu desempenho, sua habilidade não só retornaria, mas se desenvolveria e melhoraria. Pois como a cegueira poderia ser uma vantagem? Além disso, a jovem escolhera desafiar abertamente os pais e continuar o tratamento. Como ele poderia frustrar-lhe as esperanças? Mesmo que isto significasse distribuir porretes aos seus criados, ele defenderia o direito de Maria Theresia de viver sob o seu teto.

Mas não eram somente os pais frenéticos que ameaçavam a casa. A opinião na corte e na sociedade agora se voltava contra o médico que trancava uma jovem e se recusava a devolvê-la aos pais. Que a própria jovem também se recusasse não ajudava a situação de M.: aos olhos de uns, isso simplesmente confirmava que era um mágico, um feiticeiro cujo poder hipnótico talvez não curasse, mas com certeza escravizava. Falha moral e falha médica associadas, dando origem a escândalos. Surgiu na cidade imperial um tal miasma de insinuações que o professor Stoerk foi forçado a entrar em ação. Retirando seu endosso anterior às atividades de M., ele escreveu, em 2 de maio de 177—, exigindo que M. cessasse sua "impostura" e devolvesse a jovem.

Mais uma vez, M. se recusou. Maria Theresia von P., ele respondeu, estava sofrendo de convulsões e delírios. Um médico da corte foi enviado para examiná-la e relatou a Stoerk que, em sua opinião, a paciente não tinha condições de voltar para casa. Assim temporariamente remido, M. passou as semanas seguintes devotado inteiramente ao caso de Maria Theresia. Com palavras, com magnetismo, com a imposição das mãos, e com a crença da paciente nele, em nove dias conseguiu controlar a histeria nervosa da jovem. Melhor ainda, ficou evidente que a percepção dela era agora mais aguda do que em qualquer momento anterior, o que sugeria que as vias que ligavam os olhos ao cérebro haviam se fortalecido. Ele ainda não perguntava se ela queria tocar; nem ela sugeria tal coisa.

M. sabia que não seria possível manter Maria Theresia von P. em sua casa até que a jovem estivesse totalmente curada, mas não queria abrir mão dela antes que tivesse adquirido robustez suficiente para impedir que o mundo a prejudicasse. Após cinco semanas de assédio, chegou-se a um acordo. M. devolveria a jovem ao cuidado dos pais, e estes permitiriam que M. continuasse a tratar da jovem como e quando fosse necessário. Com esse tratado de paz firmado, em 8 de junho de 177— Maria Theresia foi entregue aos pais.

Essa foi a última vez que M. a viu. Os von P. renegaram prontamente sua palavra, mantendo a filha sob estrita custódia e proibindo qualquer contato com M. Não sabemos o que foi dito, ou feito, naquela casa, só podemos saber de suas consequências previsíveis. Maria Theresia von P. recaiu de imediato na cegueira, uma condição da qual não emergiria nos quarenta e seis anos que lhe restavam de vida.

Não temos relato da angústia de Maria Theresia, de seu sofrimento moral e reflexão mental. Podemos presumir que ela desistira de toda esperança de cura, e também de escapar dos pais; sabemos que ela retomou a carreira, primeiro como pianista e cantora, depois como compositora, e por fim como professora. Aprendeu a usar uma tábua de composição inventada especialmente para ela pelo amanuense e libretista Johann Riedinger; também possuía uma máquina de impressão manual para sua correspondência. Sua fama se espalhou por toda a Europa; ela sabia de cor os concertos e os tocava em Praga, Londres e Berlim.

Quanto a M., ele foi expulso da cidade imperial de V. pela Faculdade de Medicina e pelo Comitê da Moralidade, uma combinação que garantiu que ele fosse lembrado como meio charlatão, meio sedutor. Retirou-se primeiro para a Suíça e depois se estabeleceu em Paris. Em 178—, sete anos depois de se virem pela última vez, Maria Theresia foi se apresentar na capital francesa. Nas Tuileires, diante de Luís XVI e Maria Antonieta, tocou o concerto que Mozart escrevera para ela. M. e Maria Theresia nunca mais se viram; nem sabemos se algum deles desejaria tal encontro. Maria Theresia viveu na escuridão, útil e celebrada, até morrer, em 182—.

M. morrera nove anos antes, aos 81 anos, com sua capacidade intelectual e entusiasmo musical incólumes. Moribundo no leito em Meersburg, às margens do Lago Constança, ele mandou chamar seu jovem amigo F., um seminarista, para que tocasse, para ele, a harmônica de vidro que o acompanhara em suas viagens desde que deixara o nº 261 da Landstrasse. Segundo um relato, as angústias de sua morte foram aliviadas pela audição, uma última vez, da música das esferas. Segundo outro, o jovem seminarista se atrasou, e M. morreu antes que F. pudesse tocar com seus dedos cobertos de giz o vidro rotante.

Carcassonne

No verão de 1839, um homem aproxima o telescópio do olho e inspeciona a cidade litorânea brasileira de Laguna. Ele é um líder revolucionário estrangeiro cujo sucesso recente foi a capitulação da frota imperial. O libertador está a bordo da nau capturada, uma escuna armada com sete canhões chamada *Itaparica*, atualmente ancorada na lagoa de onde a cidade tirou seu nome. O telescópio oferece vista para um bairro montanhoso conhecido como Barra, com umas poucas construções simples, mas pitorescas. Em frente a uma delas está uma mulher sentada. Ao avistá-la, o homem, como ele mais tarde contaria, "imediatamente deu ordens para que colocassem o barco na água, porque ele queria desembarcar na terra".

Ana Maria de Jesus Ribeiro da Silva, ou Anita, tinha 18 anos, de ascendência portuguesa e índia, cabelo escuro, seios fartos, "um porte viril e rosto resoluto". Ela devia saber o nome do revolucionário, já que ele ajudara a libertar a sua cidade natal. Mas ele procurava em vão a jovem e sua casa, até esbarrar com um vendedor que conhecia e que o convidou para um café. E foi lá, como se ela o esperasse, que ele a encontrou. "Ficamos extasiados e em silêncio, contemplando um ao outro como duas pessoas que se encontram não pela primeira vez, e procuram no rosto do outro algo que torne mais fácil recordar o passado esquecido." Foi assim que ele, anos mais tarde, relatou a cena em sua autobiografia, onde menciona uma razão a mais para o tal silêncio extasiado: ele falava muito mal português, e ela quase não sabia italiano. Então ele a cumprimentou em sua própria língua: "*Tu devi esser mia.*" Tu deves ser minha. Suas palavras transcendiam o problema da compreensão imediata: "Eu já forjei uma aliança, pronunciei um decreto, que só a morte pode anular."

Existe um encontro mais romântico do que esse? E já que Garibaldi é um dos últimos heróis românticos da história europeia, não vamos nos preocupar com detalhes circunstanciais. Ele devia, por exemplo, ter um domínio razoável do português, uma vez que lutava no Brasil há vários anos; Anita, por exemplo, apesar da idade, não era uma donzela tímida, e sim uma mulher há vários anos casada com o sapateiro local. Esqueçamos também do coração do marido e da honra da família, se houve violência ou troca de dinheiro quando, algumas noites mais tarde, Garibaldi partiu com Anita. Em vez disso, vamos concordar que houve um desejo grande e imediato de ambas as partes, e que em locais e épocas onde a justiça é aproximada, a possessão usualmente funciona como lei.

Eles se casaram em Montevidéu, três anos mais tarde, quando ouviram dizer que o sapateiro estava morto. Segundo o historiador G.M. Trevelyan, eles "passaram a lua de mel numa guerra anfíbia ao longo da costa e na lagoa, lutando corpo a corpo contra uma probabilidade desesperadora". Tão boa de montaria quanto ele, e tão corajosa, por dez anos foi sua companheira na guerra e no casamento. Para sua tropa ela era a mascote, a presença motivadora, a enfermeira. O nascimento de quatro filhos não afetou sua devoção à causa republicana, primeiro no Brasil, depois no Uruguai e, por fim, na Europa. Ela estava ao lado de Garibaldi em defesa da República Romana, e, depois da derrota, ela o acompanhou na retirada, atravessando os estados papais até a costa do mar Adriático. Durante a fuga, ela ficou mortalmente doente. Apesar de terem suplicado a Garibaldi para que fugisse sozinho, ele permaneceu ao lado da esposa; juntos eles escaparam dos casacos-brancos austríacos nos pântanos perto de Ravena. Nos seus últimos dias, Anita aderiu resolutamente à "religião não dogmática de seu marido", um fato que inspirou Trevelyan ao seu romântico floreio: "Ao morrer no peito de Garibaldi, ela não precisava de nenhum padre."

Há alguns anos, numa conferência de livreiros em Glasgow, eu conversava com duas australianas, uma romancista e uma cozinheira. Ou melhor, eu ouvia, já que elas discutiam como diferentes alimentos afetavam o sabor do esperma. "Canela", disse a romancista com conhecimento de causa. "Não só a canela", respondeu a cozinheira. "Você precisa de morangos, amoras-pretas e canela, assim funciona melhor." Ela acrescentou que conseguia sempre identificar um carnívoro. "Pode acreditar, eu sei do que estou falando. Uma vez fiz uma degustação com os olhos vendados." Hesitante de como poderia contribuir à conversa, mencionei os aspargos. "É" respondeu a cozinheira. "Aparece na urina, mas também na ejaculação." Se eu não tivesse anotado essa conversa logo em seguida, eu poderia achar que se tratava de um trecho de um sonho erótico.

Um amigo psiquiatra é categórico sobre a existência de uma correlação direta entre o interesse por comida e o interesse por sexo. O gastrônomo lascivo é quase um clichê; enquanto aversão à comida é quase sempre acompanhada por uma indiferença sexual. Quanto à maioria das pessoas normais, classificadas na parte mediana do espectro: eu conheço pessoas que, por causa do meio que frequentam, exageram o interesse pela comida; em geral, elas são as mesmas que (sempre por causa de pressões sociais) alegam um interesse sexual maior do que realmente sentem. Os contraexemplos vêm à mente: casais cujo apetite por comida, e culinária, e comer fora, acaba suplantando o apetite sexual, e para eles o ato de ir para a cama, depois de uma refeição, é meramente para repousar, não para realizar outras atividades. Mas em geral eu diria que há um fundo de verdade nessa teoria.

A expectativa de uma experiência governa e distorce a experiência por si só. Eu posso não saber nada sobre degustação de esperma, mas tenho conhecimento sobre degustação de vinho. Se alguém coloca uma taça de vinho na minha frente, é impossível abordá-la sem preconceitos. Para começar, você pode não gostar. Mas caso goste, então vários fatores subliminares entram em ação mesmo antes de se tomar o primeiro gole. Qual é a cor do vinho, que aroma tem, em que taça é servido, quanto custou, quem pagará por ele, onde você está, qual é o seu estado de espírito, se você já tomou ou não esse vinho antes. É impossível excluir esse pré-conhecimento. A única maneira de contorná-lo é de uma forma drástica. Mesmo se lhe pusessem uma venda nos olhos e um prendedor de roupas no nariz, e lhe dessem uma taça de vinho, mesmo que você seja o maior *expert* do mundo, você não conseguirá distinguir nem as coisas mais básicas. Nem mesmo se o vinho é tinto ou branco.

De todos os nossos sentidos, ele é o que tem mais aplicações, de uma breve impressão sobre a língua a uma reação estética sobre uma pintura. Também é o sentido que melhor descreve quem somos. Nós podemos ser melhores ou piores, felizes ou infelizes, bem-sucedidos ou fracassados, mas o que *somos*, dentro dessas categorias mais abrangentes, como nós nos definimos, por oposição a como somos geneticamente definidos, é o que nós chamamos de "gosto". Mesmo assim a palavra — talvez por causa de sua grande abrangência — é enganosa. "Gosto" pode implicar uma reflexão calma; enquanto seus derivativos — bom gosto, com gosto, mau gosto, sem gosto — direcionam-nos a um mundo de diferenciações minúsculas, de esnobismos, valores sociais e acessórios de cama, mesa e banho. O verdadeiro gosto, o gosto essencial, é muito mais instintivo e irrefletido. Ele diz: eu, aqui, agora, esse, você. Ele diz: Solte o barco na água e reme até a terra firme. Dowell, o narrador de *O bom soldado* de Ford Madox Ford, diz a respeito de Nancy Rufford: "Eu só queria me casar com ela como algumas pessoas desejam ir a Carcassonne." Apaixonar-se é a expressão de gosto mais violenta que conhecemos.

E mesmo assim a língua inglesa não parece capaz de descrever muito bem esse momento. Não temos nada equivalente ao "*coup de foudre*", a flechada do raio e o estampido do trovão do amor. Dizemos que há "eletricidade" entre duas pessoas — mas esta é uma imagem doméstica, não cósmica, como se sugerisse que o casal deveria ser prático e calçar sapatos com solas de borracha. Nós falamos de "amor à primeira vista" e ele de fato acontece, até mesmo na Inglaterra, mas a frase soa mais como um acordo cortês. Nós dizemos que os olhos deles se cruzaram em uma sala cheia de gente. Novamente, soa tão sociável e cortês. Atravessaram a sala cheia de gente. Atravessaram o porto cheio de gente.

Anita Garibaldi, na realidade, não morreu "no peito de Garibaldi", mas de forma mais prosaica, e menos como um personagem de uma obra litográfica. Ela morreu enquanto o libertador e três de seus seguidores, cada um segurando a ponta de seu colchão, carregavam-na de uma carroça para a casa de fazenda. Mesmo assim, devemos comemorar o momento com uma visão telescópica e tudo o que ela acarretou, pois o momento de gosto passional é o que nos interessa. Poucos têm uma visão telescópica e portos a seu dispor, e, ao retrocedermos no tempo, descobrimos que mesmo os relacionamentos amorosos mais sérios e duradouros raramente começam com um reconhecimento total, com a declaração "tu deves ser minha" numa língua estrangeira. O momento por si só pode ser camuflado por outra coisa: admiração, piedade, camaradagem entre colegas de escritório, perigo compartilhado, um senso comum de justiça. Talvez o momento seja inquietante demais para ser encarado quando ocorre; então talvez a língua inglesa esteja certa em evitar a extravagância francesa. Uma vez perguntei a um homem feliz em seu casamento de longa data onde ele havia conhecido a esposa. "Numa festa de escritório", ele respondeu. E qual fora a sua primeira impressão da futura esposa? "Eu a achei muito simpática", ele respondeu.

Então, como podemos saber se podemos confiar nesse momento de gosto passional, camuflado ou não? Não sabemos, mesmo quando achamos que devemos confiar, pois é só o que temos para seguir em frente. Uma amiga certa vez me disse: "Se você me levar a uma sala cheia de gente e houver um homem com a palavra 'Maluco' tatuada na sua testa, eu irei direto na direção dele." Outro amigo, que já foi casado duas vezes, se abriu comigo: "Eu pensei em largar a minha mulher, mas tenho tanta dificuldade para escolher que não tenho certeza se escolheria melhor da próxima vez, e isso seria muito deprimente." Quem ou o que pode nos ajudar no momento em que, como diz o poema de Tennysson, "os ecos selvagens voam"? No que confiamos: na visão dos pés de uma mulher em botas de caminhada, na novidade do sotaque estrangeiro, na perda de sangue nas pontas dos dedos seguida por uma autocrítica exasperada? Uma vez fui visitar dois jovens casados cuja casa nova estava surpreendentemente vazia de móveis. "O problema", a esposa explicou, "é que ele não tem gosto nenhum e eu tenho mau gosto." Suponho que acusar a si próprio de mau gosto indica uma presença latente de alguma forma de bom gosto. Mas nas nossas escolhas amorosas, poucos sabem se irão ou não acabar numa casa sem móveis.

Quando me tornei parte de um casal, comecei a examinar com interesse a evolução e o destino de outros casais. Eu tinha uns 30 e poucos anos, e alguns dos meus contemporâneos que haviam se conhecido uma década antes já começavam a se separar. Percebi que os dois casais cujo relacionamento parecia resistir ao tempo, cujos parceiros continuavam a demonstrar um interesse prazeroso pelo outro, eram ambos — os quatro — gays sexagenários. Talvez se trate de uma anormalidade estatística; mas eu me perguntava se havia uma razão. Será que era porque eles haviam evitado a longa labuta da paternidade, que frequentemente mina os relacionamentos heterossexuais? Talvez. Será que era algo inerente à homossexualidade? Provavelmente não, julgando pelos casais gays da minha própria geração. Uma das coisas que distinguia esses dois casais dos demais é que por muitos anos e em vários países o relacionamento deles teria sido ilegal. Um vínculo criado em tais circunstâncias talvez fosse bem mais profundo: "Estou depositando a minha segurança em suas mãos, a cada dia de nossa vida em comum." Talvez haja uma comparação literária: livros escritos em um regime opressivo são quase sempre mais valorizados do que aqueles escritos em sociedades onde tudo é permitido. Não que um escritor deva, por isso, almejar a opressão, ou um amante, a ilegalidade.

"Eu só queria me casar com ela como algumas pessoas desejam ir a Carcassonne." O primeiro casal, T. e H., se conheceu nos anos 1930. T. vinha de uma família de classe alta; bonito, talentoso e modesto. H. vinha de uma família judia de Viena, que era tão pobre que, quando ele era pequeno (e seu pai estava lutando na Primeira Guerra Mundial), sua mãe o deixou, por vários anos, numa instituição de caridade. Mais tarde, quando já era jovem, ele conheceu a filha de um magnata de tecelagem inglês, que o ajudou a fugir da Áustria antes da Segunda Guerra Mundial. Na Inglaterra, H. trabalhou para a empresa da família e ficou noivo da filha. Então H. conheceu T. sob circunstâncias nas quais T., timidamente, se recusa a precisar, mas que mudou a vida deles desde o início. "Claro", disse T. depois da morte de H., "tudo aquilo era muito novo para mim — eu ainda não tinha ido para cama com ninguém."

O que, você poderia perguntar, aconteceu com a noiva abandonada de H.? Mas essa é uma história feliz: T. me contou que ela possuía "um ótimo instinto" sobre o que estava se passando, e logo depois ela se apaixonou por outra pessoa; e os quatro se tornaram grandes amigos para o resto da vida. H. tornou-se um famoso estilista para uma cadeia de lojas, e quando ele morreu — graças ao caráter liberal do seu empregador —, T., que por décadas cometera vários atos ilícitos com seu "amigo austríaco", tornou-se beneficiário de uma pensão de viúva. Quando ele me contou isso, pouco antes de sua própria morte, duas coisas me chocaram. A primeira era a frieza com que ele narrava sua própria história. E a segunda, a frase que ele usou para descrever a chegada de H. em sua vida. T. disse que ele ficou muito atordoado, "mas tinha certeza de uma coisa: eu estava decidido a me casar com H".

O outro casal, D. e D., era da África do Sul. D1 era formal, tímido, muito erudito; D2 era mais extravagante, mais visivelmente gay, cheio de implicâncias e palavras ou frases de duplo sentido. Eles viviam na Cidade do Cabo, tinham uma casa na ilha de Santorini, e viajavam muito. Eles haviam decidido de que maneira viveriam juntos nos menores detalhes: eu me lembro deles em Paris, explicando que logo que chegavam à Europa, sempre compravam um panetone grande para o café da manhã no quarto do hotel. (A primeira tarefa de um casal, sempre me pareceu, é resolver o problema do café da manhã; se isso pode ser solucionado amigavelmente, a maioria das dificuldades também poderá ser solucionada.) Uma ocasião, D2 veio a Londres sozinho. Tarde da noite, depois de beber umas e outras, quando começamos a falar da França provinciana, ele subitamente confessou: "A melhor trepada da minha vida foi em Carcassonne." Não era uma frase fácil de esquecer, especialmente porque ele descreveu que uma tempestade estava a caminho, e no instante que os franceses chamam de *le moment suprême*, ouviu-se uma enorme trovoada — um verdadeiro *coup de foudre*. Ele não disse que estava, naquele momento, com D1, e como não disse nada, supus que não estivesse. Depois que ele morreu, eu pus as suas palavras num romance, apesar de me sentir hesitante em relação ao temporal que acompanhava o evento, o que trouxe os problemas literários de sempre entre *vrai versus vraisemblable*. As surpresas da vida são frequentemente os clichês da literatura. Uns dias depois, eu estava falando no telefone com D1 quando ele aludiu à tal frase e me perguntou onde eu obtivera tal informação. Mesmo temeroso de estar cometendo um ato de traição, eu admiti que D2 fora a minha fonte. "Aaah!", foi o que ele exclamou com um afeto súbito, "nós passamos momentos *maravilhosos* em Carcassonne." Eu senti um alívio; senti também uma espécie de nostalgia de aluguel pelo fato de eles terem estado juntos.

Para uns, a luz do sol sobre a lagoa é capturada pelo telescópio; para outros não. Nós escolhemos, nós somos escolhidos, ou não. Eu disse a minha amiga, que sempre escolhe maluquetes, que talvez ela devesse procurar um maluco legal. Ela respondeu: "Mas como é que eu posso saber se um maluco é legal?" Como a maioria das pessoas, ela acreditava no que os amantes lhe diziam até que houvesse uma boa razão para não acreditar. Por muitos anos manteve um relacionamento com um maluco que estava sempre correndo para ir para o trabalho; só no final do namoro ela descobriu que o seu primeiro compromisso do dia era com o psicanalista. Eu disse: "Foi apenas falta de sorte." Ela disse: "Eu não quero que seja uma questão de sorte. Se for apenas uma questão de sorte, não há nada que eu possa fazer." As pessoas dizem que, no final das contas, cada um tem o que merece, mas o contrário também serve. As pessoas dizem que nas cidades modernas existem muito mais mulheres extraordinárias e muitos homens ordinários. A cidade de Carcassonne parece sólida e duradoura, mas o que nos causa admiração é essencialmente a restauração feita no século XIX. Esqueça o risco de "se ela durará", e se longevidade é, em todo caso, uma virtude, uma recompensa, uma acomodação ou sorte. Até que ponto temos o controle de nossas decisões e de nossas ações no momento do gosto passional?

E não devemos esquecer que Garibaldi teve uma segunda esposa (também uma terceira — mas vamos deixá-la de lado). Os seus dez anos com Anita Garibaldi foram seguidos por dez anos de viuvez. Depois, no verão de 1859, durante a campanha alpina, quando lutava perto de Varese, ele recebeu uma mensagem, que atravessou as linhas austríacas, levada por uma menina de 17 anos viajando sozinha num cabriolé. Era Giuseppina Raimondi, a filha ilegítima do conde Raimondi, e Garibaldi ficou imediatamente encantado, escreveu-lhe uma carta apaixonada, declarou o seu amor ajoelhado. Ele reconhecia as dificuldades de uma união entre os dois: ele era quase três vezes mais velho do que ela, tinha tido um filho com uma camponesa, e tinha medo de que a origem aristocrática de Giuseppina afetasse sua imagem política. Mas ele se convenceu (e a ela) de tal forma que, no dia 3 de dezembro de 1859, um historiador mais recente que Trevelyan redigiu: "Ela pôs de lado suas dúvidas e entrou no quarto de Garibaldi. O fato se consumou!" Assim como Anita, ela também era, sem dúvida, audaciosa e corajosa; no dia 24 de janeiro de 1860, eles se casaram — dessa vez, com o dogma completo da Igreja Católica.

Tennyson conheceu Garibaldi, quatro anos mais tarde, na Ilha de Wight. O poeta era um grande admirador do libertador, mas também notou que ele tinha "a divina estupidez de um herói". Esse segundo casamento — ou melhor, as ilusões de Garibaldi sobre essa questão — duraram (de acordo com a autoridade que escolhermos acreditar) umas horas ou uns dias, o tempo suficiente para o noivo receber uma carta detalhando o passado de sua nova esposa. Ao que parece, Giuseppina, aos 11 anos de idade já tinha amantes; ela se casara com Garibaldi somente por insistência do pai; ela havia passado a noite anterior ao seu casamento com o seu mais recente amante, de quem estava grávida; e precipitara o ato sexual com o futuro marido só para que ela pudesse lhe escrever no dia 1º de janeiro e participar-lhe que estava grávida dele.

Garibaldi exigiu não somente uma separação imediata, mas também uma anulação do casamento. O argumento, nada romântico do herói romântico, foi que como ele só havia tido relações sexuais antes do casamento, e não depois, tecnicamente o casamento não havia sido consumado. Os magistrados não se impressionaram com o sofisma, e Garibaldi apelou às mais altas autoridades, inclusive ao rei, mas não funcionou. O libertador se viu preso a Giuseppina pelos vinte anos seguintes.

Finalmente, a lei somente é derrotada por advogados. Em vez do telescópio romântico, o microscópio jurídico. O argumento libertador, quando foi finalmente encontrado, foi o seguinte: como o casamento de Garibaldi tinha sido celebrado num território nominalmente sob o controle austríaco, a legislação em vigor poderia, portanto, ser assimilada ao código civil austríaco, pelo qual era possível (e talvez sempre fora) uma anulação. Então o herói-amante foi salvo pela mesma nação cuja dominação ele havia combatido. O eminente advogado que propôs essa solução engenhosa havia, também em 1860, preparado a unificação legislativa da Itália; agora, ele contribuía para a desunião conjugal do unificador da nação. Saudemos o nome de Pasquale Stanislao Mancini.

Pulso

Meus pais caminhavam ao longo da trilha numa fazenda na Itália há uns três anos. Eu me imagino, frequentemente, observando-os, sempre de trás. Minha mãe, cabelo grisalho preso num coque, vestindo uma blusa solta estampada, calça e sandálias; meu pai com uma camisa de manga curta, calça cáqui e sapatos marrons engraxados. Sua camisa está bem passada, com os dois bolsos idênticos abotoados e com as mangas dobradas para cima, se é assim que se diz. Ele tem uma meia dúzia de camisas como essa; elas proclamam: "um homem de férias". Também não sugerem nada de esportivo; no máximo, seriam adequadas para jogar boliche de grama.

Os dois poderiam estar de mãos dadas; isso era uma coisa que eles faziam naturalmente, estando eu atrás deles ou não. Eles estão seguindo a trilha em algum lugar na Úmbria porque resolveram investigar uma placa grosseiramente escrita a giz oferecendo *vino novello*. E resolveram ir a pé porque viram a profundidade dos sulcos de lama seca e decidiram não arriscar ir com o carro alugado; eu argumentaria que esse era o propósito de alugar um carro, mas meus pais eram um casal antes de tudo prudente.

A trilha passa entre as vinhas. À esquerda na curva, vê-se uma espécie de celeiro enferrujado, parecendo mais um hangar. Em frente a ele há uma estrutura em concreto semelhante a um gigantesco tanque de adubo: uns dois metros de altura por três de largura, sem tampa e aberto na frente. Quando eles estavam a uns vinte e cinco metros de distância, minha mãe virou-se para o meu pai e fez uma careta. Ela pode até dizer, "Eca", ou algo parecido. Meu pai franze a testa e não responde. Essa foi a primeira vez que isso aconteceu; ou melhor, para ser mais exato, a primeira vez que ele percebeu.

***

Nós vivemos no que costumava ser uma cidade-mercado a uns cinquenta quilômetros a noroeste de Londres. Minha mãe trabalha no serviço administrativo do hospital e meu pai trabalhou como advogado de uma firma local toda a sua vida adulta. Ele diz que a sua profissão durará mais do que ele, mas que o tipo de direito que pratica — não apenas um mero técnico que entende de documentos, mas um profissional que dá conselhos gerais — não existirá no futuro. No passado, o médico, o pastor, o advogado, talvez o diretor de escola, eram figuras que todos procuravam para pedir auxílio além da competência profissional. Hoje em dia, meu pai diz, as pessoas redigem seus próprios documentos de transferência de posse, seus testamentos, aprovam, antecipadamente, as cláusulas de divórcio, seguem os seus próprios conselhos. Se elas querem uma segunda opinião, preferem recorrer aos conselhos publicados em jornais e revistas do que procurar um advogado, e preferem ainda mais recorrer à internet. Meu pai lida com esse tipo de coisa de uma maneira filosófica, mesmo quando as pessoas acham que são capazes de defender a sua própria causa. Ele apenas sorri e repete o velho ditado jurídico: aquele que representa a si mesmo no tribunal tem um tolo como cliente.

Papai me desaconselhou a seguir sua carreira de advogado, então eu fiz licenciatura e atualmente dou aulas para o último ano do ensino médio a uns vinte quilômetros de distância daqui. Mas eu não vi nenhuma razão para partir da cidade onde fui criado. Frequento a academia de ginástica local, e às sextas-feiras corro com o grupo liderado pelo meu amigo Jake; foi assim que conheci Janice. Era evidente que ela sempre sobressairia num lugar como esse, pois ela tem um quê londrino. Acho que ela esperava que eu fosse querer me mudar para a cidade grande, e ficou decepcionada quando eu não quis. Não, eu não acho; eu sei.

Mamãe... quem pode descrever a sua própria mãe? É como quando o jornalista pergunta a um membro da família real como é fazer parte da realeza, e eles riem e dizem que não sabem o que é *não* fazer parte da realeza. Não sei como seria para a minha mãe não ser minha mãe. Porque se ela não fosse, então eu não seria, não poderia, ser eu, não é?

    Aparentemente, minha mãe teve um parto difícil. Talvez seja por essa razão que ela só teve um filho; mas eu nunca perguntei. Nós não falamos sobre questões ginecológicas na minha família. Ou religião, porque não temos uma religião. Falamos, um pouco, de política, mas raramente brigamos, porque não acreditamos que um partido seja pior do que outro. Papai talvez seja um pouco mais de direita do que a mamãe, mas, essencialmente, acreditamos em autoconfiança, em ajudar ao próximo e não esperar que o Estado tome conta de nós do berço à cova. Nós pagamos os impostos e contribuições previdenciárias e temos seguro de vida; usamos o serviço de assistência médica do Estado e ajudamos instituições de caridade sempre que podemos. Somos pessoas comuns de classe média e sensatas.

    E sem a mamãe não seríamos nada disso. Papai teve um ligeiro problema com álcool quando eu era pequeno, mas mamãe deu jeito nisso e agora ele só bebe socialmente. Na escola, fui rotulado de desordeiro, porém, mamãe resolveu o problema com paciência e amor, mas ao mesmo tempo deixou bem claro quais eram os meus limites. Imagino que ela tenha feito o mesmo com papai. Ela nos pôs na linha. Ela ainda tem um pouco de sotaque do norte, de Lancashire, mas nós não damos bola para essa rivalidade boba entre norte e sul da Inglaterra, nem mesmo de brincadeira. Eu também acho que é diferente quando só se tem um filho, pois não existem dois times naturais de crianças e adultos. Só tem os três, e apesar de talvez ter sido mais paparicado, eu também aprendi desde cedo a viver em um mundo de adultos, porque essa é a única opção. Talvez eu esteja enganado sobre isso. Se você perguntasse a Janice se ela realmente me achava uma pessoa adulta, eu imagino sua resposta.

Então, minha mãe faz um careta e meu pai franze a testa. Eles caminham até o conteúdo do tanque de concreto ficar mais nítido:

um monte de estrume vermelho-roxeado. Minha mãe — e estou apenas chutando, apesar de estar familiarizado com seu vocabulário — diria algo como: "Hum, que bodum."

Meu pai percebe a que minha mãe está se referindo: uma pilha de burusso, parece que é assim que se chama o bagaço da uva depois que ela é esmagada — a casca, talo e caroços etc. Meus pais conhecem esse tipo de coisa; sem serem fanáticos, eles se interessam por comidas e bebidas. E é por isso que foram parar na trilha da fazenda — para procurar umas garrafas da safra daquele ano e levá-las para casa. Eu não sou indiferente a comida e a bebida, mas tenho uma abordagem mais pragmática. Eu sei que alimentos são os mais saudáveis e também os mais energéticos. E sei a quantidade exata de álcool necessária para eu relaxar e me sentir bem, e a quantidade que é acima do limite. Jake, que é mais hedonista e tem um preparo físico melhor do que o meu, uma vez me contou o que se diz sobre os martínis: "Um é perfeito. Dois são demais. E três não são o suficiente." Exceto no meu caso: uma vez pedi um martíni — e meio copo estava de bom tamanho.

Então meu pai se aproxima da tal pilha de detritos, para a uns três metros e, deliberadamente, dá uma fungada. Nada. Um metro e meio — ainda nada. Somente quando ele enfia o nariz quase dentro do burusso é que sente alguma coisa. Mesmo assim, é apenas uma ligeira versão do cheiro pungente que seus olhos — e sua esposa — dizem que existe. A reação do meu pai é mais curiosa do que alarmante. Durante o resto das férias ele monitora as várias formas de o seu nariz desapontá-lo. Gases de benzina quando ele está abastecendo o carro — nada. Um expresso duplo no bar do vilarejo — nada. Flores cascateando em cima do muro esfarelado — nada. O dedo de vinho que o garçom despejou no copo — nada. Sabonete, xampu — nada. Desodorante — nada. Esse foi o mais estranho de todos, papai me contou: colocar desodorante e não sentir o cheiro de algo que você está colocando para evitar causar um cheiro que você também não consegue sentir.

Eles concordaram que não tinha sentido fazer alguma coisa antes que voltassem para casa. Mamãe já imaginava o quanto teria que encher a paciência de papai para ele ligar para a clínica médica. Os dois tinham uma relutância mútua de perturbar o médico quando o caso não era grave. Mas cada um achava que o que acontecia com o outro era mais grave do que o que acontecia consigo mesmo. Daí a necessidade de encher a paciência. Finalmente, um deles poderia simplesmente telefonar e marcar hora com o médico no nome do outro.

Desta vez meu pai marcou hora ele mesmo. Perguntei o que fez com que se decidisse. Ele hesitou.

— Bem, se você quer saber, foi quando percebi que não conseguia mais sentir o cheiro de sua mãe.

— Você quer dizer o seu perfume?

— Não o perfume. A sua pele. Ela... toda.

Havia um olhar afetuoso e distante quando ele disse isso. Eu não achei nem um pouco constrangedor. Era apenas um homem que se sentia à vontade com o sentimento que tinha pela esposa. Tem pais que exibem suas emoções conjugais na frente dos filhos: olhem só para nós, vejam como ainda somos jovens, como somos cheios de energia, nós somos uma pintura, não é? Meus pais não eram assim. E eu os invejo ainda mais por isso, por eles não precisarem se mostrar.

Quando corro com o nosso grupo, tem um líder, Jake, que estipula a velocidade e toma conta para que ninguém fique muito para trás. Na frente estão os caras sérios, que correm olhando para baixo, consultam os relógios e monitores cardíacos, e conversam, quando conversam, sobre níveis de hidratação e quantas calorias queimaram. Atrás, vêm aqueles que não estão em boa forma para correr e conversar ao mesmo tempo. E no meio vem o resto, os que gostam de conversar e conversar. Mas há uma regra: ninguém pode monopolizar o outro, nem mesmo se estiverem namorando. Então, numa sexta à noite, eu desacelerei o passo para ficar ao lado de Janice, a mais nova integrante do grupo. Era óbvio que sua roupa de corrida não tinha sido comprada na loja local onde nós normalmente compramos; era mais solta, e sedosa, e tinha umas tirinhas inúteis nas bordas.

— Então, o que trouxe você à nossa cidade?
— Na realidade, eu já estou aqui há dois anos.
— Então, o que trouxe você à nossa cidade?

Ela correu uns metros. — Namorado. — Ah. E depois mais uns metros. — Ex-namorado. — Ah, melhor. Talvez ela esteja correndo para esquecê-lo. Mas eu não quis perguntar. De qualquer modo, existe outra regra no grupo: nada de assuntos sérios quando estamos correndo. Nada de política externa e nada de falar sobre problemas afetivos. Às vezes parece que somos um bando de cabeleireiros, mas é uma regra útil.

— Só mais dois quilômetros.
— Pode ser.
— Que tal tomar um drinque mais tarde?

Ela olhou para mim. — Pode ser — ela repetiu com um sorriso.

O papo fluía com ela, talvez porque ela falava e eu só escutava. E também olhava. Ela era magra, elegante, tinha cabelo preto, as unhas tratadas e o nariz levemente arrebitado que eu achei instantaneamente sexy. Ela se mexia bastante, gesticulava, passava a mão no cabelo, virava a cabeça para um lado e depois para o outro; eu achei estimulante. Ela me contou que trabalhava em Londres como assistente de uma chefe de redação de uma revista feminina de que eu tinha recentemente ouvido falar.

— Você ganha muitas amostras grátis?

Ela parou e olhou para mim. Eu não a conhecia bem o suficiente para saber se ela estava realmente contrariada, ou estava simplesmente fingindo. — Não acredito que essa é a primeira pergunta que você me faz sobre o meu trabalho.

Eu achei que era bastante razoável. — Tudo bem — respondi. — Vamos fingir que já fiz quatorze perguntas relevantes sobre o seu trabalho. Pergunta nº 15: você ganha muitas amostras grátis?

Ela riu. — Você sempre faz as coisas na ordem errada?

— Só quando faz alguém rir — respondi.

Meus pais eram rechonchudos, e eram uma boa propaganda da obesidade. Eles faziam pouco exercício, e um almoço farto era seguido por um cochilo para se recuperar. Eles acham que a minha rotina de exercícios era uma excentricidade juvenil: foi a única vez que eles reagiram como se eu tivesse 15 anos em vez de 30. Segundo eles, exercício sério era adequado somente para soldados, bombeiros e policiais. Uma vez quando estavam em Londres, eles se viram na frente de uma academia de ginástica, dessas que dá para ver as pessoas fazendo exercícios lá dentro. É para ser algo tentador, mas meus pais ficaram horrorizados.

— Todos pareciam tão *solenes* — disse minha mãe.

— E a maioria estava com fones de ouvido e escutava música, ou assistia à TV. Como se a única forma de se concentrar no esforço para ficar em forma era não se concentrar nos exercícios.

— Eles eram governados pelas máquinas, governados.

Eu sabia que nem valia a pena tentar convencer meus pais dos prazeres e recompensas do exercício físico, desde a melhoria da atividade cerebral ao aumento da capacidade sexual. Eu não estou me gabando, juro. É verdade, é fato bem documentado. Jake, que nas férias faz caminhadas com uma sucessão de namoradas, me falou de um paradoxo que descobriu. Ele disse que caminhar por, digamos, três ou quatro horas, abre o apetite, você saboreia um bom jantar e, com mais frequência, capota na cama. Enquanto se você caminhar por sete ou oito horas, terá menos fome, mas quando for para a cama, estará mais bem-disposto para aquilo. Ou talvez o ato de reduzir as expectativas a quase zero libere a libido.

Não vou ficar aqui especulando sobre a vida sexual dos meus pais. Não tenho razão para achar que ela seja diferente do que eles gostariam que fosse — o que julgo ser uma forma enviesada de formular as coisas. Também não sei se ela ainda é satisfatoriamente ativa, numa fase de declínio saciado, ou se para eles o sexo é uma lembrança sem remorso. Eu sempre digo, os meus pais ficavam de mãos dadas sempre que queriam. Eles dançavam juntos com uma espécie de elegância concentrada, intencionalmente antiquada. E eu não precisava, realmente, da resposta a uma pergunta que eu não queria fazer. Porque eu vi o olhar do meu pai quando ele me disse que não podia sentir o cheiro de sua mulher. Não tinha a menor importância se eles ainda transavam. Porque a intimidade que eles partilhavam ainda estava viva.

Quando Janice e eu começamos a namorar, nós íamos direto para a sua casa assim que terminávamos de correr. Ela me dizia para tirar os tênis e as meias e deitar na cama enquanto ela tomava uma ducha rápida. Como eu sabia o que estava por vir, eu geralmente já estava com uma protuberância no short quando ela reaparecia enrolada na toalha. Sabe aquele jeito que a maioria das mulheres tem de prender a toalha logo acima dos seios, dobrando de uma maneira que tudo fica em seu devido lugar? Janice tinha um truque diferente: ela enrolava a toalha logo abaixo dos seios.

— Olha só o que está na *minha* cama — ela dizia com um toque de sorriso. — Que fera enorme é essa na minha cama?

Ninguém jamais tinha dito isso de mim, e eu sou tão sensível a adulação como qualquer outro homem.

Então, ela se ajoelhava na cama e fingia me inspecionar. — Que fera enorme e peluda nós temos aqui. — E ela segurava o meu pau através do meu short e começava a me cheirar, cheirava a minha testa, depois o pescoço, as axilas, depois tirava a minha camiseta e começava a lamber o meu peito e me inalar, o tempo todo puxando o meu pau. A primeira vez que isso aconteceu, eu gozei na mesma hora. Mais tarde, eu aprendi a me controlar.

E também ela não tinha apenas um cheiro de banho. Ela colocava perfume nos seios e os segurava em cima do meu rosto.

— Eis aqui as suas amostras grátis.

Então ela abaixava os mamilos até eu sentir cócegas na ponta do nariz, e implicava para eu adivinhar o nome do perfume. Eu nunca sabia a resposta, mas eu estava de qualquer forma no paraíso, então eu normalmente inventava qualquer marca boba. Tipo, Chanel nº 69, ou coisa que o valha.

Falando nisso. Às vezes, depois que ela havia roçado o meu nariz, ela girava em cima de mim e a toalha caía e se abaixava no meu rosto, e ela abaixava o meu short.

— O que nós temos aqui? — ela dizia, sussurrando. — Uma fera enorme, suada e fedorenta, é isso o que nós temos. — E ela colocava o meu pau na boca.

O médico clínico examinou as narinas do meu pai e disse que esse tipo de problema normalmente passa com o tempo. Poderia ter sido causado por um vírus que papai nem soube que teve. Vamos aguardar mais umas seis semanas. Papai aguardou mais seis semanas, voltou e o médico receitou um spray nasal. Duas esguichadas em cada narina dia e noite. No final do tratamento, nada havia mudado. O médico propôs uma consulta a um especialista; naturalmente, papai não queria incomodar.

— É bastante interessante.

— É mesmo? — Eu estava visitando os meus pais, sentindo o aroma do Nescafé matinal. Eu não podia acreditar que algo de errado com o nosso corpo pudesse ser "interessante". Doloroso, irritante, apavorante, moroso, mas não "interessante". É por isso que eu sempre tomei conta do meu próprio corpo.

— As pessoas sempre pensam nas coisas mais óbvias: rosas, caldo de carne, cerveja. Mas eu nunca fui mesmo de cheirar rosas.

— Mas quando se perde o olfato, também se perde o paladar, não é?

— É o que dizem, que todo paladar é na verdade o olfato. Mas isso não parece se aplicar ao meu caso. Eu ainda consigo sentir o gosto da comida e do vinho como antes. — Ele hesitou. — Não, não é realmente verdade. Alguns vinhos brancos parecem mais ácidos do que eram. Eu me pergunto por quê.

— É isso que é interessante?

— Não, é o inverso. Não são as coisas de que você sente falta, mas as de que você não sente falta. É um alívio não ter que sentir o cheiro do trânsito, por exemplo. Você passa perto de um ônibus na praça do mercado, com o motor ligado, emitindo gases oleosos. Antigamente, eu prenderia a respiração.

— Eu continuaria prendendo a respiração, pai. — Inalar gases nocivos sem nem mesmo perceber? Afinal, não é à toa que temos nariz.

— Eu não sinto o cheiro de cigarros, o que é outra vantagem. Ou o cheiro deles *em* alguém. Eu sempre detestei isso. Odores corporais, vans vendendo hambúrgueres, o vômito de sábado à noite na calçada...

— Cocô de cachorro — sugeri.

— Engraçado você mencionar isso. Sempre me deu ânsias de vômito. Mas outro dia pisei num deles e não me amolou nem um pouco ter que limpá-lo. Antigamente, eu teria colocado os sapatos do lado de fora da porta dos fundos e os deixaria lá por uns dias. Oh, e agora eu corto a cebola para sua mãe. Elas não causam mais nenhum efeito em mim, adeus às lágrimas, nada. É uma vantagem.

— *Isso* é interessante — eu disse, meio de brincadeira. Na verdade, eu achei bem típico do meu pai a prática de querer mostrar o lado positivo de quase tudo. Ele diria que examinar as coisas por todos os ângulos fazia parte do seu ofício de advogado. Eu o considerava um otimista incorrigível.

— Mas sabe... são coisas como botar o pé na rua e respirar o ar da manhã. Agora eu só sei dizer se está quente ou frio. E o lustra-móveis, eu sinto falta. Graxa de sapato também. Engraxar os sapatos e não sentir cheiro nenhum... imagina só.

Eu não precisava, nem queria. Ficar todo elegíaco por causa de um lustra-móveis, espero não acabar assim.

— E, é claro, também tem a sua mãe.

Sim, a minha mãe.

Tanto o meu pai quanto a minha mãe usavam óculos, e às vezes eu os imaginava sentados na cama lendo, depois colocando o livro ou revista na mesa de cabeceira e desligando a luz. Quando é que eles diziam boa-noite um para o outro? Antes de tirar os óculos ou depois? Mas agora eu, de repente, pensei: o olfato não é um fator crucial para a atração sexual? Feromônios, essas coisas primitivas que ditam o nosso comportamento no exato momento em que achamos que temos o controle da situação. Meu pai reclamava que ele não conseguia mais sentir o cheiro da minha mãe. Talvez ele quisesse dizer — sempre tenha querido dizer — algo mais do que isso.

Jake costumava dizer que ele tinha faro para problemas. Com as mulheres, ele queria dizer. É por isso que eu ainda estou solteiro aos 30 anos de idade. Você também, respondi. Sim, eu gosto das coisas assim, ele disse. Jake é um cara forte, alto e de pernas longas, cabelo encaracolado, que aborda as mulheres de uma maneira descontraída. É como se ele estivesse dizendo: Olhe, estou aqui, sou divertido, não estou a fim de um relacionamento longo, mas acho que você vai gostar de mim e depois podemos ainda ser amigos. Como ele consegue transmitir uma mensagem complicada com um mero sorriso e uma levantada de sobrancelha é um mistério. Talvez sejam os feromônios.

Os pais de Jake se separaram quando ele tinha 10 anos. É por isso que ele diz que não tem grandes expectativas. Aproveite o dia, diz ele, seja leve. Como se pudesse pôr em prática as regras do grupo de corrida também na sua vida particular. Um lado meu se impressiona com essa atitude, mas em geral eu não quero ou invejo esse tipo de vida.

A primeira vez que eu e Janice nos separamos, Jake me levou para um bar, e enquanto eu bebericava a minha dose diária de álcool que consistia em uma taça de vinho, ele me disse, de forma compreensiva e indireta, como na sua opinião Janice era uma mentirosa, manipuladora e possivelmente psicopata. Respondi que ela era uma garota alegre, sensual, mas complicada, que às vezes eu não entendia, especialmente naquele momento. Jake perguntou, de uma forma ainda mais indireta, se eu tinha percebido que ela dera em cima dele na cozinha quando ele foi lá em casa jantar havia três semanas. Eu disse que ele estava interpretando mal o jeito carinhoso de Janice. É por *isso* que ela é uma psicopata, ele respondeu.

Mas Jake quase sempre rotulava as pessoas de psicopatas quando elas eram apenas mais determinadas do que ele, então não levei a sério o seu comentário e umas duas semanas depois Janice e eu tínhamos reatado. Naquele primeiro elã de excitação renovada, de empolgação e sinceridade, quase contei a Janice o que Jake havia me dito, mas mudei de ideia. Em vez disso, perguntei se ela achava que algum dia me largaria por outro, e ela disse que sim, por uns trinta segundos, então eu dei pontos para ela por sua franqueza e perguntei com quem, ela disse que ninguém que eu conhecia, e aceitei, e pouco tempo depois nós ficamos noivos.

 Eu disse à minha mãe: — Você gosta da Janice, não é?
 — Claro que sim. Desde que ela te faça feliz.
 — Isso parece... condicional.
 — Bem, e é. E seria. O amor de mãe é incondicional. O amor de sogra é condicional. E foi sempre assim.
 — E se ela me deixasse infeliz?
 Minha mãe não respondeu.
 — E se eu a deixasse infeliz?
 Ela sorriu. — Eu te daria umas boas palmadas.
 Na verdade, nós quase não casamos. Ambos adiamos uma vez, e inclusive recebemos uma advertência oficial de Jake por estar discutindo assuntos sérios durante a corrida. Quando adiei o casamento, Janice disse que, na verdade, eu estava com medo de um compromisso sério. Quando ela adiou, foi porque ela não tinha certeza se queria casar com alguém que tinha medo de compromisso sério. De certa forma, eu fui culpado em ambas as vezes.

 Um dos colegas de bridge do meu pai sugeriu acupuntura. Parece que fez milagres com a ciática do sujeito.
 — Mas você não acredita nesse tipo de coisa, pai.

— Se me curar, acredito — ele respondeu.
— Mas você é um racionalista, como eu.
— Nós ocidentais não temos o monopólio do conhecimento. Outros países também sabem das coisas.
— Claro — concordei. Mas fiquei um pouco alarmado, como se as coisas estivessem escapulindo. Queremos que os nossos pais se mantenham imutáveis, não é? E ainda mais quando ficamos adultos.
— Você se lembra... não, você era jovem demais... daquelas fotos dos pacientes chineses sendo submetidos à cirurgia de coração aberto? A única forma de anestesia que eles tinham era a acupuntura e um exemplar do livro vermelho de Mao Tsé-Tung.
— Será que essas fotos não eram falsas?
— Por que seriam?
— O culto a Mao Tsé-Tung. A prova da superioridade do sistema chinês. Além disso, se funcionasse, reduziria os custos médicos.
— Está vendo? Você disse *se funcionasse*.
— Não foi a minha intenção.
— Você é muito cético, filho.
— Você não é suficientemente cético, pai.

Ele foi ao... seja lá como os acupunturistas chamam os seus consultórios ou clínicas, num prédio do outro lado da cidade. A Sra. Rose vestia um jaleco branco, como uma enfermeira ou dentista; ela era quarentona e tinha um ar sensato, papai nos disse. Ela ouviu sua história, fez anotações sobre seu histórico médico, perguntou se ele tinha prisão de ventre e explicou os princípios da acupuntura chinesa. Então ela saiu do consultório, enquanto meu pai se despia e ficava apenas de cueca, deitado embaixo do lençol de papel com um cobertor em cima.

— Tudo foi muito profissional — contou meu pai. — Ela começou tomando o meu pulso. Na medicina chinesa existem seis, três de cada lado. Mas os pulsos do punho esquerdo são os mais importantes, pois eles correspondem aos órgãos principais: coração, fígado e rins.

Eu não disse nada, só sentia a minha preocupação aumentar. E suponho que meu pai tenha percebido.

— Eu disse à Sra. Rose: "Eu já vou lhe avisando, eu sou um pouco cético", e ela disse que não tinha problema porque a acupuntura funciona independentemente de você acreditar ou não.

Exceto, talvez, que o tratamento dos céticos seja mais longo e, portanto, mais caro. Mas eu não disse nada. Em vez disso, deixei meu pai nos contar como a Sra. Rose mediu suas costas e fez marcações com uma caneta hidrográfica, em seguida colocou uma pilha de coisinhas na sua pele e pôs fogo nelas, e ele tinha que fazer um sinal quando sentisse calor, e ela removia os trecos. Depois fez mais medidas e marcações com a caneta hidrográfica e começou a enfiar as agulhas. Era tudo muito higiênico e ela jogava fora as agulhas usadas numa caixa especial.

No final da sessão, ela saiu do consultório, ele se vestiu e pagou as cinquenta e cinco libras. Então ele foi ao supermercado para comprar comida para o jantar. Ele descreveu como ficou lá parado, numa espécie de transe, sem saber o que queria, ou melhor, querendo tudo o que via. Ele perambulou, comprando todo tipo de coisas, voltou para casa exausto e precisou tirar um cochilo.

— Então, como você pode ver, a acupuntura funciona.

— Você quer dizer que consegue sentir o cheiro da comida do jantar?

— Não, ainda é muito cedo, esse foi apenas o primeiro tratamento. Quero dizer que claramente surtiu algum efeito. Tanto físico quanto mental.

Eu pensei com os meus botões: ficar cansado e comprar comida que você não precisa parece uma cura?

— O que você acha, mãe?

— Eu sou a favor de o seu pai tentar algo diferente se ele tiver vontade. — Ela esticou o braço até o outro lado da mesa e deu umas batidinhas no braço dele, perto dos pontos onde os seus novos pulsos misteriosos estavam escondidos. Eu não devia ter perguntado.

Eles já deviam ter, de antemão, conversado sobre esse assunto e chegado a uma conclusão em comum. E como eu bem sabia, a essa altura do campeonato, dividir para governar nunca deu muito certo com meus pais.

— Se funcionar, eu talvez tente para ver se dou um jeito no meu joelho — ela acrescentou.

— O que aconteceu com o seu joelho, mãe?

— Oh, eu dei um torcida. Tropecei e bati na escada. Estou perdendo o equilíbrio com a idade.

Minha mãe estava com 58 anos. Tinha um quadril largo, com um bom centro de gravidade, e nunca usava sapatos de salto muito alto.

— Você quer dizer que não foi a primeira vez?

— Não é nada. É só a idade. Acontece com todo mundo.

Janice uma vez disse que não é possível, realmente, conhecer os pais. Eu perguntei o que ela estava querendo dizer. Ela respondeu que, quando se chega à idade em que é possível entendê-los, já é tarde demais. Você nunca saberá como eles eram antes de se conhecerem, quando eles se conheceram, antes de você ter sido concebido, e depois, quando você era pequeno...

— As crianças normalmente entendem muita coisa — eu disse. — Instintivamente.

— Elas entendem o que os pais deixam que entendam.

— Não concordo.

— Pode ser, mas isso não modifica o argumento. No momento em que você acha que consegue entender os pais, as coisas mais importantes da vida deles já aconteceram. Eles são o que são. Ou melhor, eles são o que querem ser... com você, ou quando você está por perto.

— Eu não concordo. — Eu não podia imaginar meus pais, uma vez a porta fechada, se transformando em outras pessoas.

— Com que frequência você pensa no seu pai como um ex-alcoólatra?

— Nunca. Não é assim que eu penso nele. Eu sou seu filho, não um assistente social.

— Exatamente. Então você quer que ele seja só um pai. Ninguém é só um pai, só uma mãe. As coisas não são assim. Provavelmente existe um segredo na vida da sua mãe de que você nunca suspeitou.

— As pessoas ririam de você no tribunal — eu disse.

Ela olhou para mim. — Eu acho que o que acontece com a maioria dos casais ao longo do tempo é que eles encontram uma maneira de estarem juntos que não é necessariamente sincera. É como se o relacionamento dependesse de uma autoilusão mutuamente assegurada. Essa é a configuração padrão.

— Ainda assim, eu não concordo. — O que eu pensei foi: que papo furado. Autoilusão mutuamente assegurada... não parece que é você que está falando. Deve ser uma frase que você leu na revista onde trabalha. Ou de algum cara com quem você não se importaria de transar. Mas tudo o que disse foi:

— Você está chamando os meus pais de hipócritas?

— Eu estou falando em geral. Por que você sempre tem que levar as coisas para o lado pessoal?

— Então eu não entendi o que você está querendo dizer. E se tivesse entendido, não saberia por que você quer casar comigo, ou com qualquer outro.

— Pode ser.

E tem mais. Eu estava começando a não gostar do jeito com que ela usava esta frase.

Papai confessou que não esperava que a acupuntura fosse doer tanto assim.

— Você disse isso a ela?

— Claro. Eu disse: "*Ai*."

Se a Sra. Rose enfiasse uma agulha e não obtivesse a reação que esperava, ela enfiaria novamente a agulha, perto do mesmo ponto, até que obtivesse o resultado que esperava.

— E o que é?
— É uma espécie de corrente magnética, um fluxo de energia. E dá para saber por que é o ponto que mais dói.
— E então?
— E então ela enfia a agulha em outros lugares. Nas costas da mão, no tornozelo. Dói ainda mais onde não tem muita carne.
— Sei.
— Mas ao mesmo tempo ela tem que verificar se os níveis de energia aumentaram, então ela está sempre tomando os meus pulsos.

Nesse momento eu perdi a paciência: — Pelo amor de Deus, pai. Só existe um pulso, você sabe disso. Por definição. É o pulso do coração, o pulso do sangue.

Meu pai não respondeu, só limpou, ligeiramente, a garganta e olhou para minha mãe. A nossa família nunca briga. Nós não queremos brigar, e nem sabemos como. Então, ficamos mudos, e depois mamãe começou um outro assunto.

Vinte minutos depois da quarta sessão de acupuntura, meu pai entrou num Starbucks e sentiu, pela primeira vez em meses, o aroma do café. Então ele foi à Body Shop comprar um xampu para mamãe e disse que foi como se um arbusto de rododendro tivesse caído na sua cabeça. Ele quase ficou enjoado. Os cheiros eram tão fortes, ele disse, que pareciam amarrados a cores vibrantes.

— O que você acha?
— Não sei o que dizer, papai, exceto parabéns. — Eu achava que, provavelmente, era coincidência ou autossugestão.
— Você não vai fingir que foi apenas coincidência?
— Não, papai, não vou.

A Sra. Rose, para minha surpresa, recebeu a novidade com neutralidade, um pequeno aceno de cabeça e uns rabiscos no caderno. Em seguida, explicou o que se propunha a fazer. Eles marcariam, se ele concordasse, consultas de quinze em quinze dias até o verão — o verão chinês, não o britânico, porque, com base na data de aniversário do meu pai, esse seria o período ideal para maximizar o resultado. Ela disse que, cada vez que ela tomava os seus pulsos, os níveis de energia estavam ainda mais altos.

— Você se sente com mais energia, pai?

— Não.

— Sei, então os "níveis de energia" não têm nada a ver com "aumento de energia", e níveis mais altos de energia não melhoraram o olfato dele. Que ótimo.

Às vezes, me pergunto por que eu estava sendo tão duro com o meu pai. Nos três meses seguintes, ele relatou as suas descobertas de maneira factual. De vez em quando, ele conseguia sentir o cheiro das coisas, mas elas tinham que ter um cheiro forte: sabonete, café, torrada queimada, desinfetante; duas vezes, uma taça de vinho tinto, para sua satisfação, o cheiro da chuva. O verão chinês chegou e se foi. A Sra. Rose disse que a acupuntura tinha feito tudo o que podia por ele. Meu pai, como era de se esperar, culpou o seu ceticismo, mas a Sra. Rose repetiu que a disposição mental era irrelevante. Como tinha sido ela que propôs terminar o tratamento, eu decidi que ela não era uma charlatã. Mas talvez tenha sido porque eu não queria acreditar que o meu pai fosse do tipo que pudesse ser enganado por um charlatão.

— Na realidade, eu estou mais preocupado é com a sua mãe.

— E por quê?

— Ela ultimamente parece, não sei, um pouco devagar. Talvez seja só cansaço. Ela está mais lenta, de certo modo.

— O que ela diz sobre isso?

— Oh, ela diz que não tem nada de errado. Ou se tiver, é só hormonal.

— O que ela quer dizer?

— Eu estava esperando que você pudesse me explicar.

Essa era outra coisa dos meus pais de que eu gostava. Nunca havia essa de posse do saber e do poder que alguns pais têm. Nós éramos todos adultos, num patamar de igualdade.

— Eu não entendo mais do que você, pai. Mas pela minha experiência, "hormonal" é uma palavra abrangente usada pelas mulheres quando elas não querem nos dizer algo. Eu sempre penso: espera aí, os homens também não têm hormônios? Porque nós não usamos os hormônios como desculpa...

Meu pai riu, mas dava para ver que sua ansiedade não fora atenuada. Então, eu aproveitei a próxima noite de bridge do meu pai para visitar a minha mãe. Assim que nos sentamos na cozinha, eu percebi que ela não tinha engolido a minha desculpa de que eu estava perto da casa deles.

— Chá ou café?

— Café descafeinado ou um chá de ervas, o que você for tomar.

— Bem, eu preciso de uma boa dose de cafeína.

Não foi necessário mais do que isso para eu tocar no assunto.

— O papai está preocupado com você. E eu também.

— Seu pai está sempre preocupado.

— Papai te ama. É por isso que percebe as coisas que estão se passando com você. Senão ele não se preocuparia.

— Bom, é verdade. — Eu a fitei, mas ela estava com um olhar longe. Dava a clara impressão de que pensava no fato de ser amada. Eu poderia sentir inveja, mas não senti.

— Então, me diga o que está errado, e não me venha com essa história de hormônios.

Ela sorriu. — Estou um pouco cansada. Um pouco desastrada. É só.

Após dezoito meses de casados, Janice me acusou de não ser franco com ela. É claro, tratando-se de Janice, ela não formulou isso de forma direta e honesta. Ela me perguntou por que eu preferia sempre discutir os problemas sem importância em vez dos problemas importantes. Eu disse que não achava que era o que acontecia, mas de qualquer forma, as grandes questões às vezes são tão grandes que não há muito o que falar sobre elas, enquanto as questões menores são mais fáceis de ser discutidas. E às vezes pensamos que é *esse* o problema, enquanto na realidade o problema é *aquele*, o que faz parecer que *esse* problema é trivial. Ela me olhou como um dos meus alunos mais mal-humorados, e disse que era característico — uma justificativa típica da minha natureza evasiva, da minha recusa de enfrentar os fatos e lidar com as questões. Ela disse que era capaz de farejar uma mentira em mim. Foi assim mesmo que ela disse.

— Tudo bem, então — respondi. — Vamos ser francos. Vamos lidar com as questões. Você está tendo um caso e eu estou tendo um caso. Não é assim que enfrentamos os fatos?

— É isso que você pensa. Parece até que está falando de um jogo que termina empatado. — E então ela explicou a falsidade da minha aparente franqueza, e da diferença entre as nossas infidelidades — a dela provocada pelo desespero, a minha pelo desejo de vingança — e como era sintomático eu ter achado que as nossas infidelidades eram o x da questão, em vez de pensar nas circunstâncias que as provocaram. E assim nós voltamos às acusações originais.

O que procuramos em um parceiro? Alguém como nós, alguém diferente? Alguém como nós, porém diferente, diferente mas como nós? Alguém que nos complete? Oh, eu sei que não podemos generalizar, mas mesmo assim. O x da questão é: se nós estamos procurando alguém que tenha a ver conosco, por que só pensamos nas partes que têm a ver? E as partes que não têm a ver? Será que somos atraídos por pessoas que têm os mesmos defeitos que nós?

Minha mãe. Quando penso nela agora, tem uma frase que me vem à cabeça — as mesmas palavras que usei quando papai estava falando sobre aquela bobagem dos seis pulsos chineses. Pai, eu disse a ele, só existe um pulso — o pulso do coração, o pulso do sangue. As fotografias dos meus pais de que mais gosto são aquelas que foram tiradas antes do meu nascimento. E — obrigado, Janice — eu acho que eu realmente sei como eles eram naquela época.

Meus pais sentados nos seixos da praia em algum lugar, ele com o braço no ombro dela; ele está usando um blazer esporte com remendos de couro no cotovelo, ela está com um vestido de bolinhas, olhando para a lente com uma expressão de esperança apaixonada. Meus pais em lua de mel na Espanha, com as montanhas atrás deles, ambos de óculos escuros, então se pode deduzir como eles se sentem pela suas posturas, eles estão obviamente à vontade um com o outro, e o fato ardiloso de que minha mãe está com as mãos dentro do bolso da calça de meu pai. E tem uma foto que deve ter sido muito importante para eles apesar das suas falhas: os dois estão numa festa, claramente embriagados, e com os olhos cor-de-rosa, que nem os ratos brancos, por causa do flash da máquina. Meu pai está com umas costeletas enormes, mamãe com o cabelo frisado, com uns argolões na orelha e uma túnica. Nenhum dos dois parece que algum dia será adulto o suficiente para serem pais. Eu suspeito de que essa seja a primeira foto dos dois juntos, a primeira vez que eles foram oficialmente fotografados dividindo o mesmo espaço, respirando o mesmo ar.

Tem também uma foto minha com meus pais no aparador. Eu tenho 4 ou 5 anos, e estou entre eles com uma expressão de uma criança que mandaram olhar o passarinho, ou seja lá como disseram: concentrado, mas ao mesmo tempo sem saber ao certo o que está acontecendo. Estou segurando um regadorzinho, mesmo assim não me lembro de ter ganhado um kit de jardinagem mirim, ou do fato de ter tido qualquer interesse, real ou sugestionado, em jardinagem.

Hoje em dia, quando examino essa foto — minha mãe com os olhos abaixados, olhando para mim com um ar protetor, meu pai sorrindo para a câmera, com um copo numa das mãos e um cigarro na outra —, eu não consigo deixar de pensar nas palavras de Janice. Como os pais decidem quem eles são antes de os filhos terem consciência desse fato, como eles criam uma fachada em que os filhos nunca poderão penetrar. Se foi intencional ou não, havia algo de venenoso nesse comentário. "Então você quer que ele seja só um pai. Ninguém é só um pai, só uma mãe." E então: "Provavelmente existe um segredo na vida de sua mãe de que você nunca suspeitou." O que eu devo fazer em relação a isso? Mesmo que decidisse pesquisar e descobrisse que não deu em nada?

Não tem nada de afetado e excêntrico com relação à minha mãe e nada — por favor, preste atenção, Janice —, nada de neuroticamente dramático. Ela é uma presença sólida, mesmo que não abra a boca. Ela é o tipo de pessoa que você procura quando as coisas não vão bem. Uma vez, quando eu era pequeno, ela se cortou na coxa. Não havia ninguém em casa. A maioria das pessoas teria chamado uma ambulância, ou pelo menos teria incomodado o meu pai no trabalho. Mas minha mãe simplesmente pegou uma agulha e uma linha cirúrgica e suturou a ferida. E ela faria o mesmo por você sem pestanejar. Ela é assim. Se *existe* algum segredo na sua vida, é provavelmente que ela ajudou alguém e nunca contou a ninguém sobre isso. Portanto, vá se foder, Janice, é o que digo.

Meus pais se conheceram quando meu pai tinha acabado de se formar em direito. Ele sempre dizia que ele teve que espantar vários rivais. Minha mãe dizia que ele não teve que espantar rival algum porque desde o dia em que eles se conheceram as coisas já estavam claras para ela. É verdade, meu pai respondia, mas os outros caras não entendiam. Minha mãe olhava para ele com carinho, e eu nunca sabia em quem acreditar. Ou talvez essa seja a definição de um casamento feliz: os dois dizem a verdade, mesmo quando suas versões são incompatíveis.

É claro, minha admiração pelo casamento de meus pais era parcialmente determinada pelo fracasso do meu. Talvez o exemplo deles tenha me feito acreditar que era mais simples do que realmente foi. Será que existem pessoas que têm um talento nato para o casamento, ou é uma mera questão de sorte? Mas suponho que seja uma questão de sorte ter tal talento. Quando contei para minha mãe que eu e Janice estávamos passando por uma fase difícil e trabalhando para consertar o nosso casamento, ela disse:

— Nunca entendi o que isso quer dizer. Se você ama o seu trabalho, você não tem a impressão de que é um trabalho. Se você ama o seu casamento, você não tem a impressão de que é um trabalho. Eu imagino que, no fundo, *se possa* trabalhar o relacionamento. Mas você não percebe — ela repetiu. E então depois de uma pausa acrescentou: — Não que eu esteja dizendo algo contra Janice.

— Não vamos mais falar de Janice — disse. Eu já havia falado bastante de Janice com a própria Janice. Seja o que for que trazemos para o casamento, nós, certamente, não nos livramos de nada, exceto do dinheiro.

Nós imaginamos que, se somos filhos de um casamento feliz, então temos a obrigação de ter um casamento melhor do que a média — seja por uma herança genética ou porque nós aprendemos com esse exemplo? Mas as coisas não funcionam assim. Então talvez seja necessário um exemplo contrário — de ver os erros para não cometê-los. Porém, isso significaria que a melhor forma de os pais assegurarem que os seus filhos tenham um casamento feliz seria eles serem infelizes no casamento. Então qual é a resposta? Eu não sei. Só sei que não culpo os meus pais; também, na verdade, não culpo Janice.

Minha mãe prometeu que iria ver o clínico geral se meu pai fosse ver um especialista para a sua anosmia. Meu pai, como sempre, relutou. Havia pessoas que estavam numa situação bem pior do que a dele, ele dizia. Ele ainda podia sentir o gosto dos alimentos, enquanto para alguns anósmicos era como mastigar papelão e plástico. Ele tinha pesquisado na internet e leu sobre casos ainda mais graves — com alucinações olfativas, por exemplo. Imagine se o leite fresco de repente cheirasse a leite azedo, chocolate desse ânsia de vômito, carne fosse como uma esponja de sangue.

— Se você desloca o dedo — minha mãe disse —, você não vai impedir que o médico te examine porque outra pessoa quebrou a perna.

E então o acordo foi fechado. A espera e burocracia começaram, e os dois fizeram exames de ressonância magnética na mesma semana. Qual é a probabilidade de tal concomitância, eu me pergunto.

Eu não sei dizer quando estamos realmente certos de que o casamento acabou. Nós nos lembramos de algumas fases, transições, brigas. Incompatibilidades que aumentam até que não conseguimos mais resolvê-las ou suportá-las. Eu acho que a maior parte do tempo que Janice me atacava — ou, como ela diria, o período em que eu parei de prestar atenção nela e sumi —, eu nunca realmente pensei que era, ou acarretaria, o fim do nosso casamento. Foi só quando, por uma razão que eu não entendo, ela começou a atacar os meus pais, que eu comecei a pensar: ora, agora ela passou dos limites. Se bem que nós tínhamos bebido. E verdade seja dita, eu tinha ultrapassado a dose diária que havia estipulado — ultrapassado bastante.

— Um dos problemas é que você acha que seus pais têm o casamento perfeito.

— E por que isso é um dos meus problemas?

— Faz você achar que o seu casamento é pior do que é.

— Ah, então a culpa é deles, não é?

— Não, eles são legais, os seus pais.

— Mas?

— Eu disse que eles são legais. Eu não disse que eles são a oitava maravilha do mundo.

— Você não acredita que alguém possa ser a oitava maravilha do mundo, não é verdade?

— Não, mas eu gosto do seu pai, ele sempre me tratou bem.

— O que quer dizer?

— O que eu quero dizer: as mães e seus filhos únicos. Preciso colocar os pingos nos is?

— Eu acho que foi exatamente isso que você acabou de fazer.

Semanas depois, num sábado à tarde, mamãe telefonou um pouco afobada. Ela fora de carro a uma feira de antiguidade numa cidade vizinha para comprar um presente de aniversário para o papai e, quando estava voltando para casa, o pneu furou. Ela conseguiu chegar ao posto de gasolina mais próximo, mas constatou, sem grandes surpresas, que nenhum dos funcionários queria sair do caixa para ajudá-la. De qualquer maneira, eles talvez nem soubessem trocar um pneu. Papai disse que ia tirar uma soneca e...

— Não se preocupe, mãe. Estou indo. Dez, quinze minutos.

— Eu não tinha mais nada para fazer. Mas, antes de desligar, Janice, que estava monitorando o meu lado da conversa, gritou:

— Por que ela não chama a porra do serviço de socorro de automóveis?

Era óbvio que minha mãe ouviu, e era essa a intenção de Janice.

Desliguei o telefone. — Você pode vir comigo — disse a ela — e se enfiar embaixo do carro enquanto eu levanto o pneu com o macaco. — Enquanto eu pegava as chaves do carro, pensei comigo mesmo: bem, é isso aí.

A maioria das pessoas não gosta de atrapalhar o seu médico. Mas a maioria das pessoas também não gosta da ideia de ficar doente. A maioria das pessoas não quer ser acusada, mesmo implicitamente, de estar desperdiçando o tempo de seu médico. Então, em tese, você não tem nada a perder se for ao médico: ou você constata que está bem de saúde, ou fica sabendo que não estava desperdiçando o tempo do seu médico. Meu pai, conforme a ressonância magnética mostrou, estava com sinusite crônica e o médico lhe receitou antibióticos e um spray nasal; além disso, havia a possibilidade de uma cirurgia. Minha mãe, após exames de sangue, uma eletroneuromiografia e uma ressonância magnética, e depois por um processo de eliminação, foi diagnosticada com Esclerose Lateral Amiotrófica, ELA.

— Você tomará conta do seu pai, não é?

— Claro, mãe — respondi sem saber se ela queria dizer a curto prazo ou a longo prazo. E imagino que ela tenha dito algo parecido ao papai sobre mim.

Meu pai disse: "Veja só o Stephen Hawking. Ele tem essa doença há quarenta anos." Suspeito de que ele tenha visitado o mesmo site que eu; onde ele também deve ter aprendido que cinquenta por cento das pessoas que têm ELA não vivem mais do que quatorze meses.

Papai ficou indignado pela maneira como eles trataram a mamãe no hospital. O especialista chegou e já começou a explicar as suas conclusões, depois levou minha mãe e meu pai para uma sala de depósito de equipamentos médicos e mostrou a eles as cadeiras de rodas e outros aparelhos que seriam necessários à medida que a saúde de mamãe deteriorasse. Meu pai disse que sentiu como se tivesse sido levado à masmorra para ser torturado. Ele ficou furioso, especialmente pela minha mãe, imagino. Ela aceitou tudo calmamente, ele disse. Mas ela havia trabalhado nesse mesmo hospital há quinze anos, e sabia o que havia nos aposentos. Achei difícil falar com papai sobre o que estava acontecendo — e com ele foi o mesmo. Eu não conseguia parar de pensar: mamãe está morrendo, mas papai a está perdendo. Achava que se eu repetisse essas palavras várias vezes, elas fariam sentido. Ou impediriam que isso acontecesse. Ou algo parecido. Também pensei: a mamãe é a pessoa que procuramos quando as coisas não vão bem; então com quem poderemos contar quando as coisas não estiverem bem?

Enquanto esperávamos as respostas, meu pai e eu discutíamos sobre as necessidades diárias de mamãe: quem iria tomar conta dela, como estava o seu estado de espírito, o que ela diria, e a questão dos remédios (ou melhor, da falta de, e se deveríamos insistir para que ela tomasse Riluzol). Podíamos discutir, exaustivamente, sobre essas questões. Mas a catástrofe por si só — a sua subitaneidade, se deveríamos ter percebido antes, o quanto mamãe estava escondendo de nós, o prognóstico, o resultado inevitável — nós só conseguíamos aludir a isso de tempos em tempos. Talvez porque estivéssemos simplesmente exaustos. Nós tínhamos a necessidade de conversar sobre coisas triviais, como de que forma a proposta do anel viário afetaria o comércio local. Ou eu perguntava ao papai sobre a sua anosmia e nós dois fingíamos que ainda era um assunto interessante. A princípio, os antibióticos surtiram efeito e o olfato voltara muito rápido; mas logo — depois de uns três dias — passou o efeito. Meu pai, como era de se esperar do meu pai, não contou para ninguém quando isso aconteceu. Ele disse que parecia uma piada irrelevante, visto o que se passava com mamãe.

Li em algum lugar que aqueles que estão próximos de alguém que está gravemente doente começam a fazer palavras cruzadas ou quebra-cabeça nas horas em que não estão no hospital. Uma das razões é que eles não têm condições de se concentrar em nada muito sério; mas também existe outra razão. Consciente ou inconscientemente, eles precisam se ocupar com algo que tenha regulamentos, regras, respostas e uma solução geral; um problema que pode ser resolvido. Obviamente, a doença tem os seus regulamentos e regras e às vezes respostas, mas não é o que se sente quando se está à beira da cama do doente. E depois, há a inexorabilidade da esperança. Mesmo quando a esperança da cura se foi, existe a esperança de outras coisas — algumas específicas, outras não. Esperança significa incerteza, e persiste mesmo quando somos informados de que só existe uma resposta, uma certeza — a única e inaceitável.

Não fiz palavras cruzadas nem quebra-cabeça — não tenho cabeça para isso, nem paciência. Mas fiquei mais obcecado com o meu programa de condicionamento físico. Levantei mais pesos e aumentei o tempo de exercício nos *steps*. Na corrida de sexta-feira, passei para a turma da frente, correndo com os grandalhões que não abrem a boca. E tudo isso me convinha perfeitamente. Eu usava o monitor cardíaco, tomava o pulso, consultava o relógio, e às vezes falava das calorias que havia perdido. Acabei ficando com a melhor forma física que já tive na minha vida. E por vezes — apesar de parecer maluco — eu sentia como se estivesse resolvendo alguma coisa.

Aluguei meu apartamento e voltei a morar com os meus pais. Eu sabia que minha mãe não seria a favor — pelo meu bem, não pelo dela —, então eu simplesmente apresentei a decisão como um fato consumado. Meu pai tirou licença do trabalho. Cortei todas as atividades extracurriculares; pedimos ajuda aos amigos e depois às enfermeiras. Corrimões brotaram pela casa toda, depois vieram as rampas para a cadeira de rodas. Mamãe se mudou para o andar térreo da casa; papai passou todas as noites com ela até ela ir para o centro de doentes crônicos. Eu me recordo dessa época como um período de pânico absoluto, mas também como o período caracterizado por uma rigorosa lógica cotidiana. Você segue a lógica, e parece que ela mantém o pânico sob controle.

Mamãe foi incrível. Sei que as pessoas que sofrem de ELA são menos propensas a ficarem deprimidas por causa da doença do que pacientes de outras doenças degenerativas, mas mesmo assim. Ela não fingiu ser mais corajosa do que era; ela não tinha medo de chorar na nossa frente; ela não contou piadas para nos alegrar. Ela aceitou a sua doença de uma maneira sóbria, sem demonstrar medo nem se deixar ser assolada por aquela coisa que iria destruir os seus sentidos um depois do outro. Ela falava dela — e de nós —, falava da sua vida e da nossa. Ela nunca falou de Janice, ou disse que ela esperava que um dia eu lhe desse netos. Ela não colocava nenhum peso sobre nós, nem nos fazia prometer coisas para o futuro. Houve uma fase em que estava tão debilitada que sua respiração era ofegante como a de um alpinista prestes a chegar ao topo do Everest. Eu me perguntava, então, se ela pensava naquele lugar na Suíça onde se pode dar cabo de tudo com dignidade. Mas pus de lado esse pensamento: ela não iria querer nos submeter a tal incômodo. Este era outro sinal de que ela estava — na medida do possível — no controle da sua própria morte. Foi ela que arranjou o centro de doentes crônicos, e nos disse que era melhor ir para lá antes cedo do que tarde, pois nunca poderíamos prever quantos leitos estavam disponíveis.

Quanto maior o problema, menos se tem o que falar. Não de *sentir*, mas de falar. Porque só se tem o próprio fato, e o que sentimos sobre o fato. Nada mais. Meu pai, com sua anosmia, podia achar razões pelas quais tal desvantagem poderia, se vista pelo ângulo certo, tornar-se uma vantagem. Mas a doença de mamãe pertencia a uma categoria muito além dessa, muito além da racionalidade; era algo colossal, mudo e emudecedor. Não havia nenhum contra-argumento. Nem era uma questão de não achar as palavras. As palavras estão sempre lá — e são sempre as mesmas palavras, as palavras comuns. Mamãe está morrendo, mas papai a está perdendo. Eu sempre digo isso com um "mas" no meio, nunca com um "e".

Fiquei surpreso de receber um telefonema de Janice.

— Sinto muito pela sua mãe.

— Obrigado.
— Tem alguma coisa que eu possa fazer?
— Quem te contou?
— Jake.
— Você não está saindo com o Jake, está?
— Eu não estou tendo um caso com Jake, se é isso que está me perguntando. — Mas ela disse isso num tom brincalhão, como se estivesse ávida, mesmo agora, de provocar uma pontada de ciúme.
— Não, não estou te perguntando nada.
— Só que você acaba de me perguntar.
A mesma Janice de sempre, pensei. — Obrigado pela solidariedade — disse, no tom mais formal possível: — Não há nada que você possa fazer, e não, ela não gostaria de receber visitas.
— Tudo bem. Que seja assim.

O verão em que mamãe estava morrendo foi quente, e papai estava de camisa de manga curta. Ele costumava lavar as camisas à mão, depois, com dificuldade, as passava a ferro a vapor. Uma noite, quando percebi que estava exausto e tentava em vão esticar a pala da camisa na parte pontuda da tábua de passar, eu disse:
— Você poderia levar as camisas para a tinturaria.
Ele não olhou para mim. Simplesmente continuou a esfregar o tecido da camisa úmida.
— Estou ciente — ele finalmente respondeu — da existência de tais estabelecimentos comerciais. — Um leve sarcasmo da boca do meu pai tinha a força da fúria de qualquer outra pessoa.
— Desculpe, pai.
Então, ele parou e olhou para mim.
— É muito importante que ela me veja limpo e arrumado. Se começo a me largar, ela perceberá e vai pensar que não consigo me virar sozinho. E ela não deve pensar que eu não consigo me virar, porque ela ficaria preocupada.
— Claro, pai. — Engoli a repreensão. Tive a sensação, mais uma vez, de ser criança.

Mais tarde, ele veio e se sentou comigo. Eu tomei uma cerveja, ele tomou uma pequena dose de uísque. Mamãe estava no centro de doentes crônicos há três dias. Ela parecia calma naquela noite, e nos mandou embora com uma simples piscadela.

— A propósito — ele disse, repousando o copo no porta-copo. — Lamento que sua mãe não gostasse de Janice. — Ambos percebemos o tempo verbal. — Não goste — ele acrescentou a frase, tarde demais.

— Eu nunca soube disso.

— Ah. — Meu pai hesitou. — Desculpe. Atualmente... — Ele não precisou continuar.

— Por quê?

Ele franziu os lábios, como eu imaginava que ele fazia quando um cliente lhe dizia algo imprudente, como: "Sim, eu realmente estava na cena do crime."

— Vai, pai. Foi por causa do incidente da oficina? O pneu furado.

— Que pneu furado?

Então, ela não tinha contado a ele.

— Eu sempre gostei muito de Janice. Ela era... animada.

— Tudo bem, pai. Você quer dizer...

— Sua mãe disse que achava Janice o tipo de moça que sabia fazer você se sentir culpado.

— É verdade, ela era especialmente boa nisso.

— Ela reclamava com sua mãe de como era difícil conviver com você, de certa forma insinuando que era culpa da sua mãe.

— Ela deveria agradecer. Eu seria muito mais difícil de conviver se não fosse pelo amor da mamãe. — Mais uma vez, um erro causado pelo cansaço. — De vocês dois, eu quis dizer.

Meu pai não levou a mal o meu comentário. Ele deu um gole na sua bebida.

— Que mais, pai?

— Isso não é o suficiente?

— Eu tenho a impressão de que você está escondendo alguma coisa.

Meu pai sorriu. — Você teria sido um bom advogado. Bem, foi mais no final... do seu... quando Janice não era quase ela mesma.

— Então, fale e nós vamos rir juntos.

— Ela disse a sua mãe que ela achava que você tinha um quê de psicopata.

Talvez eu tenha sorrido, mas não ri.

Nós vimos tantas pessoas diferentes no hospital e nos centros de doentes crônicos que eu não me lembro mais de quem disse que quando morremos, quando todo o organismo está falindo, os últimos sentidos que ainda estão ativos são geralmente a audição e o olfato. Minha mãe, agora, estava totalmente imóvel, e a viravam no leito a cada quatro horas. Ela não falava há uma semana, e seus olhos não estavam mais abertos. Ela deixou bem claro que quando o seu reflexo de deglutição estivesse enfraquecido, ela não queria uma sonda gástrica. O corpo moribundo pode perdurar por muito tempo sem os nutrientes que eles gostam de injetar.

Meu pai me contou que ele foi ao supermercado e comprou vários pacotes de temperos frescos. No centro de doentes crônicos, ele fechou a cortina em volta da cama. Não queria que os outros presenciassem esse momento de intimidade. Não era vergonha — meu pai nunca sentiu vergonha de sua dedicação à esposa —, ele só queria privacidade. A privacidade dos dois.

Imagino os dois juntos, meu pai sentado na cama, beijando minha mãe, sem saber se ela percebia, falando com ela, sem saber se ela conseguia ouvir suas palavras, nem, se ela pudesse, se as compreenderia. Ele não tinha como saber, ela não tinha como lhe dizer.

Imagino meu pai preocupado com o ruído do plástico sendo rasgado, e o que ela imaginaria que estivesse acontecendo. Imagino-o resolvendo o problema e pegando a tesoura para abrir os sacos. Imagino-o explicando que trouxe os temperos para ela cheirar. Imagino-o esfregando o manjericão entre o polegar e o indicador embaixo das narinas dela. Imagino ele esmagando o tomilho, depois o alecrim. Imagino-o nomeando um por um, e acreditando que ela pudesse sentir o cheiro, e esperando que isso lhe desse prazer, que fizesse ela se lembrar do mundo e das delícias que ela tivera, e talvez uma ocasião em que ela, numa terra estrangeira, tenha pisado numa colina ou arbusto, exalando o aroma de tomilho selvagem. Imagino-o esperando que o cheiro dos temperos não fosse interpretado como uma zombaria cruel, trazendo a lembrança do sol que ela não podia mais ver, em jardins que ela nunca mais poderia caminhar, comidas aromáticas que ela nunca mais poderia saborear. Espero que ele não tenha imaginado essas últimas coisas; espero que ele tenha se convencido de que em seus últimos dias ela só teve do bom e do melhor, os pensamentos mais felizes.

Um mês depois da morte de minha mãe, meu pai teve a sua última consulta com o otorrinolaringologista:
— Ele disse que eu poderia operar, mas ele não poderia prometer mais do que sessenta por cento de chance de sucesso. Eu lhe disse que não queria operar. Ele disse que relutava em desistir do meu caso, especialmente porque a minha anosmia era apenas parcial. Ele acha que o meu olfato está só esperando, pronto para ser trazido de volta.
— Como?
— Mais do mesmo procedimento: antibióticos, spray nasal. Mas uma receita ligeiramente diferente. Eu agradeci, mas não, obrigado.
— Bom. — Eu não disse mais nada. Era a decisão dele.
— Sabe, se sua mãe...
— Tudo bem, pai.
— Não, não está nada bem. Se ela...
Eu vi suas lágrimas, contidas atrás das lentes dos óculos, depois descendo pelo seu rosto até a mandíbula. Ele deixou-as escorrer; ele estava acostumado a elas; elas não o incomodavam mais. Nem a mim.
Ele recomeçou. — Se ela... então eu não...
— Claro, pai.
— Eu acho que isso ajudaria, de certa forma.

— Claro, pai.

Ele levantou os óculos, expondo a pele enrugada onde os óculos estavam apoiados, e as últimas lágrimas desciam paralelas ao nariz. Ele as enxugou com as costas da mão.

— Você sabe o que aquele especialista safado falou para mim quando eu disse que não queria ser operado?

— Não sei, pai.

— Ele ficou lá sentado, pensando um pouco, e depois disse: "Você tem um detector de fumaça?" Eu disse que não. E ele disse: "Talvez você consiga que a prefeitura pague por ele. Graças ao fundo para deficientes físicos."

Eu disse que eu não sabia dessa informação. Então ele continuou: — Mas eu o aconselharia a escolher um modelo mais sofisticado, e eles não estariam dispostos a cobrir esse custo extra.

— Parece uma conversa bem surreal.

— E foi. Então ele disse que não gostaria de me imaginar dormindo e acordando numa casa em chamas.

— Você deu um soco nele, pai?

— Não, filho. Eu me levantei, apertei sua mão e disse: "Seria uma solução, eu suponho."

Eu imagino meu pai lá, sem perder a compostura, parado, sacudindo as mãos, se virando, partindo. É o que eu imagino.

Este livro foi impresso na Editora JPA Ltda.
Av. Brasil, 10.600 – Rio de Janeiro – RJ,
para a Editora Rocco Ltda.